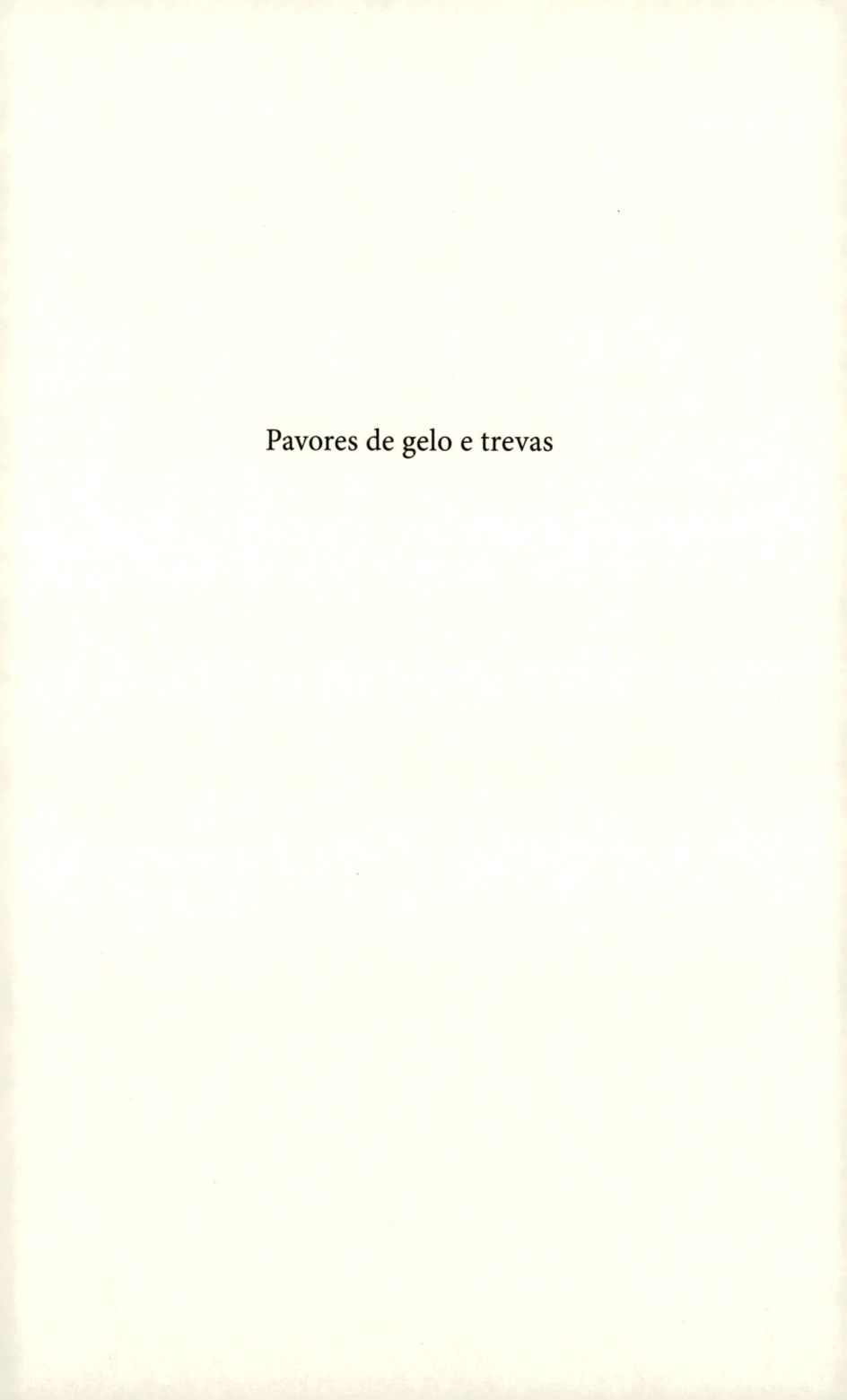

Pavores de gelo e trevas

CHRISTOPH RANSMAYR

Pavores de gelo e trevas

Tradução
Marcelo Backes

Estação Liberdade

Título original: *Die Schrecken des Eises und der Finsternis*
Copyright © Christian Brandstätter Verlag & Edition, Viena. Todos os direitos reservados para S. Fischer Verlag GmbH, Frankfurt s/ o Meno
Copyright © Editora Estação Liberdade, 2010, para esta tradução

Preparação	Antonio Carlos Soares
Revisão	Leandro Rodrigues
Assistente editorial	Tomoe Moroizumi
Composição	Johannes C. Bergmann / Estação Liberdade
Capa	Estação Liberdade
Imagem de capa	Veleiro Bélgica em meio ao gelo, em 19 de novembro de 1898, por Henryk Arctowski
Imagem na 4ª capa	O veleiro Almirante Tegetthoff no porto de Bremerhaven
Editores	Angel Bojadsen e Edilberto F. Verza

CIP-BRASIL. CATALOGAÇÃO-NA-FONTE
Sindicato Nacional dos Editores de Livros, RJ

R161p
Ransmayr, Christoph, 1954-
    Pavores de gelo e trevas / Christoph Ransmayr ; tradução Marcelo Backes. – São Paulo : Estação Liberdade, 2010.

    Tradução de: Die Schrecken des Eises und der Finsternis
    ISBN 978-85-7448-187-6

    1. Romance austríaco. I. Backes, Marcelo, 1973-. II. Título.

10-3512.   CDD: 833
                                            CDU: 821.112.2-3

Todos os direitos reservados à
Editora Estação Liberdade Ltda.
Rua Dona Elisa, 116 | 01155-030 | São Paulo-SP
Tel.: (11) 3661 2881 | Fax: (11) 3825 4239
www.estacaoliberdade.com.br

Sumário

	Antes de tudo	11
1	Eliminar do mundo	13
2	O desaparecido — Informações acerca da pessoa	18
3	Lista de chamada para um drama no final do mundo	28
4	Crônica das despedidas ou a realidade é compartilhável	38
5	Primeira digressão A passagem Nordeste ou o caminho branco para as Índias — Reconstrução de um sonho	50
6	Rotas de voo ao vazio interior e exterior	63
7	Melancolia	78
8	Segunda digressão Buscadores da passagem Uma página formal extraída da crônica do fracasso	91
9	Imagens pendulares de uma paisagem	95
10	O voo plúmbeo do tempo	102
11	Campi deserti	121
12	Terra nuova	137
13	O que tem de acontecer, acontece — Um livro de bordo	164

14 *Terceira digressão*
O Grande Prego
Fragmentos do mito e do iluminismo   186

15 *Anotações da terra de Uz*   194

16 *O tempo das páginas vazias*   237

17 *A retirada*   247

18 *Eliminado do mundo — Um necrológio*   259

Notas   275

Dedicado a Pizzo

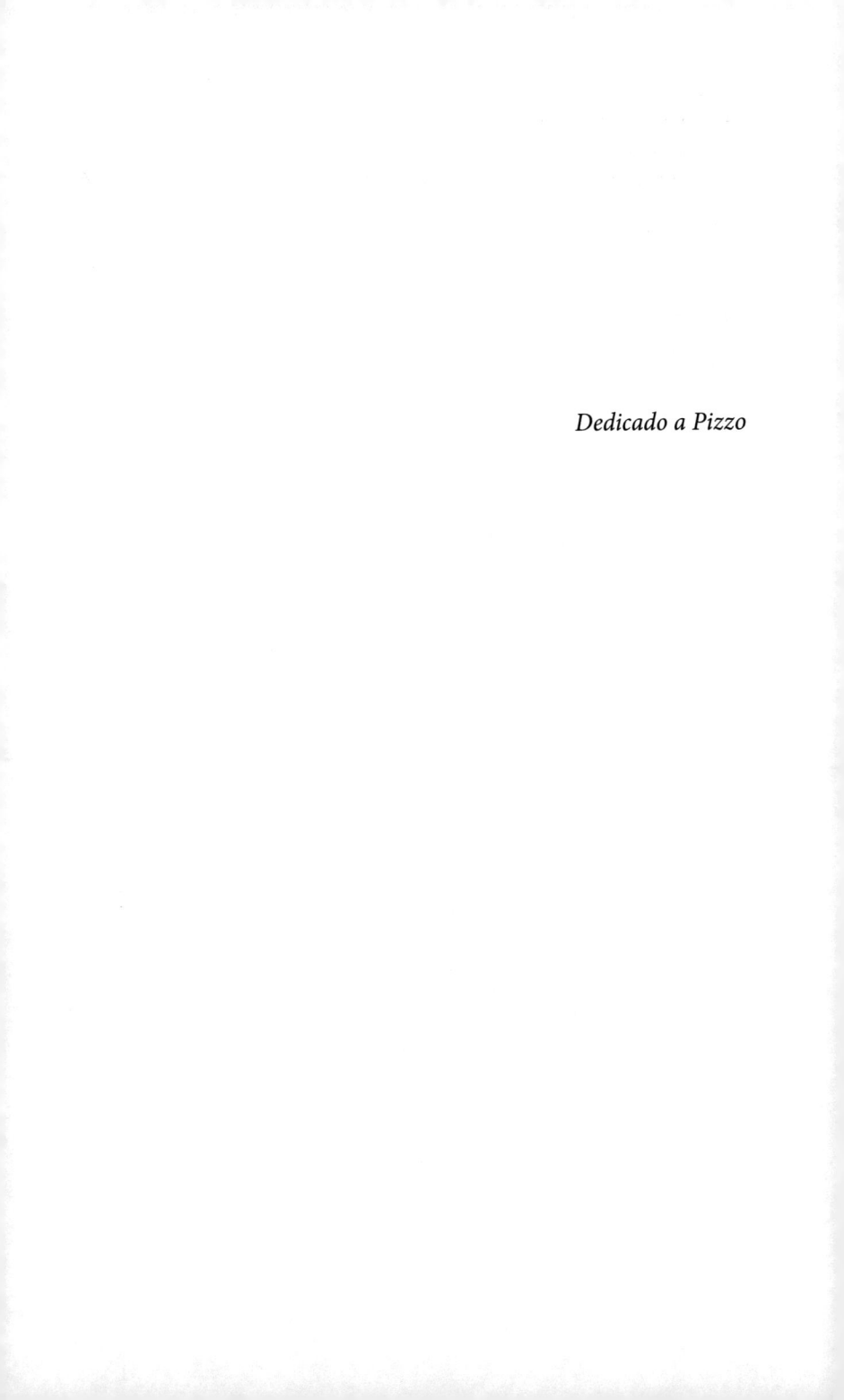

Antes de tudo

O que aconteceu com nossas aventuras, que nos conduziram sobre desfiladeiros cobertos de gelo, sobre dunas e tantas vezes ao longo das *highways*? Fomos vistos atravessando manguezais, campinas, ermos ventosos, escalando geleiras, percorrendo oceanos, para além de bancos de nuvens, em direção a metas cada vez mais remotas, interiores e exteriores. Não nos contentamos em obter sucesso em nossas aventuras; nós as relatamos em cartões-postais, em cartas e sobretudo em reportagens ilustradas e relatórios públicos, promovendo assim, em segredo, a ilusão de que mesmo o lugar mais remoto e distante é acessível como um jardim público, como um parque de diversões cintilante; a ilusão de que o mundo se tornou menor com o desenvolvimento precipitado de nossos meios de locomoção, e de que, por exemplo, uma viagem ao longo da linha do Equador ou aos polos terrestres passou a ser uma simples questão de financiamento e de coordenação dos tempos de partida. Mas isso é um equívoco! Afinal, nossas linhas de voo apenas diminuíram os tempos de viagem, e numa medida que só pode ser considerada absurda, mas não diminuíram as distâncias, que continuam sendo monstruosas. Não nos esqueçamos de que uma linha aérea é apenas uma linha aérea, e não um caminho: de que nós, em termos fisiológicos, somos pedestres e corredores.

1 *Eliminar do mundo*

Josef Mazzini com frequência viajava sozinho, e muitas vezes a pé. Ao andar, o mundo não se tornava menor para ele, mas sempre maior, tão grande que nele acabou desaparecendo.

Mazzini, um andarilho de 32 anos, desapareceu no inverno ártico do ano de 1981, nas paisagens glaciárias de Spitsbergen. Foi um evidente caso de luto privado. Um desaparecido, mais um, nada especial. Mas quando alguém se perde sem deixar para trás seus restos palpáveis, algo que possa ser queimado, afundado ou enterrado, então esse alguém tem de ser eliminado do mundo e esquecido aos poucos e de modo definitivo nas histórias que começamos a contar acerca dele depois de seu desaparecimento. *Continuar vivendo*, ninguém, nessas histórias, jamais continuou.

Muitas vezes me pareceu sinistro o fato de que o início e também o final de qualquer história, caso perseguida por tempo suficiente, se perca algum dia na extensão do mundo... Uma vez que, no entanto, jamais poderá ser dito tudo o que existe por dizer, e uma vez que um século tem de ser suficiente para esclarecer um destino, vou principiar com o mar e digo: era um dia de março de 1872, um dia claro e de muito vento na costa adriática. Talvez também naquela época as gaivotas pairassem sobre o cais como pandorgas filigrânicas ao vento, e através do azul do céu deslizassem os farrapos brancos de uma frente de nuvens esgarçada pelas turbulências da estação... Eu não sei. A tradição diz, em todo caso, que nesse dia Carl Weyprecht, um tenente da Marinha imperial austro-húngara, fez um discurso diante da Secretaria dos Portos daquela cidade, chamada de Fiume pelos italianos e de Rijeka pelos moradores croatas. Ele falou, diante de marinheiros e de um variado público portuário, acerca das ameaças do extremo norte.

Por muito tempo fiquei agarrado à ideia de que, no decorrer do longo discurso de Weyprecht, começara uma repentina chuva primaveril; uma chuva em cujo murmurar sossegante alguns marujos que estavam à escuta poderiam ter perdido o rumo, sem cair na suspeita de que teriam ido embora por sentirem temor ante as imagens evocadas pelo tenente da Marinha. Weyprecht descreveu um mundo distante, no qual um frio sol de verão brilhava sobre os marinheiros durante meses; mas que no outono tudo começava a escurecer, disse ele, até que por fim, mais uma vez durante meses, as trevas da noite polar e um frio inominável se abatiam sobre aquelas regiões. Weyprecht falou do imenso abandono de um navio que, preso à banquisa, boiava num mar inexplorado, entregue ao arbítrio das correntezas e das *pressões do gelo*, que rachavam camadas de gelo com toneladas de peso, empilhando bloco de gelo sobre bloco de gelo até formar torres da altura de prédios! Uma violência que muitas vezes esmagara até mesmo o bojo fortalecido com aço de veleiros e fragatas, como se eles fossem meros modelos de madeira laminada. Os guinchos e gemidos das ondas do Oceano Ártico, solidificadas em gelo, às vezes podiam, segundo ele, trazer à tona os temores mais escondidos no viajante que se aventurasse por aquelas regiões, e mesmo assim ele era obrigado com frequência a permanecer naquele mundo durante anos, preso entre muralhas de gelo flutuante, e sem nenhum consolo que não as próprias forças.

Mas eis que então o discurso de Weyprecht deu uma guinada surpreendente, que iluminou todos os pavores com outra luz, e isso deve ter fascinado alguns marujos a ponto de fazê-los dizer, diante do tenente da Marinha e da Secretaria dos Portos:

A mesmice inconsolável de uma viagem ártica, o tédio mortal da noite infinda, o frio medonho, são justamente os chavões variados com os quais a civilização está acostumada a lamentar por toda a parte o pobre explorador dos polos. Mas digno de ser lamentado é apenas aquele que não logra se defender da lembrança dos prazeres que deixou para trás, aquele que, lamuriando consigo mesmo sua dura sina, conta os dias que ainda tem de passar antes de soar a hora da volta ao lar. Um sujeito desses faz melhor se ficar tranquilo em casa, proporcionando-se, junto ao calor do fogão, as cócegas agradáveis de sofrimentos estranhos, talvez exagerados, em sua imaginação. Para aqueles que se interessam pelos trabalhos e práticas da natureza, o frio não é tão feroz a ponto de não ser suportado, e a longa noite não é tão longa a ponto de não chegar ao fim. Tédio só sente aquele que o carrega dentro de si e não é capaz de encontrar a ocupação que livra o espírito de incubar sua própria miséria.

No estaleiro Teklenborg und Beurmann, de Bremerhaven, fora construído sob sua orientação um navio — disse Weyprecht em seu discurso —, o Almirante Tegetthoff*, um veleiro de três mastros e 220 toneladas, equipado com uma máquina a vapor auxiliar e todo o tipo de proteção contra o gelo. O Almirante Tegetthoff deixaria o porto ainda em junho, tomando o rumo de Nordkapp para, a partir de lá, velejar sempre adiante em direção ao norte, ao mar inexplorado a nordeste do arquipélago russo Novaia Zemlia. Quem dentre os marinheiros presentes estivesse são, portanto sem medo do mar de gelo e pronto a deixar por dois anos e meio tudo que lhe fosse

---

* Almirante Tegetthoff – Em alemão, *Admiral Tegetthoff*. Homenagem ao almirante austríaco Wilhelm von Tegetthoff (1827-1871). Em 1864, Tegetthoff comandou a esquadra austríaca no mar do Norte e, junto com alguns navios prussianos, venceu os dinamarqueses na batalha naval de Helgoland. Em 1866, passou a comandar a esquadra austríaca no mar Mediterrâneo e venceu os italianos em Lissa em 20 de julho de 1866. [N.T.]

familiar, que se apresentasse a ele na Secretaria dos Portos, para tomar parte na expedição imperial austro-húngara ao Polo Norte. Ele, Weyprecht, seria o responsável pelo comando do Almirante Tegetthoff; em terra, porém, seu camarada, o primeiro-tenente Julius Payer, daria as ordens.

Enquanto as coisas tomavam sua marcha cansativa na costa adriática, os salários dos marinheiros eram acertados e as despedidas preparadas, em Viena um aristocrático *Comitê Polar*, encabeçado pelo amante de aventuras conde Hans Wilczek, providenciava o financiamento dessa expedição; e o primeiro-tenente Julius Payer escrevia cartas ao sul do Tirol.

Caro Haller!

Fico contente por enfim ter descoberto onde estás e pelo fato de teres me respondido tão prontamente.

Tenciono fazer uma viagem de dois anos e meio a regiões assaz frias, nas quais não existem pessoas, mas em compensação há ursos, e onde o sol brilha durante vários meses sem parar para depois desaparecer também por vários meses.

Ou seja, vou fazer uma expedição ao Polo Norte.

1. *Pago-te a viagem, sem quaisquer deduções, de Sankt Leonhard a Bremerhaven, onde embarcaremos no navio.*
2. *Teus serviços começariam no final de maio; por volta desse período terias de chegar a Viena.*
3. *Terias de ficar comigo por dois anos e meio.*
4. *Tuas roupas, armas e alimentação correriam por minha conta, e receberias, além de premiações especiais por desempenhos especiais, pelo menos 1.000 florins em títulos, dos quais poderás receber uma parte já na partida.*

Peço-te, Haller, que tentes arranjar ainda um segundo alpinista; ele tem de ser uma pessoa decente, não pode perder jamais a vontade e a perseverança, por maiores que sejam as privações; tem de ser um bom caçador e receberia o mesmo que tu. Na viagem de volta, ainda ganharias de presente uma finíssima espingarda Lefaucheux *(de carregar pela culatra, fuzil a cartuchos).*

Portanto, escreve logo e procura, de qualquer modo, um segundo homem cuja serventia tu me possas garantir.

Nós teremos frio e perigos pela frente... Isso te causa receio? Eu já fiz duas viagens dessas com êxito, e o que sou capaz de fazer tu também és.

Teu amigo Payer

2 O desaparecido
Informações acerca da pessoa

Josef Mazzini veio ao mundo em Trieste, no ano de 1948; era filho de Kaspar Mazzini, um estofador natural de Viena, e de sua mulher Lucia, uma pintora triestina de miniaturas. Nos primeiros dias após seu nascimento, uma briga na estofaria, que durava semanas, alcançou seu apogeu: era o nome alemão *Josef*, que a mãe, uma italiana entusiástica, em vão tentou evitar. O estofador, que já naquela época sofria dos olhos e nos anos em que minguava a acuidade visual se tornara cada vez mais intratável, mais uma vez desprezou todas as objeções e pedidos. Josef Mazzini foi educado nas línguas maternas de seus pais em uma moradia separada da oficina de seu pai apenas por uma porta corrediça de madeira; e a educação foi tão minuciosa que o herdeiro destinado a um *futuro melhor* logo passou a viver não apenas contra todas as intenções paternas, mas contra prescrições de qualquer ordem. Ele se tornou *difícil*.

Nas histórias remotas de sua mãe, cujo sobrenome de família era Scarpa, o mundo era um álbum que se podia folhear a gosto. Lucia Mazzini tentava sempre sossegar o filho. Ela contava muitas histórias. Após o meio-dia, o presente muitas vezes não era nada mais do que um ruído de trabalho que vinha através da porta corrediça em intervalos irregulares; na mesa da cozinha, contudo, o passado era poderoso e pictórico. Nessas histórias, ela contava que entre os Scarpas teria havido muitos marinheiros, timoneiros, capitães! Lorenzo, por exemplo, que navegara em volta do mundo dezessete vezes, fora assassinado em Port Said; ou Antonio, o tio-bisavô, Antonio Scarpa!, que com uma expedição austríaca — na verdade composta quase apenas de marujos italianos — chegara mesmo a velejar ao Polo Norte, descobrindo por lá uma cadeia montanhosa de gelo e pedras negras, uma terra irradiante sob um sol que jamais se punha. Mas o navio, coberto e recoberto de cristais de gelo, ficara preso nas águas congeladas do Oceano Ártico e Antonio voltara a pé da região selvagem, atravessando um mar solidificado. Ele sofrera muito com o episódio. Quando a mãe contava a história do caminho doloroso de Antonio Scarpa através do gelo, às vezes cruzava as mãos jogadas sobre a cabeça e olhava de forma estranha. A Itália era grande. A Itália estava em todo lugar! E Lucia, que já não achava mais graça em seu estofador de Viena, consolava a si mesma e a seu filho com isso.

O aluno Mazzini foi familiarizado com *heróis*. E assim também com o destino do belo general Umberto Nobile, de Avellino, ao qual a pintora de miniaturas com certeza consagrara algum de seus sonhos. Em maio de 1926, Nobile sobrevoara de aeronave o Polo Norte, na companhia de Roald Amundsen, o conquistador do Polo Sul, do milionário americano Lincoln Ellsworth e de outros doze aviadores; ele fora de Spitsbergen ao Alasca, onde aterrissou ileso e entusiasmado em seu uniforme de desfile bordado a ouro. E dois anos depois, Lucia, uma menina vestida de branco que sacudia sua bandeirinha, estava em Milão, na festa de despedida de Nobile, que iria fazer seu segundo voo ao Polo Norte. Que festa! Até mesmo o Duce compareceu. Mas aquele dia de abril se tornou longo e passou sem que a aeronave *Italia* de Nobile levantasse voo para os céus de Milão. Até tarde da noite a nave ficou amarrada, e a multidão aos poucos foi se dispersando, quando enfim, brilhando debilmente, monstruoso, o gigantesco charuto *Italia* deslizou com suavidade, livrando-se de seus grilhões e avançando para as trevas. Na época, Lucia resistiu até aquele momento único e maravilhoso; em pé sobre a ponta dos dedos, erguia sua bandeirinha de papel em direção à noite e de tanto entusiasmo mordia os nós brancos de seu punho. Mas o herói de Lucia voltaria tão modificado dessa aventura, apenas um náufrago, a ponto de, mais tarde, a pintora de miniaturas só se recordar dele em seu velho esplendor com muito esforço e contra a opinião pública. Foi *o* infortúnio, do qual Josef Mazzini ouvira falar na estofaria. E, embora na época já houvesse tempo que a queda do *Italia* acontecera, os mortos estavam mortos, os heróis sobreviventes, quase esquecidos, e a Segunda Guerra Mundial, nesse entrementes, já houvesse passado o pano em todas as aventuras nas regiões árticas e em outros lugares, tornando-as meros jogos de azar ridículos, esse foi o primeiro infortúnio que tocou Mazzini desde que ele nascera, fazendo-o ter sonhos ruins. Pois foi com as histórias do naufrágio da expedição do *Italia* que Mazzini compreendeu pela primeira vez que, de fato, existia uma coisa dessas: morrer. E isso o encheu de pavor. Que mar era aquele, no qual heróis se transformavam em patifes, capitães, em antropófagos e dirigíveis, em farrapos de gelo?

Suponho que Mazzini começou já naquela época (tinha doze anos, era mais novo?) a unir suas primeiras e escassas noções do Ártico à imagem de um mundo frio e rutilante, em cujo vazio amedrontador tudo era possível, e a respeito do qual apenas poderíamos ousar sonhar secreta e um tanto antiquadamente na estofaria. Não era uma imagem bonita. Mas era tão poderosa que Mazzini a levou consigo da infância até a idade adulta.

O estofador não gostava de ouvir as histórias que sua mulher contava ao herdeiro. Ele xingava os heróis de Lucia de *idiotas* e, de vez em quando, Nobile de *fascista*, mas permitiu mesmo assim que uma fotografia do tamanho de um cartão-postal, que mostrava o general diante do mastro da âncora de seu dirigível em Ny Ålesund, Spitsbergen, ficasse colada durante anos na porta corrediça que dava para a oficina. Quando enfim tiraram a fotografia, ficou, como uma janela para outro mundo, um retângulo claro marcado na porta, e Josef Mazzini havia tempos já estava em Viena. Ao se despedir de Trieste, ele deixara para trás a briga, afinal sem perspectivas, conduzida em sua família acerca de seu futuro, e também não deixou que o convencessem, em suas visitas cada vez mais raras, a voltar a assumir o lugar de *herdeiro* que lhe fora destinado. O fato de Mazzini ter ido para Viena talvez até mesmo tivesse a ver com as obstinadas fantasias de fuga do pai, que em seus dias ruins amaldiçoava Trieste, sempre falando em voltar para sua cidade natal; talvez também tivesse a ver com uma pequena e empoeirada parentela, que tocava um comércio de frutas, inclusive sulinas, na Thaliastrasse, em Viena, e que pouco apoiou o sobrinho italiano nos primeiros tempos depois de sua chegada... Seja como for, Mazzini estava em Viena e não se preocupou, descontadas algumas viagens estafantes, em voltar a Trieste ou ir para outro lugar. Como se diz, presumindo que falasse o alemão de seu pai, ele *se estabelecera ali.*

Mazzini se instalou na condição de sublocatário na casa da viúva de um mestre em cantaria, e trabalhava eventualmente como motorista em uma transportadora, na qual um amigo da parentela ocupava o cargo de contador; mais tarde arranjou, biscateando, antiguidades de porcelana do Extremo Oriente, jade e marfim, que eram pagos com dinheiro ilegal; e lia muito. A viúva do mestre em cantaria passava os dias sentada numa máquina de tricô grosseira, oferecia a seu sublocatário as peças de roupa de lã mais estranhas e contemplava pela janela, por vezes durante horas, as lápides de seu esposo que não haviam sido vendidas e continuavam armazenadas no pátio interno da casa. Sobre as pedras crescia musgo.

Eu conheci Josef Mazzini na casa da livreira Anna Koreth, uma mulher que entrara para o círculo dos acadêmicos com um trabalho etnológico sobre uma tribo samoiédica na costa marítima congelada da Sibéria, e em seguida especializou sua loja em literatura de viagem e etno-histórica. Em sua casa escura e espaçosa na Rauhensteingasse, em Viena, a livreira de vez em quando oferecia jantares a sua melhor clientela. Eram noites nas quais se falava muito em assinaturas e edições raras e se bebia vinho barato importado da Itália. Na Rauhensteingasse ficava-se sabendo dos detalhes mais inacreditáveis sobre a realização de diferentes obras, sobre anos de publicação, decoração e exemplares de um título, mas quase nada sobre as pessoas que liam tais livros. Mazzini, que Anna Koreth introduzira como *seu Josef* no círculo dessas reuniões noturnas, era uma exceção. Ele falava muito de si. Fazia-o num alemão cortês, no qual se percebia que era um imigrante. Assim Mazzini usava, quando ainda era novo na Rauhensteingasse, expressões como *teatro de jogo de luzes* e dizia *para fins de, benevolamente, de tal maneira* ou *por telefono*.

Na época eu compreendi mal seu vocabulário com sotaque, como se fosse parte de uma conversação viciada na necessidade de gracejos, pois ele também dizia coisas que pareciam estranhas e esquisitas no círculo de Anna Koreth. Ele projetava o passado, dizia Mazzini, de um jeito novo. Afirmava que imaginava histórias, inventava sequências de ações e acontecimentos, desenhava-os e examinava se no passado distante ou recente haviam existido precursores ou correspondências *reais* para as figuras de sua fantasia. Isso no fundo não era, dizia Mazzini, nada mais do que o método de escritores de romances futuristas, apenas com direção temporal contrária. Assim ele tinha a vantagem de poder verificar a verdade de suas invenções por meio de pesquisas históricas. Isso era um jogo com a realidade. Ele supunha, contudo, que o que quer que fantasiasse algum dia já teria acontecido.

— Ah! — diziam na Rauhensteingasse ao italiano, que se esparramava sobre a mesa num blusão de tricô demasiado grande, *e enchia a cara* de vinho tinto. — Ah!, bem simpático, parece que já ouvimos essa história antes. — Era uma narrativa fantasiada, que de fato já ocorrera uma vez, mas que não se diferenciava em nada de um simples *recontar*; ninguém jamais saberia valorizar tal fantasia e todo mundo acreditaria estar diante de um mero relato de fatos. Isso não teria a menor importância, replicara Mazzini na época, a ele já bastava a prova privada e secreta de ter inventado a realidade.

Suponho que tenha sido Anna Koreth (ela excedia seu Josef em quase uma cabeça; a cabeça *dela*) que levou o inventor a finalmente abandonar a privacidade e a confidencialidade de seus jogos de pensamento e oferecer suas histórias ao público. (De qualquer forma, elas apareceriam de quando em vez em poucas revistas, exibidas na livraria Koreth, e lá representariam o presente entre séries volumosas de obras históricas.) Mazzini continuava se encarregando de longas viagens para a transportadora a fim de obter um orçamento auxiliar; como sempre, também abastecia com estatuetas a burguesia necessitada de antiguidades e escrevia histórias cujos cenários, na maior parte das vezes, apenas podiam ser encontrados de forma aproximada nos mapas. Ele fez chalupas de pescaria afundarem em águas assaz distantes, fez queimadas estépicas irromperem nos confins asiáticos ou noticiou, na condição de *testemunha ocular*, caravanas de fugitivos e batalhas alhures. A fronteira entre fato e invenção sempre corria invisível nesses relatos.

"No que diz respeito à necessidade de entretenimento, isso não tem mesmo a menor importância", escreveria Mazzini mais tarde em um de seus diários do mar de gelo, que o oceanógrafo Kjetil Fyrand, da cidade mineira de Longyearbyen, encaminharia a Anna Koreth, "...é sempre a mesma envergonhada prontidão para o ato de se evadir, que depois do expediente nos faz sonhar com fábulas selvagens, caravanas ou cintilantes banquisas. Aonde nós mesmos não podemos chegar, mandamos nossos representantes... correspondentes que então nos contam como foi. Mas não era *assim* na maior parte das vezes. E se nos informavam acerca do ocaso de Pompeia ou de uma guerra atual nos campos de arroz... aventura continua sendo sempre aventura. No fundo já não há mais nada que nos comova. E também ninguém nos esclarece mais nada. Não nos comovem, não nos divertem..."

Para Mazzini, quanto mais grandiosa parecia se tornar na época a noção de voltar a encontrar seus fantasmas na realidade, tanto mais vezes ele deslocava os cenários de suas narrativas a paisagens desabitadas e desérticas e regiões setentrionais ermas. Pois um drama inventado que ocorria num mundo vazio era, afinal, muito mais plausível e *imaginável* do que uma aventura tropical, em cuja invenção as influências de uma natureza bem mais diversa ou os rituais de uma cultura estranha tinham de ser levados em conta. E assim Mazzini tangeu as figuras de sua fantasia cada vez mais para o norte, para enfim chegar a lugares onde nem mesmo os esquimós viviam — na banquisa do Alto Ártico. O inventor parecia encontrar com isso a conexão com as imagens geladas e fixas de sua infância; apenas mais tarde ficaria claro que aquilo também era uma conexão com o fim. Pois o prelúdio do desaparecimento de Mazzini começou quando ele descobriu, entre os acervos antigos da livraria Koreth, a descrição de uma viagem ao Oceano Ártico de mais de cem anos antes; ela era tão dramática, tão bizarra e tão improvável como só uma fantasia poderia ser: era o relato de Julius, Cavaleiro de Payer, acerca da expedição austro-húngara ao Polo Norte, publicado em Viena, em 1876, no livreiro da corte e da universidade Alfred Hölder.

Josef Mazzini ficou fascinado. Aquela expedição passara mais de dois anos na banquisa, e num dia radiante de agosto de 1873, além dos 79 graus de latitude norte, descobrira no Oceano Ártico um arquipélago até então desconhecido — algo em torno de sessenta ilhas de formação rochosa original, quase de todo enterrado sob uma camada imensa de geleira; montanhas de basalto, 19 mil quilômetros quadrados de ausência de vida. Durante quatro meses do ano o sol não se elevava sobre aquele reino insular, e de dezembro a janeiro reinavam as trevas, na qual a temperatura do ar caía aos 70 graus abaixo de zero na escala Celsius. Julius Payer e Carl Weyprecht, comandantes da expedição, haviam batizado aquela terra horrível com o nome de Terra de Francisco José, em homenagem a seu soberano distante, e com isso extinguiram uma das últimas manchas brancas da carta geográfica do antigo mundo.

Esse relato expedicionário desencadeou em Josef Mazzini tanta fascinação que só com dificuldade sou capaz de imaginar outro motivo para ele ter acreditado possuir, com as anotações de Payer, uma *prova* para uma de suas aventuras inventadas. Certo é apenas, todavia, que na época Mazzini começou a reconstruir o decurso caótico daquela viagem de descobrimento com um fervor quase fanático. Ele vagou através dos arquivos. (No departamento da Marinha do arquivo de guerra austríaco estava guardado o puído diário de bordo do veleiro Almirante Tegetthoff, mais cartas inéditas e jornais de Weyprecht e Payer; e, na coleção de mapas da Biblioteca Nacional, o diário do maquinista da expedição, Otto Krisch, e as anotações monótonas, *atônitas* do caçador Johann Haller, do vale Passíria...) Era como se aquela voragem, que levara as remotas figuras da fantasia de Mazzini ao norte mais distante, agora também o houvesse agarrado para levá-lo. Mazzini corria atrás de uma realidade prescrita. E para essa marcha todos os arquivos eram demasiado reduzidos, demasiado pequenos. Mazzini viajou ao Oceano Ártico. Mazzini celebrou a crônica da expedição Payer-Weyprecht diante dos bastidores da realidade — o céu violeta sobre as banquisas tinha de ser o mesmo sob o qual a tripulação do Almirante Tegetthoff havia mais de um século se desesperara. Mazzini peregrinou sobre as geleiras. Mazzini desapareceu.

Não, eu não fui seu amigo. Por vezes, inclusive, senti por esse homem baixinho, quase delicado, que certamente também teria seguido uma miragem com a força de um fanático, aquela hostilidade especial com a qual só enfrentamos alguém que está muito próximo, que é muito parecido conosco. Entrei na vida dele sem querer — uma convivência superficial. Dei atenção a Mazzini apenas quando ele desapareceu no gelo. Pois o enigmático e o angustiante nesse desaparecimento passou a atravessar sua existência retroativamente, e em tal medida que pouco a pouco tudo o que aquele homem fizera e com que se ocupara se tornou enigmático e angustiante. Apesar disso, no princípio era pouco mais que um jogo de pensamento o fato de eu tentar resumir as circunstâncias daquele desaparecimento em uma explicação, em uma explicação qualquer. Mas de cada indício surgia uma nova pergunta e assim, involuntariamente, eu sempre dava mais um passo, e o próximo acionou, através de seus nexos, detalhes biográficos, informações e nomes, como num jogo de palavras cruzadas, a ponto de transformar Mazzini em um *caso* a ser investigado por mim. Por fim, prossegui até mesmo naquelas investigações histórico-polares que ele realizara de modo tão imperturbável, aprofundei-me cada vez mais em seu trabalho, negligenciando com isso o meu. As anotações e diários de Mazzini em Spitsbergen, que Anna Koreth me repassou, se tornaram tão íntimas para mim que eu podia citar de memória inclusive suas passagens mais confusas sem fazer o menor esforço. Não afastava mais do pensamento frases e imagens, até mesmo fragmentos sem a menor importância. Mesmo que quisesse, agora já não me esqueceria de mais nada. Cúmulos espelhados pela vidraça se transformavam em rupturas de geleiras; restos de neve nos parques da cidade, em banquisas. O Oceano Ártico jazia diante de minha janela. O mesmo provavelmente acontecera com Mazzini. Ainda hoje me é incômoda e inoportuna a recordação daquele dia de março no qual, a caminho de uma biblioteca geográfica, de repente tive consciência de que havia tempo me mudara para o mundo de um outro; era a descoberta vergonhosa e ridícula de que eu, de certa forma, assumira o lugar de Mazzini: eu fazia *seu* trabalho e me movimentava em *suas* fantasias de maneira tão inevitável como o faria uma figura de um jogo de tabuleiro.

Naquele dia choveu homogênea e ininterruptamente até tarde da noite. Poças de água se esticavam e se conectavam, fazendo espuma no trânsito da rua, que se movimentava no ritmo dos semáforos. A chuva transformou a neve velha e escurecida em um lamaçal vidrento. Fazia frio. Mazzini estava morto. Ele *tinha* de estar morto.

3 Lista de chamada para um drama no final do mundo
(Anexo: fragmentos dos autos pessoais dos comandantes)

Tenente da Marinha Carl Weyprecht de Michelstadt, em Hessen	Comandante da expedição sobre as águas e sobre o gelo, Primeiro homem no *Almirante Tegetthoff*
Primeiro-tenente Julius Payer de Teplitz, na Boêmia	Comandante da expedição em terra, Cartógrafo do imperador
Tenente da Marinha Gustav Brosch de Komotau, na Boêmia	Primeiro oficial (Serviço interno) Mestre de provisões
Alferes da Marinha Eduard Orel de Neutitschein, na Morávia	Segundo oficial (Pilotagem)
Doutor Julius Kepes de Bari, na Hungria	Médico da expedição
Capitão de navio Pietro Lusina de Fiume	Contramestre
Capitão Elling Carlsen de Tromsö, na Noruega	Mestre do gelo e arpoador
Otto Krisch de Kremsier, na Morávia	Maquinista

Josef Pospischill de Pretau, na Moravia	Foguista
Antonio Vecerina de Draga, vizinha a Fiume	Carpinteiro
Johann Orasch de Graz	Cozinheiro
Johann Haller do vale Passíria, no Tirol	Primeiro caçador, curandeiro e batedor de cães
Alexander Klotz do vale Passíria, no Tirol	Segundo caçador, curandeiro e batedor de cães

Antonio Scarpa, de Trieste Antonio Zaninovich, de Lesina Antonio Catarinich, de Lussin Antonio Lukinovitch, de Brazza Giuseppe Latkovitch, de Fianona, vizinha a Albona Pietro Fallesich, de Fiume Giorgio Stiglich, de Buccari Vincenzo Palmich, de Volosca, vizinha a Fiume Lorenzo Marola, de Fiume Francesco Lettis, de Volosca Giacomo Sussich, de Volosca	Marinheiros

Cão-guia Jubinal, do norte da Ásia, comprado em Viena Gillis, de origem desconhecida, comprado em Viena Matotschkin, de origem desconhecida, comprado em Viena	Cães de trenó

Não nos esqueçamos de que uma linha aérea é apenas uma linha aérea, e não um caminho: em termos fisiológicos, somos pedestres e corredores.

...hrigen Jubiläum der
...dpol-Expedition 1872—1874.

Graf Hans Wilczek
der Expedition

Jul. R. v. Payer
Oberleutnant

Kisch   Opel

Baron Sterneck   Burger   Carlsen

Klotz   Vecerina   Pospischill   Lathovich

Haller   Marola   Scarpa   Orasch

Bop, de origem desconhecida,
comprado em Viena
Nova, de origem desconhecida,
comprado em Viena
Zemlia, de origem desconhecida,
comprado em Viena — Cães de trenó
Sumbu, da Lapônia,
comprado na região selvagem
de Pekel, na Lapônia,
comprado em Tromsö
Torossy, do Oceano Ártico, nasceu a bordo
do Almirante Tegetthoff, filhote da Zemlia

Dois gatos, de Tromsö, sem nome

Josef Mazzini, de Trieste — Seguidor

Anexo

WEYPRECHT, Carl, tenente da Marinha, pesquisador do Polo Norte. Nascido em 8 de setembro de 1838, em Michelstadt, no Odenwald, no grão-ducado de Hessen-Darmstadt; filho de cidadãos abastados; ginásio e escola profissionalizante em Darmstadt. Aos dezoito anos entra para a Marinha de guerra austríaca como *cadete provisório*. 1856-59: — Instrução náutica na fragata Schwarzenberg,

na corveta Arquiduque Frederico, na fragata Danúbio e no vapor Curtatone; viagens ultramarinas. 1860-61: Serviços de oficial na condição de *cadete da Marinha efetivo* na fragata Radetzky, sob o comando do (mais tarde) Almirante Wilhelm von Tegetthoff. 1861: Promovido a *alferes de navio* por Tegetthoff. 1863-65: Oficial de instrução no brigue Hussardo. Distingue-se em 1866, por cautela e bravura peculiares, na batalha marinha de Lissa a bordo da fragata encouraçada *Dragão*; premiado com a ordem da *Coroa de Ferro de Terceira Classe*; em 1868, depois de uma viagem ao golfo do México, é promovido a *tenente de navio*. Até 1871, várias viagens aos continentes asiático e americano; cruzeiros ao longo das costas síria e egípcia e complementação da tomada da costa dalmaciana. Excelente conhecimento de línguas — italiano, húngaro, servo-croata, francês, inglês e norueguês. Em 1871 empreende, junto com → Julius Payer e o conde Hans Wilczek, uma expedição de reconhecimento a Spitsbergen e Novaia Zemlia na fragata Isbjörn, a fim de obter informações acerca das condições meteorológicas e do gelo ao norte do mar de Barents; em 1872, aos 33 anos, é encarregado de organizar o comando da expedição austro-húngara ao Polo Norte.

Numerosas publicações no âmbito da náutica, da meteorologia, do magnetismo terrestre e da oceanografia, como: *As metamorfoses do gelo, Instruções práticas para a observação das luzes polares, A expedição do futuro ao Polo Norte e seu resultado assegurado...*

Titular da Cruz de Cavaleiro da Ordem de Leopoldo, da Ordem da Coroa de Ferro de Terceira Classe, da Ordem da Águia Vermelha de Terceira Classe do reino prussiano, da Cruz de Oficial da Ordem de Maurício e Lázaro do reino italiano, da Coroa de Louros de Prata da cidade de Frankfurt, da Grande Medalha de Ouro do Congresso Geográfico Internacional de Paris, da Medalha de Ouro do Fundador da Sociedade Geográfica de Londres, etc., etc. Comparar com → Distinções de Payer; cidadão honorário das cidades de Fiume (Rijeka) e Trieste.

PAYER, Julius, Cavaleiro de, primeiro-tenente, cartógrafo, pesquisador dos Alpes e dos polos, pintor, escritor, nasceu em 2 de setembro de 1841, filho de um mestre de cavalaria ulano em Schönau, vizinha a Teplitz, na Boêmia. Formado no Instituto de

Cadetes de Lobzowa, vizinha a Cracóvia, e na Academia Militar Teresiana em Viena-Neustadt; em 1859 combate na condição de *subtenente* do 36º Regimento de Infantaria na batalha de Solferino; é premiado com a Cruz do Mérito com Decoração de Guerra e promovido a primeiro-tenente. Aquartelamentos em Mogúncia, Frankfurt,

Verona, Veneza, Chioggia e Jägerndorf; leciona história no Instituto de Cadetes de Eisenstadt e mais tarde trabalha sob o comando do marechal-de-campo Von Fligely para o Instituto Geográfico-Militar. Excursões espetaculares a cordilheiras a fim de desbravar os Alpes do sul do Tirol e do Alto Tauern; cartografia das cadeias montanhosas de Monti Lessini, Pasubio, Glockner e de Veneza; mais de trinta primeiras escaladas nas cadeias montanhosas de Brenta, de Adamello e de Presanella. 1855-68: Pesquisa sistemática e registro trigonométrico de todas as partes da altamente ramificada cadeia montanhosa de Ortler; sessenta escaladas de cumes. 1869-70: Participação na segunda expedição alemã do Polo Norte à Groenlândia, na condição de geógrafo, orógrafo e glaciologista; descoberta do fiorde do Tirol e do fiorde Francisco José em uma marcha a pé de 600 quilômetros ao longo da costa oriental groenlandesa. 1871: junto com → Carl Weyprecht e o conde Hans Wilczek, investida ao mar de Barents até 78°48' de latitude norte; cartografia complementar de Spitsbergen. Em 1872, aos trinta anos, assume o comando em terra da expedição austro-húngara ao Polo Norte.

Numerosas publicações no âmbito da cartografia, geografia e da aventura ártica, como: *Os Alpes de Adamello e Presanella, A Bocca di Brenta, Os Alpes de Ortler, A expedição austríaca prévia para investigação do mar de Novaia Zemlia, Sobre o frio, As regiões internas da Groenlândia, A expedição austro-húngara ao Polo Norte nos anos de 1872-1874*, etc.

Titular da Ordem da Coroa de Ferro de Terceira Classe, da Medalha de Ouro das Sociedades Geográficas de Londres e Paris; membro honorário das Sociedades Geográficas de Viena, Berlim, Roma, Budapeste, Dresden, Hamburgo, Bremen, Hanôver, Munique, Frankfurt e Genebra; membro honorário da Sociedade Meteorológica de Argel, do Clube Náutico de Hamburgo e do Clube de Geografia em Bratislava*; membro honorário das associações alpinas francesa, inglesa e italiana, cavaleiro da Legião de Honra francesa, da Ordem da Águia Vermelha de Terceira Classe do reino prussiano, da Ordem da Estrela do Norte do reino sueco, da Ordem de Maurício e Lazáro do reino italiano, da Ordem da Coroa italiana, da Ordem da Torre e da Espada do reino português e da Ordem do Falcão Brando do grão-ducado da Saxônia; doutor *honoris causa* em

---

* Bratislava, hoje capital da Eslováquia. [N.E.]

Filosofia pela Universidade de Praga; cidadão honorário das cidades de Brno*, Fiume e Teplitz; tem a fama de ser o melhor condutor de cães de trenó de seu tempo nascido fora do Círculo Polar.

---

* Brno, hoje segunda maior cidade da República Tcheca. [N.E.]

4 Crônica das despedidas
ou a realidade é compartilhável

No ano de 1868, durante o registro dos Alpes de Ortler, chegou até minha distante barraca nas montanhas um jornal com a notícia da expedição alemã de Koldewey. À noite, junto ao fogo, fiz uma palestra sobre o Polo Norte aos pastores e caçadores que estavam em minha companhia, admirado com o fato de existirem pessoas bem mais capazes do que outras de suportar os pavores do frio e das trevas. Na época eu não tinha a menor ideia de que apenas um ano mais tarde eu mesmo participaria de uma expedição ao Polo Norte, e tampouco Haller, que era um de meus caçadores, poderia pressupor que me acompanharia em minha terceira viagem.

Julius Payer

Onde começava a despedida? E quando? Havia tantos cenários — a plataforma da estação ferroviária oeste de Viena, o portão da eclusa de Geestemünde, o porto da cidade norueguesa de Tromsö; e, um século mais tarde, o *aeroporto* e, mais uma vez, uma pista de aterrissagem.

Cinco marinheiros do Almirante Tegetthoff deixaram suas famílias; será que na despedida eles repetiram as promessas que lhes haviam sido feitas? *Descobriremos novas terras.* Será que falaram da vida grandiosa depois do retorno e do salário de marinheiro, que era melhor do que em outros navios? *Mil e duzentos florins em prata, equipamento e alimentação gratuita durante dois anos e meio, talvez três, talvez para sempre — não, isso por certo não acontecerá.* Os que ficaram para trás não sabiam muita coisa, além da certeza de que o lugar para onde iam os filhos, os irmãos, os pais, era bem diferente e frio, e que ninguém jamais estivera lá e que a volta demoraria muito, bem mais do que em outras ocasiões.

No dia de Corpus Christi de 1872, uma quinta-feira, 31 de maio, a expedição austro-húngara ao Polo Norte, com seus cães de trenó, pôs-se em movimento, pela primeira vez completa. Todos subiram no trem que levava a Bremerhaven, o qual, envolvido por uma nuvem de fumaça, esta não relatada, deixou a estação ferroviária de Viena-Oeste às seis e meia da tarde. Não foi uma grande despedida. Durante dois dias, a paisagem desfilou pelas janelas dos compartimentos, rolando de volta ao lugar de onde haviam vindo. Trübau na Morávia, Budweis, Praga, Dresden, Magdeburgo, Braunschweig, Hanôver, Bremen — nas estações pelas quais passavam, às vezes delegações inteiras desejavam os melhores votos, erguiam as mãos, mas sem nenhum júbilo.

Cada um sente calado que vai em direção a um tempo bem difícil; cada um é livre para ainda hoje esperar aquilo que deseja; pois a ninguém se abre o olhar para o futuro. Mas um sentimento anima todos, a consciência de que nós, em uma batalha por objetivos científicos, servimos à honra de nossa pátria, e de que em casa seguem nossos passos com o mais vívido interesse.

Julius Payer

Os marinheiros em suas novas vestimentas, em pé ou sentados confortavelmente às janelas dos compartimentos, com uma garrafa de aguardente entre os joelhos; os caçadores Haller e Klotz, ambos ainda em trajes do vale Passíria — gibões de pano bruto bordados, chapéus de abas largas e calças de couro de veado até os joelhos (Payer quis ver seus caçadores em trajes de caça na hora da partida) —, o que a ciência e a honra pátria poderiam significar para aqueles homens se comparadas a 1.200 florins de prata? 1.200 florins de prata e, além disso, premiações e uma nova terra! Ainda estão sentados no trem e procuram se conhecer e se entender nos dialetos de quatro línguas diferentes; o italiano será a língua oficial no navio. Mas eles andam ao encontro do dia em que Alexander Klotz, esse tirolês tenaz, afundará na neve da Terra de Francisco José; com as peles em farrapos, consumido e de pés congelados, ele se evadirá num longo soluçar, inacessível a qualquer consolo e a qualquer conforto. E noutro dia, Otto Krisch, o maquinista de 29 anos, será carregado num esquife, construído por Antonio Vecerina, sobre o gelo ao longo das falésias da nova terra e, depois, será depositado entre colunas de basalto e coberto de pedras. *Uma solidão indescritível paira sobre as montanhas de neve...*, escreverá Julius Payer em seu diário. *Quando o gelo da costa não é levantado, gemendo e tinindo, pela maré baixa ou pela maré alta, quando o vento não acaricia, suspirando, as fendas das pedras, então o silêncio da morte paira sobre a paisagem fantasticamente pálida. Nós ouvimos acerca do silêncio festivo da floresta, de um deserto, até mesmo de uma cidade envolvida pela noite. Mas que silêncio paira sobre uma terra dessas e suas frias geleiras montanhosas, que se perdem em distâncias inexploráveis e olorosas, e cuja existência parece que permanecerá sendo um mistério por todos os tempos dos tempos... Assim se morre no Polo Norte, só e apagando como um fogo-fátuo, um marinheiro ingênuo na condição de carpideira, e lá fora um túmulo de gelo e pedras espera por aquele que se foi...*

Nas conversas no trem é apenas uma distância séria e branca que vem ao encontro deles; e, se fossem encontrar uma ilha em sua viagem através do Oceano Ártico, por certo seria uma terra linda, calma e branda.

Na época, imaginávamos seus vales ornados com pastagens e animados por renas, que se demoram no gozo imperturbado de sua égide, distantes de todos os inimigos.

Julius Payer

O mundo diante das janelas dos compartimentos aos poucos se torna estranho. Mas continua verde. Campos de lúpulo, aleias de álamos, pastagens, casas de tijolos cobertas de palha. Ali está começando um verão.

Em 2 de junho, a equipe expedicionária chegou a Bremerhaven, e na noite do mesmo dia se dirigiu ao cais de Geestemünde. Então, alguns quase reverentes, outros angustiados, ficaram todos em pé diante do Almirante Tegetthoff. Que navio! E como tudo era novo. Nada de algas ou conchas nas pranchas, nada de crostas de sal; ele cheirava a verniz, alcatrão e madeira fresca. Abaixo da linha da água, era encouraçado com chapas de ferro. Essa escuna era equipada com uma máquina a vapor auxiliar de cem cavalos de potência, da fábrica Stabilimento Tecnico Triestino, o que lhe possibilitava atravessar a banquisa mesmo sem vento. Os gêneros alimentícios, fornecidos pela empresa de provisões Richers, em Hamburgo, e pela fábrica de carnes em conserva Carstens, em Lübeck, bastariam para mil dias; e 130 toneladas de carvão, para 1.200 horas de autonomia, sem vento nas velas. Mas quão longo seria o caminho através do Oceano Ártico e quão grandes os icebergs? O Almirante Tegetthoff tinha 32 metros de comprimento e 7,3 metros de largura. O que eram três mastros e cem cavalos de potência contra bancos de gelo tão grandes que poderiam ser erigidos palácios sobre eles? Era tudo apertado no navio; estreitas as cabines dos oficiais, angustiantes os beliches dos marinheiros na área da tripulação. Um floreio gravado em árabe ornamentava a sala dos oficiais: *In Niz Beguzared* (Isso também passará).

Os últimos preparativos duraram dez dias. No serviço de portos é feita uma declaração de renúncia: a expedição imperial austro-húngara ao Polo Norte afirma não querer, caso naufrague, que alguém se dê ao trabalho de mandar uma expedição de busca e salvamento. Ou voltariam com as próprias forças, ou jamais voltariam. O documento traz as assinaturas dos oficiais, e, antes delas, a assinatura em letra corrente e sombreada, pendendo para a direita, de Carl Weyprecht, além do traço, que, diante de tanta seriedade, quase passa uma impressão arrapazada de Julius Payer. Não me lembro de uma subscrição dos marinheiros. Teriam de ser desenhadas pequenas cruzes, pois nem todos sabiam ler e escrever.

No dia 13 de junho de 1872, de manhã bem cedo, faz um calor veranil. O Almirante Tegetthoff, rebocado por um vapor da cidade, passa pelas eclusas de Geestemünde e desce pelo Weser. Mais uma vez, árvores e pastagens. Então Weyprecht manda içar as velas. O mar se abre diante deles. Os caçadores tiroleses veem o mar pela primeira vez.

Imperturbáveis, vimos todo o encanto da natureza rejuvenescer e se extinguir, mais e mais a terra afundava atrás de nós; ao entardecer, a costa alemã desapareceu de nossa vista (...) A tripulação se anima; à noite, um vento leve carrega as canções alegres dos italianos para longe, ou o ritmo uniforme do ludro dos dalmacianos desperta a recordação de sua pátria ensolarada, que eles em pouco trocarão por algo oposto, que mesmo em sua fantasia continua sendo um mistério.

Julius Payer

Diante de Helgoland ninguém canta mais. O Almirante Tegetthoff escapa por pouco do raso das águas costeiras. Caem temporais. Ondas, chuva, frio; não, isso ainda não tem nada a ver com frio. *O tirolês Haller está bastante doente*, escreve o maquinista Krisch em seu diário.

Permanece assim por duas semanas. Então as rochas da Noruega sobressaem às ondas, cinzento-azuladas como a ressaca. O vento se acalma.

Depois de uma viagem bem tempestuosa, ancoramos em Tromsö em 2 de julho de 1872, onde embarcou o arpoador Elling Carlsen, um homem de sessenta anos com grande experiência no Oceano Ártico. Seu nome passou a ser respeitado depois que ele circunavegou Spitsbergen.

Gustav Brosch

Tempestades nos seguraram por algum tempo junto às Lofotes, de modo que alcançamos Tromsö apenas em 3 de julho.

Julius Payer

No dia 4 de julho, às 11 horas da noite, chegamos a Tromsö. O fogo foi apagado e ancoramos no estreito de Tromsö.

Otto Krisch

Dias 2, 3 e 4 de julho. Como se chegou às contradições quanto à data da chegada, seria possível descobrir sem grandes dificuldades — por exemplo, com suposições acerca da influência do sol da meia-noite, que obscurecia as diferenças entre dia e noite; nenhuma dúvida também de que um ou dois dias poderiam se perder nos cálculos de tempo privados em alto-mar, ou de que um se referiu à hora da entrada no estreito e outro ao ato de pisar a ponte que levava à terra firme. Além disso, há indícios infalíveis para uma data objetiva de chegada, mas não irei mencioná-los. Pois mais real que na consciência de uma pessoa que o vivenciou, um dia não poderá ser. Por isso digo: a expedição alcançou Tromsö no dia 2, no dia 3, no dia 4 de julho de 1872. A realidade é divisível. (Na pequena companhia a bordo do Tegetthoff, também os salários dos subalternos eram tão diferentes dos ganhos daqueles que detinham o comando, e parecia por vezes que nos beliches e cabines não eram escritas crônicas de uma única expedição, mas sim de várias, totalmente estranhas umas às outras. Cada um noticiava um gelo diferente.)

Tromsö. Aqui é frio e o verão sulino é apenas uma recordação. Às vezes, há neblina. Novamente é preparada uma despedida, a mais séria de todas, e são organizados equipamentos e provisões, comprados latões de ferro, aço e bacalhau numa cidade toda de lenha. Weyprecht manda mergulhadores noruegueses fecharem um vazamento; o Tegetthoff acumulou muita água nas tempestades das últimas semanas. O tenente da Marinha esperou em vão pelo retorno dos caçadores de morsas de suas praças de captura ao norte; ele terá de deixar o porto sem notícias acerca dos limites, naquele ano, do gelo flutuante. Para os marinheiros do Tegetthoff, os últimos dias no mundo habitado são também tempos de adaptação humilde a uma vida que os espera no salão, para o caso de um retorno venturoso da região selvagem — uma vida de honrarias, convites, de conversação inusual e de estima; Andreas Aagaard, o cônsul austríaco em Tromsö, convida-os para jantar; outros o imitam. Nenhuma viagem marinha até agora em suas vidas causou tanta admiração aos marinheiros quanto essa simples intenção de velejar ao Polo Norte. O Polo Norte tem de ser, pois, mais desejável, mais importante do que as costas da América e da Índia, que alguns deles já haviam visto. Apenas meses mais tarde, nas profundezas do gelo e na escuridão da noite polar, Julius Payer esclarecerá aos últimos ingênuos:

De 20 a 30 graus abaixo de zero na escala Réaumur, a semente da sabedoria foi depositada nos filhos da natureza. Mas esse clima não foi favorável a seu crescimento. Com dolorosa desilusão, a situação e a falta de valor dos "polos nortes" foram questionadas, dizia-se que não era uma terra, nenhum reino a ser conquistado, nada mais do que linhas que se cortam em um ponto, e das quais nada, na realidade, pode ser visto!

Eu procurei imaginar o que sentiria um ingênuo que, ao sabor da corrente sobre um navio preso ao Oceano Ártico, envolto por todos os pavores do gelo e das trevas, de repente reconhece que seu objetivo é invisível, um ponto sem valor, um nada. Tudo ficou na tentativa, não fui capaz de sentir tal desilusão dolorosa. Mas eles ainda estão em Tromsö e se preparam para a recepção do cônsul.

No dia 6 de julho, o senhor Aagart nos convidou para jantar; ficamos ali até meia-noite, o sol não se põe e retornamos a bordo sob a claridade de seus raios. No dia 7, fomos convidados para jantar com o senhor cônego de Tromsö em um belo casarão localizado na floresta acima da cidade; por volta das 2 horas da madrugada retornamos ao Tegetthoff.

No dia 8 de julho, fizemos uma visita aos lapões em suas tocas. Eles moram sob a montanha de Kilpis-Jaure com numerosos rebanhos de renas; em cada toca, que por fora é coberta de terra e por dentro forrada de pele de rena, há uma chaleira pendurada, na qual se cozinha. As pessoas estão vestidas com pele de rena; não têm nenhum conhecimento escolar e a maior parte delas é pagã e acredita em Jubinal ou em Aika; além das pessoas, moram também nas tocas inúmeros cães caçadores de renas, uma raça específica de cachorros. Nós compramos um por 2,5 táleres em espécie e o levamos a bordo; ele recebeu o nome de Pekel, que em lapão significa "diabo", e mais tarde os marinheiros mudaram seu nome para Pekelino.

Otto Krisch

Weyprecht não é muito chegado a cães. Payer está muito satisfeito; com seis terra-novas e dois cães da Lapônia, ele acredita ter voltado a formar um belo conjunto de cães de trenó, com o qual, como acontecera dois anos antes na costa oriental da Groenlândia, poderá desfilar sobre o gelo. Mas os cães não perderão sua selvageria nem mesmo sob os golpes dos caçadores tiroleses. *Havia lugares no convés em que só seus amigos estavam seguros de não serem despedaçados. (Julius Payer)*

Com seus caçadores, o *comandante em terra* escala as escarpas em volta de Tromsö e testa a exatidão dos medidores de pressão atmosférica que eles levam consigo aos lugares mais altos. No dia 10 de julho, estão sobre um pico: o Dilkoa, chamado de Sallas Uoivi pelo lapão que os conduz. Sob seus pés estão o fiorde, uma paisagem rochosa alcantilada e o mar.

Do cume da montanha vimos uma monstruosa coluna de fumaça negra se elevar ereta no ar tranquilo até cerca de 1.500 pés — a parte norte de Tromsö estava em chamas.

Julius Payer

A bordo do Tegetthoff ancorado tudo é visto de maneira diferente: *No dia 10 de julho, houve um incêndio na parte nordeste da cidade, que deixou em cinzas várias casas de moradia e galpões; um bote levando a maior parte da tripulação, munido de equipamento para apagar incêndios, foi mandado à terra. Depois de duas horas e meia de árduo trabalho, o fogo foi abafado, e o comissário do estabelecimento de bombeiros agradeceu o senhor comandante Weyprecht pela ajuda...*

No dia 11 de julho, eu examinei a cidade, que não tem nada de especial. Todas as casas são de madeira, até mesmo as duas igrejas, e também o salão de concertos onde um artista se apresenta com sua harpa.

No dia 12 de julho, chegada do vapor. Recebi, pelo correio, três cartas: de Anton, de papai e de Theodor. Aquelas que chegaram mais tarde eu não pude receber, porque não pudemos esperar pelo próximo vapor; às 5 horas da tarde fui à sauna e, em seguida, a um jantar encomendado com antecedência no hotel Nielsen.

No dia 13, bem cedo, às 9 horas, leram uma missa para nós na igreja católica; depois tomamos um pequeno lanche com o senhor padre; mais tarde comprei, com todo o dinheiro que possuía, meio balde de vinho e quarenta garrafas de cerveja, e sem mais nenhum xelim embarquei, pois amanhã já deixaremos Tromsö e no Oceano Ártico não precisaremos de dinheiro, mas sim de uns bons goles de vinho; às 10 horas da noite foi aceso o fogo.

Otto Krisch

À meia-noite, o Almirante Tegetthoff está pronto para partir. Só agora Elling Carlsen, mestre do gelo e arpoador, levanta a âncora; ele é o único a bordo que não deve obediência ao imperador austríaco. Uma poderosa lança de caçar morsa na mão, um casacão de pele de urso jogado sobre os ombros, assim ele adentra o compartimento da tripulação. Ele é bem velho. Os marinheiros presentes, até mesmo os comandantes, poderiam ser seus filhos. O mais valioso na pequena bagagem de Carlsen é uma pequena peruca de cachinhos para os dias de festa vindouros e a Ordem de Olaf, que lhe foi concedida pela circunavegação de Spitsbergen. Quantas morsas já matou com seu arpão? Ele não sabe mais. E então chega a manhã. É o dia 14 de julho de 1872, um domingo.

Domingo pela manhã, deixamos a pequena capital do Norte europeu. O vapor do correio hamburguês acabava de chegar ao porto, seus passageiros nos aclamaram, e então atravessamos os canais apertados dos estreitos de Qual e de Gröt, e próximo às falésias de Sandö e Rysö entramos no mar. O capitão Carlsen nos serviu de guia. Quando deixamos os canais, uma neblina envolveu a torre do penhasco de Fuglö. Nesse momento, o fogo da máquina foi apagado e içaram-se as velas. No dia 15 de julho velejamos, devido às inúmeras geleiras da costa norueguesa, em direção ao norte; no dia 16 de julho, Nordkapp,

o cabo norte da Europa chegou a nossas vistas na distância azulada...
O objetivo ideal de nossa viagem era a passagem Nordeste; mas sua finalidade verdadeira era a investigação do oceano ao norte ou das terras a nordeste de Novaia Zemlia.

Julius Payer

Imagino as águas negras de um estreito que voltam a se alisar atrás do veleiro Almirante Tegetthoff. A coluna de fumaça que o maquinista Krisch escreveu no céu de Tromsö ainda paira sobre o porto quando os passageiros do vapor dos correios hamburguês descem à terra. A manhã é sem ventos. No hotel Nielsen é preparado um café da manhã; o Tegetthoff é o assunto do dia. Para onde, perguntavam, vai essa gente? Ao Japão? Através do polo? No saco dos correios há cartas para a tripulação; duas para o maquinista Otto Krisch. Elas serão guardadas para ele.

E então vejo Josef Mazzini, que durante dias caminha para lá e para cá, entre equipamentos diversos espalhados pelo chão, na casa da viúva do mestre em cantaria, como se estivesse num museu, e às vezes duvida de que tudo aquilo será capaz de o proteger do gelo — as roupas de penas, as botas de corda, o saco de dormir e todos os apetrechos de um disfarce. Lá fora é julho, e quente. Mas ele prepara um catapultar lento e gradual para fora do verão, para o frio de... Copenhague, Oslo, Tromsö, Longyearbyen... Uma rota de voo; e de Longyearbyen ao nordeste, de navio, em direção ao Oceano Ártico, sempre adiante, até a costa da Terra de Francisco José, e de preferência além dela, até o estreito de Bering, e depois a Yokohama.

— Você está louco — diz Anna Koreth. Mas ela sabe que ele fala sério.

Vejo Mazzini, como ele se esforça em tornar compreensível uma viagem a Spitsbergen; também na reunião noturna querem ouvir esclarecimentos da parte dele, não, nada a sério, só assim, sem mais. (É que o italiano não diz simplesmente "a Spitsbergen", e a "peregrinação pelas geleiras" eles aceitariam sem fazer perguntas mais aprofundadas, um *spleen* — mas uma viagem na rota de um navegador qualquer do Oceano Ártico, afundado há tempo? Quem é capaz de ir ao Ártico apenas para *ter uma ideia* do que aconteceu, do que poderia ter acontecido?)

Os hóspedes estão sentados à mesa, continuam sentados à mesa, mas Mazzini já está sozinho com Anna; o que ele diz, ele diz a ela. Mas eles não podem mais ouvir um ao outro, e mesmo assim continuam conversando durante a noite inteira; cada um sobre um gelo diferente.

5 Primeira digressão
A passagem Nordeste ou o caminho branco
para as Índias — Reconstrução de um sonho

Em volta do vértice solitário do Polo Norte estão, na forma de pirâmides de pedra, os marcos dos pontos até os quais avançou o espírito empreendedor e incansável da humanidade. Em seu zênite adeja a pequena gaivota, à raça perseguida das focas ele concede em suas nadadeiras de gelo a égide segura da vida livre de arpões... Apenas na condição de alvo de uma descoberta ele se mostrou inacessível até agora.

Assim como todo desenvolvimento em direção a metas maiores só progride aos poucos, também o crepúsculo fraco e cosmogenético se estendeu vagarosamente, partindo da bolacha terrestre de Homero, por sobre o país dos hiperbóreos. Apenas depois de milênios a sede de saber superou os pavores do Polo Norte, dos quais os árabes já imaginavam que a Sibéria estava cheia. Em volta das terras ensolaradas do Oriente, o mundo ficou enterrado durante milênios sob conceitos delirantes e fábulas, que só foram arrancados da trivialidade ingênua de tudo aquilo que é imaturo pela elevação ética dos mais velhos poetas-filósofos.

Nem um hausto de verdade se levantou do mundo dominado pelo espírito do escaninho e espantou as imagens ilusórias de calor passageiro, frio moral, mares íngremes dos quais não havia retorno para o navegador, de ventos e deuses marinhos causadores de infortúnios, ou formigas vigiando ouro. Até mesmo a Terra descansava isolada no espaço infindo; sobre suas colunas montanhosas, a cúpula de cristal dos céus... Ela mesma, no entanto, sem equilíbrio, sobrecarregada pela abundância de plantas dos trópicos, ao contrário da carência do Norte. Foram tais os pressupostos que, mais tarde, sufocados por dogmas religiosos, levantaram em volta do círculo estreito dos conhecimentos muralhas triplas, que durante milênios não foram escaladas...

Só quando foi capturada a feição esférica da Terra surgiu a fundamentação teórica dos climas, a ainda vaga noção das zonas, à qual Píteas de Marselha, quatro séculos antes de Cristo, deu os primeiros contornos científicos mais pronunciados por meio da teoria do círculo polar. Quase ao mesmo tempo, a expedição de Alexandre à Índia, o país das maravilhas, criou um paraíso do comércio e da navegação, em direção ao qual, 1.800 anos mais tarde, mesmo o mais errado dos caminhos mais curtos não seria temido... Aquele através do gelo.

Julius Payer

Enquanto em minha imaginação o Almirante Tegetthoff atravessava as primeiras banquisas a todo vapor, e Josef Mazzini descortinava torres de nuvens brancas e berrantes debaixo de si em um avião de linha da Scandinavian Airlines, afundava-me de mansinho na escuridão do tempo e deslizava através dos séculos até os princípios de uma saudade. Pois, quando os marinheiros italianos do Tegetthoff içaram as velas, a navegação ocidental ainda não terminara de sonhar um de seus sonhos mais longos: algures, ao longo da costa polar siberiana, sempre a nordeste, teria de haver um caminho marítimo, curto e pontilhado por gelo flutuante, que levasse ao Japão, à China e à Índia, uma passagem do Atlântico ao Pacífico — a *passagem Nordeste*.

Mas até o ano de 1872 já haviam sumido frotas inteiras nas banquisas sem que tivessem encontrado uma passagem a nordeste. Os cronistas encheram in-fólios com suas anotações acerca de catástrofes no gelo, noticiaram que navios tinham deixado o porto carregados de mercadorias, presentes, pesados canhões e cartas de recomendação aos imperadores do Japão e da China, e não chegaram a lugar nenhum nem jamais voltaram. Por fim, nem mesmo os cronistas sabiam mais quantos marujos haviam perecido à procura da rota Nordeste. Mil mortos? Mil e quatrocentos ou mais?... A estatística dos naufrágios ficou para sempre contraditória e incompleta, uma tentativa vã de prender em números o horror e a monstruosidade desse caminho encantado e cheio de mitos. (Nas salas de escrita, todos encontraram dificuldades nesses destinos: uma frota de caçadores de morsa, presa ao gelo acumulado, que se deslocava ao sabor da corrente cada vez mais na direção nordeste, passando além do cabo siberiano de Tcheliuskin para então ser esmagada entre muralhas de gelo e afundar — será que os mortos e náufragos de tal catástrofe poderiam ser contados entre as vítimas da passagem Nordeste, ou simplesmente deveriam ser postos entre as vítimas do Oceano Ártico?) Os navios afundaram. Os cronistas escreveram. O mundo ártico pouco se importou.

Quem procura pela pré-história do sonho nordeste, terá de voltar em pensamentos mais que séculos, — milênios — e encontrar imagens de um mar frio além do ano zero da era cristã. Ele procurará imaginar as viagens de Píteas de Marselha ao norte ou de Himilko, o cartaginês, os botes dragontinos de madeira de carvalho dos normandos e seus timoneiros — Bjarne Herjulfsson e Leif Eiriksson, por exemplo, que já na virada do primeiro milênio alcançaram as costas da América do Norte, em parte à força de velas, em parte à força de remos. Ele se lembrará de Erik, o Vermelho, senhor da Groenlândia e da Islândia; de Ohthere, que velejou em volta de Nordkapp e pelo mar Branco até a terra dos biarmes, na Sibéria; de Eirik Blodöks, o "machado de sangue"; ou de outros que pisaram em Spitsbergen e nas terras do Alto Norte bem antes dos descobrimentos da Idade Moderna... Mas eu quebro o jogo de pensamentos com um tempo que corre para trás, numa época em que as remotas viagens ao Oceano Ártico estavam tão esquecidas e apagadas quanto os conhecimentos cosmográficos da Antiguidade, e me volto para uma fortaleza em Castela. É o castelo de Tordesilhas. Estamos no ano da graça de 1494. É junho.

No verão desse ano, é assinado em Tordesilhas um tratado entre Portugal e Espanha, que o pai verdadeiro de Lucrécia e César Borgia, o sumo pontífice Alexandre VI, um amigo das prostitutas e da arte, sela com uma bula papal por *tempos perpétuos*: o Novo Mundo com todas as suas terras, as já descobertas e as ainda desconhecidas, teria de ser dividido entre os povos da Península Ibérica. O meridiano que corre em volta do globo terrestre, de polo a polo, 1.200 milhas marítimas a oeste da ilha de Cabo Verde, delimitaria a fronteira — os territórios a leste dessa linha seriam de propriedade de Portugal; aqueles a oeste, da Espanha. A baldroca de Tordesilhas, que procede com a esfera terrestre como se fosse uma pastagem de gado, não apenas entrega as novas terras ao monopólio luso-espanhol, mas também as rotas marítimas, que conduziriam na direção oeste pelo Atlântico até os lugares onde tudo é precioso e o ar é pesado em virtude do cheiro das especiarias. E seria justo o dito do papa dos Borgias, Alexandre VI, que por fim obrigaria a cobiça dos ingleses e holandeses desfavorecidos em Tordesilhas a buscar caminhos furtivos, rotas mais ao norte — os caminhos do gelo. O que aconteceu nos anos anteriores e nas décadas posteriores ao veredicto papal não merece grande destaque.

Pois a verdade inequívoca dessa época dos descobrimentos não foi registrada nas salas cosmográficas da Europa, mas sim em relatos como aquele texto em náuatle dos astecas que transmitiu a imagem da aparição dos europeus: "Os caras de cal estavam encantados. Iguais a macacos, pesavam o ouro em suas mãos ou se sentavam no chão com uma expressão de prazer, e sua índole hauria novas forças e se iluminava. Seus corpos se distendiam, eles tinham sede queimante de ouro. Como porcos famélicos, cobiçavam-no..." Fossem quais fossem as notícias trazidas pelos navegadores, no Velho Mundo todos persistiam histéricos nos mitos do paraíso dourado e inesgotável, nenhum deserto era suficientemente árido, nenhuma realidade suficientemente bruta para aplacar esse delírio. Mesmo os pedregulhos amarelados que a expedição polar do século XVI encontraria nos icebergs cobertos pelo entulho das terras árticas tinham de ser ouro!, e também sinais de que mesmo além das muralhas de gelo amontoado ainda havia ilhas por serem descobertas, mais ricas do que as novas terras da Espanha. (E, assim, será jogado ao mar tudo o que parecer dispensável e os navios serão carregados com cascalhos de enxofre, com pedras sem o menor valor).

No princípio dessa época *imponente* havia — como sempre, em tempos grandiosos — figuras heroicas; eles se tornaram os ídolos dos exploradores do Oceano Ártico que vieram depois deles, e também para nós foram, desde sempre, mais íntimos do que as culturas a cuja destruição suas aventuras acabaram levando: o genovês Cristóvão Colombo, aliás Cristóbal Colombo, empreende quatro viagens marítimas em direção ao oeste através do Oceano Atlântico entre os anos de 1492 e 1504. Ele veleja para lá crente na correção do mapa--múndi manchado de branco e distorcido do cosmógrafo florentino

Paolo dal Pazzo Toscanelli e custeado por Isabela de Castela, a patrona da Santa Inquisição e mãe de Joana, a Louca. (Será acaso ou sinal o fato de Joana, a Louca, mais tarde ter sucumbido à idiotia e morrido justamente no castelo de Tordesilhas?). Colombo chega às ilhas do Caribe no decorrer de suas viagens e acredita estar nas ilhas japonesas, chega à costa das Américas do Sul e Central e acredita estar na Índia, descobre a região da foz do Orenoco e acredita estar no delta do Ganges; e por fim, em 1506, morre em Valladolid sem ter reconhecido seus enganos.

Em 1498, Vasco da Gama, o conde de Vidigueira, procura o caminho marítimo aos países das especiarias às ordens do rei português Dom Manuel, circunavega o cabo sul-africano da Boa Esperança, desembarca na *verdadeira* Índia, e com isso abre um cenário paradisíaco à violência colonial.

Fernão de Magalhães encontra em 1520, velejando em direção ao sudoeste, entre o continente sul-americano e a Terra do Fogo, um outro caminho do Oceano Atlântico ao Pacífico. No ano seguinte ele é derribado nas Filipinas. O *estreito de Magalhães* permanece.

Enquanto Magalhães perscruta as costas do Novo Mundo em busca de uma passagem ao Pacífico, Hernán Cortés prepara a destruição do império dos astecas. Pouco mais de uma década depois, o criador de porcos Francisco Pizarro age da mesma forma com a cultura inca, seguindo à risca os pressupostos da Igreja e da Espanha: ele manda batizar e executar, pisoteia o que opõe resistência e dedica seu massacre ao senhor Jesus e à coroa espanhola.

Mas o que os heróis da Península Ibérica encontraram em suas rotas oeste, sudoeste e sudeste — novos caminhos de comércio, ouro, especiarias e terras — seria alcançado, por fim, também às ordens de reis ingleses e czares russos, e por caminhos mais curtos, em direção ao norte. Já no ano de 1497, o genovês Giovanni Caboto, aliás John Cabot, saía de Bristol navegando na direção noroeste pelo Oceano Atlântico, a serviço de Henrique VII. Cabot alcançou o continente

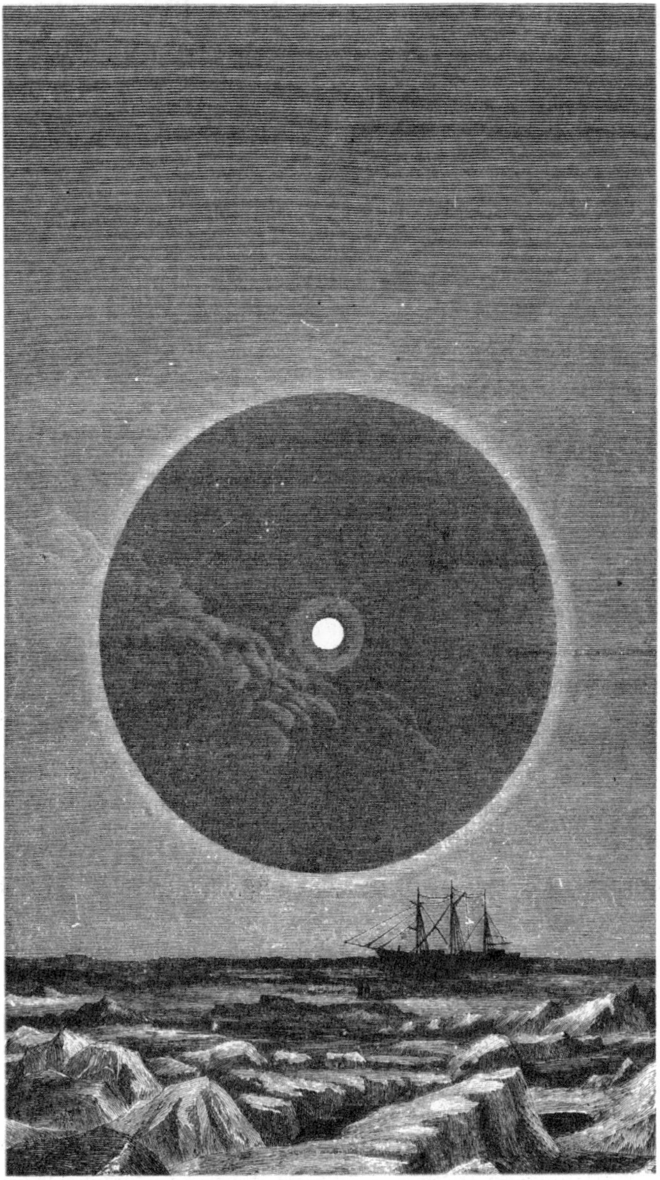

americano treze meses antes de Cristóbal Colombo, adentrou o Novo Mundo pelo norte, em Terra Nova, e, assim como Colombo, acreditava estar em outro lugar — em Catai, na China. Também as rotas singradas por Cabot foram seguidas por uma procissão de aventureiros, como os irmãos Gaspar e Miguel de Corte Real, que alcançaram Terra Nova mais uma vez, e depois desaparecerem no mar; e então o florentino Giovanni da Verrazzano, a serviço dos franceses, o espanhol Esteban Gómez, e até mesmo capitães alemães como Pining e Pothurst... Eles trouxeram notícias de recifes frios e icebergs, mas nenhum deles trouxe ouro ou as coordenadas de um caminho curto em direção às riquezas da Índia oriental. Em cada viagem ficava mais claro que uma poderosa barreira de terra, *América*, corria fechada até bem alto, no norte, bloqueando todos os caminhos marítimos ocidentais do globo terrestre. Mas em algum lugar, fosse na mais densa banquisa, até mesmo esse continente também tinha de acabar e seu último cabo, o mais setentrional, deveria poder ser circunavegado; tinha de se abrir uma fenda entre o fim do Novo e o fim do Velho Mundo, um estreito frio, um canal ao Pacífico. Os cosmógrafos daquele tempo batizaram essa esperança de *Fretum Anianum*, ou *estreito de Anian*, sem jamais tê-lo visto. Só séculos mais tarde é que seria de fato descoberto um canal desses, que apareceria nos atlas com o nome de um de seus primeiros passantes, o navegador dinamarquês Vitus Bering. Mas, como o *estreito de Bering* podia ser alcançado a partir das costas da Europa, permaneceu por longo tempo após as viagens do dinamarquês, que partia sempre de portos siberianos, um enigma e um jogo com três possibilidades:

> A noroeste, pelo Atlântico, e em seguida ao longo da costa do Novo Mundo, sempre na direção noroeste.
>
> A nordeste, ao longo das falésias do Velho Mundo e da Sibéria, sempre na direção nordeste.

Rigorosamente ao norte, sempre ao norte, direto ao polo; então, além dele, e até os mares do Sul e além deles...

Passagens Nordeste, passagens Noroeste, muralhas de gelo amontoado, estreitos livres de gelo, o fim do mundo, o Pacífico!, pedras e cabos, ilhas, gelo flutuante e vento favorável... Quem não queria atravessar o OCEANO ÁRTICO, todo o caos e todos os enigmas, até o paraíso, e dali voltar com todas as joias do Oriente? Depois, era só chegar diante de príncipes e senhores do comércio e dizer: eu fui o primeiro!

Porém, enquanto os primeiros navios desaparecem em busca da *passagem Noroeste* e o mar se fecha gélido sobre descobridores fracassados, ainda se escreve o esboço da *passagem Nordeste*: na primavera do ano de 1525, um enviado de Vassili III, Ivanovitch, o grão-príncipe de Moscou, chega à corte papal em Roma. Ele se chama Dimitri Guerassimov. Por ordem do papa Clemente VII, o historiador Paolo Giovio se ocupa do enviado. Do encontro entre o sábio e o enviado surge um relacionamento que fornece uma vaga teoria às fantasias da navegação cristã. Pois Guerassimov o inspira a fazer um memorial, que Giovio apresenta ainda no mesmo ano, em língua latina, a um pequeno público: arrastando incontáveis afluentes, o rio Svernaia Dvina correria com ímpeto em direção ao norte, conta o historiador romano, repetindo as declarações de Guerassimov. Lá o mar teria uma expansão tão violenta que se poderia, segundo todas as probabilidades, chegar até a China velejando ao longo da costa direita, caso não fosse encontrada nenhuma nova terra no caminho... O memorial é traduzido para o italiano e causa sensação, uma vez que naquele mesmo ano se noticia em Augsburgo que viajantes moscovitas teriam discutido com sábios alemães a possibilidade de um caminho marítimo pelo nordeste às *terras das especiarias*. Dois anos depois da primeira divulgação das notícias de Moscou, o cosmógrafo e comerciante Robert Thorne, originário

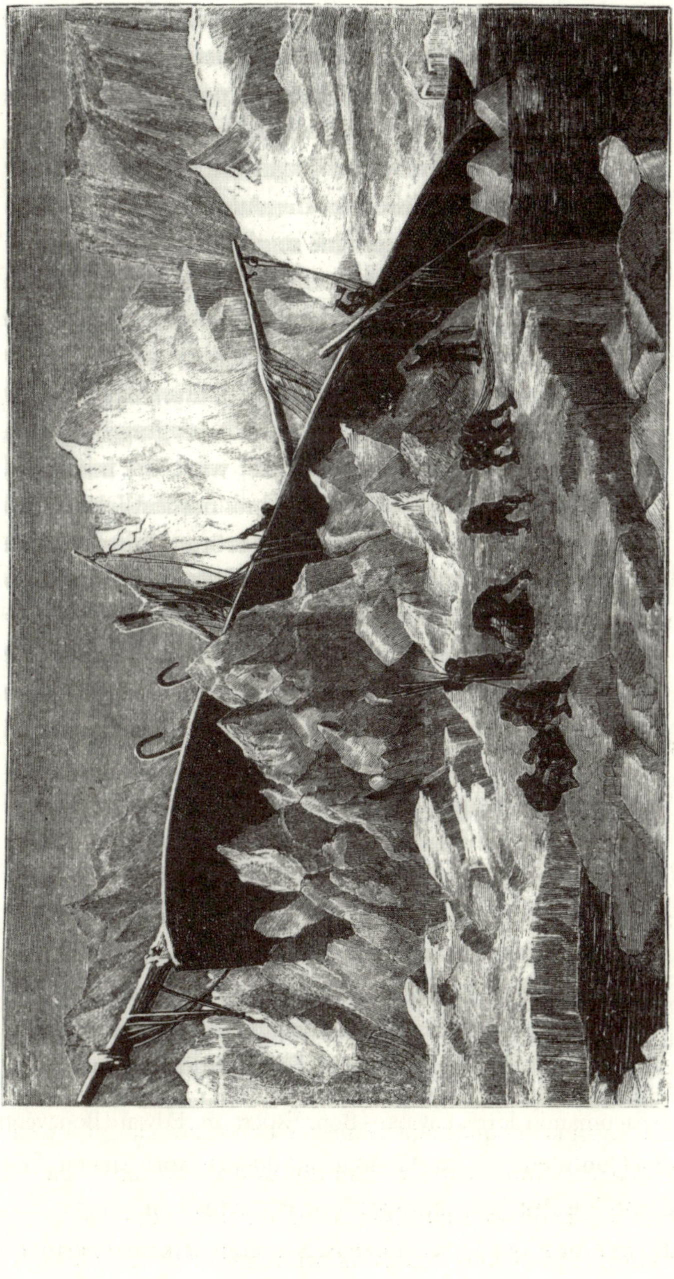

de Bristol e domiciliado em Sevilha, dirige-se através de um memorando ao rei Henrique VIII. Thorne recomenda à coroa inglesa, entre outras rotas não menos aventureiras, também o caminho ao longo da costa siberiana — assim a Inglaterra alcançaria a terra das especiarias mais rápido do que os portugueses e espanhóis. Mas, para o rei Henrique, cepos de execução são mais importantes que montanhas de gelo. E assim transcorrem mais de duas décadas até que a crença inequívoca na *passagem Nordeste* põe em movimento não apenas quilhas de penas, mas também de navios.

Em 1549, o barão Sigismundo de Herberstain, Neyperg e Guettenhag contribui para que o "sonho nordeste" enfim se realize. Nesse ano é publicado em Viena seu tratado *Rerum Moscoviticarum Commentarii*. O barão, um antigo enviado do imperador Maximiliano I à corte moscovita, esboça, por meio das anotações de suas experiências no Leste, não apenas a imagem de um reino que mal era conhecido, mas também transmite manuscritos de viagem russos e relatos geográficos, complementando, no que diz respeito à passagem Nordeste, as informações de Paolo Giovio e Dimitri Guerassimov. Seus complementos, emendas e descrições são tão convincentes que são traduzidos em mais de uma variante e para diversas línguas. Quatro anos depois da impressão das indicações de Herberstain, o primeiro navegador segue o sonho nordeste até morrer de frio. Ele se chama Sir Hugh Willoughby.

Senhores do comércio ingleses fundam, em 1553, a Sociedade dos Viajantes Aventureiros, e seu mentor, Sebastian Cabot, filho de John Cabot e grão-piloto da Inglaterra, incumbe, ainda no mesmo ano, Sir Hugh Willoughby de procurar a passagem Nordeste. Willoughby recebe o comando de três navios — Bona Esperanza, Edward Bonaventure e Bona Confidentia — e está tão decidido a cumprir sua tarefa que, ainda no Tâmisa, manda revestir seus navios com chapas de aço contra as brocas das águas indianas. No verão deixam o porto. Já em setembro, contudo, o gelo ante a península russa de Kola se torna

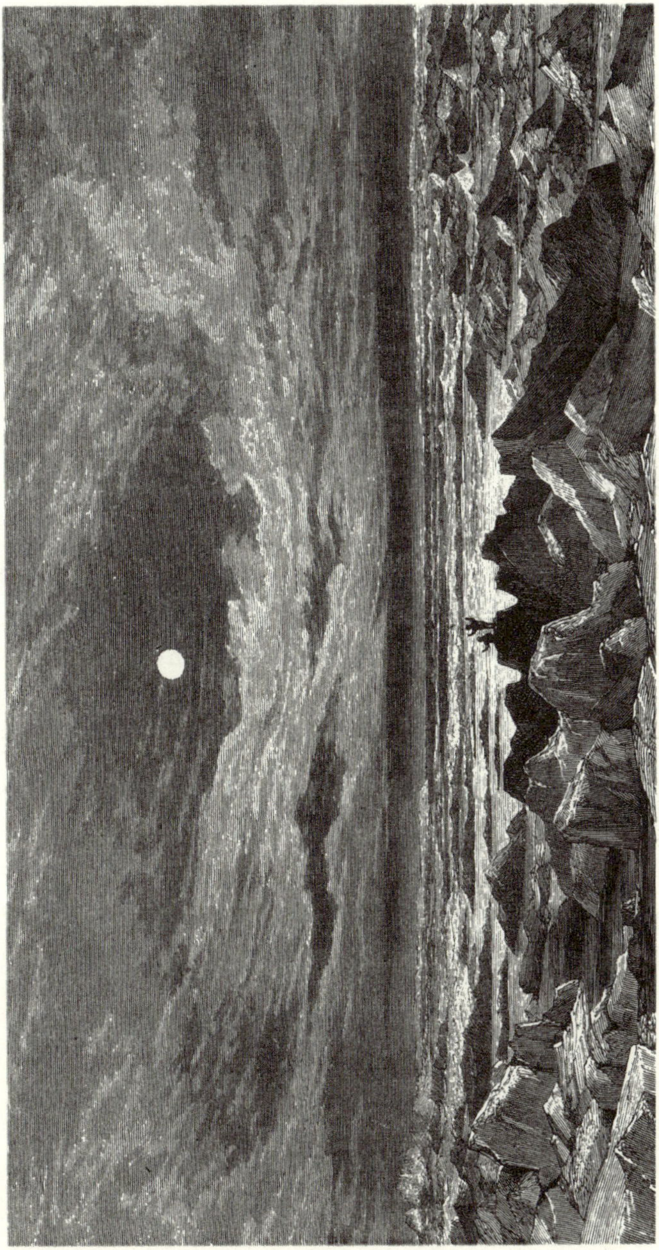

tão denso que dois dos três navios ficam presos. Willoughby manda construir um acampamento na costa. Começa o primeiro inverno polar de uma expedição europeia. Enquanto Willoughby e 64 homens ficam para trás nesse acampamento de emergência, a tripulação do Edward Bonaventure, com seus comandantes Richard Chancellor e Stephen Burrough, obtém êxito na viagem hibernal através do gelo flutuante do mar Branco até a foz do Svernaia Dvina. Então o gelo se fecha também sobre as últimas calhas abertas do caminho. Os ingleses vão à terra, e os pomores, moradores da costa, os acompanham até Moscou. Lá o czar Ivan IV, o Terrível, recebe os marinheiros no Salão Dourado do Kremlin. No verão seguinte, o Edward Bonaventure volta à Inglaterra com mercadorias e um profundo calado-d'água. Ainda antes dos festejos londrinos em homenagem aos que voltaram, caçadores de morsa russos encontram o acampamento de Willoughby — um cemitério. A tripulação inteira dos dois navios morrera congelada, de fome ou de escorbuto durante a noite polar. Teriam encontrado, assim contam os caçadores de morsa, o cadáver de Sir Hugh Willoughby sobre o diário de bordo do Bona Confidentia. A expedição de Willoughby ao nordeste é o início de uma dança macabra que durará até a época de Payer e Weyprecht, e inclusive além dela.

6 Rotas de voo ao vazio interior e exterior

A jornada ao interior do mundo polar é um caminho árduo. O peregrino que a enfrenta precisa utilizar todas as suas forças físicas e mentais para obter uma escassa noção do mistério onde quer penetrar. Com paciência indizível, tem de se armar contra o engano e o infortúnio e perseguir seu objetivo mesmo quando ele próprio se tornou um joguete do acaso. Não é a satisfação da própria ambição que deve ser esse objetivo, mas sim a expansão de nossos conhecimentos. Ele passa anos no mais terrível dos exílios, longe de seus amigos, de todo o prazer da vida, envolvido por perigos e pelo peso da solidão. Por isso só o ideal de seu objetivo pode carregá-lo; caso contrário ele vaga, sucumbindo ao dilema espiritual, através do vazio interior e exterior.

Julius Payer

Ao recolher e guardar as peças de sua bagagem, que nos últimos dias cobriram o chão, Josef Mazzini derruba um dos copos, ainda meio cheio, da noite anterior. Eu o vejo na manhã do primeiro dia de viagem, é o dia 26 de julho de 1981, ajoelhado sobre o tapete de lã de seu quarto e espalhando sal sobre a mancha de vinho tinto que penetrou no tecido. Ele escovará o sal apenas após seu retorno. Pelo menos é o que planeja. Então a mancha já estará seca e vermelho-pálida. Dois, talvez três meses mais velho, ele voltará a se ajoelhar sobre o tapete como se entre o espalhar e o remover do sal só tivesse decorrido aquele curto período que normalmente decorre em tais atividades, e ele se lembrará de tudo que agora ainda está diante dele como se tivesse sido apenas um momento. Naquela manhã, Josef Mazzini começa outras operações que também não conclui — abre uma lata de chá e não a fecha, puxa a gaveta de uma mesa até ficar apenas metade para fora e a deixa assim, e faz uma série de pequenas e passageiras desordens que pretende arrumar após o retorno. As atividades que começa e logo interrompe serão peças de ligação àquela realidade que ele está prestes a deixar. Josef Mazzini se afastará de mim no dia de sua partida exatamente do mesmo modo que a tripulação do Almirante Tegetthoff o fez. O fato de eu tê-lo conhecido, ao contrário do que aconteceu com o maquinista Krisch ou com o contramestre Lusina, não me possibilita muito mais do que restaurar situações prováveis; situações que não estão inclusas nas anotações de Mazzini. E assim ordeno os vestígios de que disponho, preencho os espaços em branco com suposições, e no final de uma cadeia de indícios sinto que mesmo assim tudo não passa de arbitrariedade quando digo: "Foi assim." A partida de Mazzini me parece então como uma mudança da realidade para a probabilidade.

Eu me recordo de uma tarde, bem posterior ao desaparecimento de Mazzini, quando entrei, na companhia de Anna Koreth, pela primeira vez em seu quarto. A livreira usava um avental de trabalho e um lenço na cabeça, como se quisesse se proteger da grande quantidade de poeira. Apesar disso, as partículas que se haviam juntado ao longo dos meses mal permitiam que se tornasse visível a impressão de uma mão sobre o tampo de uma mesa ou sobre uma prateleira. Anna Koreth abriu a janela. Liso e contínuo, como sobre uma couraça de água, o ar roçou o parapeito da janela e uma porta se fechou com tanto estrépito que a viúva do mestre em cantaria, que fazia o que lhe era costumeiro no fim de um corredor, deteve-se por um instante — o ruído de sua máquina de tricotar parou. Anna Koreth tirou alguns talheres niquelados da gaveta da mesa e a fechou, enrolou as louças e a lata de chá em uma folha de jornal, e depositou tudo numa caixa de papelão. À noite o quarto estava vazio. Ao enrolar o tapete, escorreu o sal da lã. A mancha vermelho-pálida desapareceu como a impressão terrosa em uma bola de neve que rolamos sobre um gramado hibernal. Na época, eu estava tão íntimo dos diários de Mazzini que acabei me transportando dessa mancha de vinho tinto para um banco de gelo flutuante: Mazzini descrevera ursos polares que haviam sido caçados de um helicóptero com espingardas anestésicas.

É inimitável, quase gracioso, o movimento desses animais quando se levantam, o focinho esticado para o alto, farejando em volta. O helicóptero se aproxima e então acontece o que é tão raro no Ártico: os ursos fogem, trotam, cada vez mais rápidos, para longe; em seguida, já não é mais um trote e sim uma corrida elástica, cheia de energia. Eles pulam sobre fendas largas, de banco de gelo em banco de gelo, atravessam canais a nado e de repente, imprevisíveis, mudam a direção da corrida. Mas então o helicóptero está sobre eles, dardos são disparados e a corrida se transforma num cambalear caduco. Em seguida, eles deitam sobre o gelo, distantes uns dos outros. São três. Um dente é arrancado de suas bocas; uma mancha de sangue vaza do crânio para o gelo. Com um alicate é presa uma marca de metal em suas orelhas, um fino fio vermelho corre sobre a pele, sobre a qual ainda é borrifado um grande sinal colorido. Assim se consegue informações acerca da rota dos ursos, que andam centenas de quilômetros através do gelo. A mancha de sangue, na qual rapidamente se formam cristais de gelo, empalidece.

(Também essa mancha evoca uma lembrança: a tripulação do Almirante Tegetthoff abateu 67 ursos com espingardas Lefaucheux e carabinas Werndl durante sua aventura. Os cadáveres eram sempre divididos com machados e serras de gelo, segundo o mesmo sistema: o cérebro aos oficiais; a língua para Kepes, médico da expedição; o coração para Orasch, o cozinheiro estírio; o sangue aos doentes de escorbuto; assados de pulmão e quartos a todos os tripulantes; crânio, espinha dorsal e costelas aos cães de trenó; a pele em um barril; e o fígado ao lixo.). Os cristais de gelo que ficavam para trás, sobre o piso brilhante de parquete, não traziam lembrança de mais nada. A viúva do mestre em cantaria continuava sentada em sua máquina de tricotar quando nós deixamos a casa; desatenta, ela pegou as cédulas que Anna Koreth lhe deu. Era tarde. Na escuridão começou a nevar.

O último verão de Mazzini e sua partida foram antecedidos por uma correspondência que durou meses, e pouco a pouco opôs imagens confusas da atualidade ártica a suas noções acerca do cenário da viagem de Weyprecht e Payer ao mar congelado. A troca de cartas com o governador de Spitsbergen, com o representante do Instituto Polar norueguês e com as seções de negócios da Store Norske Spitsbergen Kulkompani começara sem compromissos, quase de brincadeira, e por fim levou a acordos fixos e transformou as fantasias de viagem de Mazzini em planos precisos. Não acredito que ele tenha estipulado, desde o princípio, que a viagem seria assim, ou que ele a quis *realmente*. Parece que as coisas de fato tomaram *seu* curso, e somente depois Mazzini tentou assumir e divulgar esse curso como sendo *sua* decisão. Mesmo que no final de sua correspondência preparatória tivesse à sua disposição não apenas a tranquilidade prometida de um alojamento de hóspedes em Longyearbyen, mas também a segurança de um lugar na cabine a bordo do Cradle, um navio de pesca com rede de arrasto, de 3.200 cavalos de potência e medianamente apto para o gelo, o Ártico passava a ser, na mesma medida em que se tornava mais alcançável, menos hospitaleiro, mais impassível e por vezes até ameaçador. Nos desertos de gelo de sua imaginação, Josef Mazzini não necessitava de roupas acolchoadas, de proteção contra a luz refulgente e de espingardas. Mas agora... O mundo insular do Ártico, que até aquele momento servira apenas de palco e pano de fundo a suas fantasias, assumia formas bizarras e bruscas para quem se aproximava, formas que ao mesmo tempo o intimidavam e o atraíam. E assim ele foi se aproximando.

"*Caro senhor Mazzini*", escrevera o governador de Longyearbyen, Ivar Thorsen, em sua primeira carta de resposta. "*Tenho todo respeito por vosso interesse pela história polar, contudo tenho dúvidas de que estejais suficientemente informado acerca das condições reinantes no Ártico norueguês. Vossas considerações no sentido de navegar com uma chalupa de pesca pelo norte do mar de Barents, partindo de Spitsbergen, é melhor que as esqueçais tão rápido quanto possível. Tal empreitada seria, em qualquer época do ano, um jogo com o azar. Além disso, não há aqui nem pescadores nem barcos de pesca. A respeito de vossa pergunta acerca da possibilidade de tomar parte em uma das viagens de pesquisa do Instituto Polar norueguês, encaminho-vos às seções responsáveis em Oslo. Mas asseguro de antemão que não deveis ter grandes esperanças. Conforme sabeis, Novaia Zemlia é, assim como a Terra de Francisco José, território soviético — e, seja o que for que por lá quereis fazer, o pedido não deve ser encaminhado a mim, mas às repartições soviéticas. No anexo encontrareis informações fundamentais para turistas. Cordiais saudações, Ivar Thorsen.*"

Informações a turistas

Svalbard é o nome genérico para todas as ilhas do Oceano Ártico localizadas entre 10 e 35° de longitude leste e 74 e 81° de latitude norte; abrange o grupo das ilhas Spitsbergen, Kvitøya, Kong Karls Land e Bjørnøya (ilha dos Ursos). Svalbard, um nome nórdico antigo que significa *costa fria*, registrado pela primeira vez nos *Anais da Islândia* do século XII, evoca o caráter basáltico dessa terra, seus sedimentos metamórficos e seu granito vermelho e cinzento. Mas, quando o navegador holandês Willem Barents alcançou Spitsbergen no ano de 1596, esses anais e essa terra haviam voltado a cair no esquecimento. E assim Barents é tido como seu descobridor. Desde 1925, Svalbard é parte do reino norueguês. O mais alto representante do Estado nesse grupo de ilhas é o *Sysselmann*, o governador. Sua sede oficial localiza-se em Longyearbyen. Endereço: 9170, Longyearbyen. Suas ordens devem ser incondicionalmente seguidas.

Condições de entrada para os viajantes — Passaporte ou visto não são necessários, mas sim a prova da capacidade de sobreviver a céu aberto sob as condições meteorológicas do Ártico. Em Svalbard não há nem hotéis nem albergues abertos ao público. Não é possível se abastecer. Todos os viajantes cujas possibilidades de abrigo não são organizadas com antecedência têm de mostrar equipamento adequado para a estadia na região erma: tenda, saco de dormir, provisões, roupas adequadas ao Ártico, mapas de terra e do mar, bússola, lanternas de sinalização, armas, etc. Na chegada, o equipamento de todos os viajantes é controlado por repartições locais. Aqueles que não provarem possuir equipamento e mantimentos adequados e suficientes para o sustento pessoal serão dispensados e terão de deixar as ilhas no mesmo avião ou navio que os trouxeram.

Imagem externa — As ilhas Svalbard são regiões montanhosas, alcantiladas, rasgadas por fiordes e de pouca vegetação. Há musgos e líquens, também flores, mas nada de árvores. Vastas regiões são totalmente calvas. A linha da costa corre ao longo de geleiras interruptas, paredes de rocha e falésias bruscas. Quase dois terços dos 62.049 quilômetros quadrados do arquipélago são cobertos por geleiras. Fora dos povoados locais — Longyearbyen, Ny Ålesund, Barentsburg e Pyramiden — não há ruas nem estradas.

Clima e luz — Svalbard é uma das poucas regiões do Alto Ártico que durante o ano tem caminho aberto ao mar inclusive por períodos longos; no verão, uma vazante da corrente do Golfo mantém a costa oeste de Spitsbergen livre do gelo. A temperatura do ar nessa estação cai a 35, raramente a 40° negativos, e poucas vezes passa dos 10° positivos na escala Celsius. Os verões são nublados, e as condições do tempo extremamente instáveis. Em Longyearbyen, o *sol da meia-noite* brilha de 21 de abril a 21 de agosto; de 28 de outubro a 14 de fevereiro é *tempo de escuridão*. A cada grau de latitude em direção ao norte, tanto o período do sol da meia-noite como o da noite polar aumentam em seis dias.

Povoamento e condições de voo — Os povoados de Svalbard foram fundados por sociedades de exploração de carvão mineral: a norueguesa Store Norske Spitsbergen Kulkompani e a soviética Trust Arktikugol. Cerca de 1.200 noruegueses e 2.100 soviéticos moram nas ilhas. A SAS possui voos de linha entre Tromsö e Longyearbyen; a Aeroflot, entre Murmansk e Longyearbyen. No verão, navios de passageiros desembarcam regularmente em Svalbard. A frequência dos voos muda com as estações do ano.

Alerta contra ursos polares — Durante os meses de verão ursos polares percorrem sobretudo as regiões setentrional e leste; eles também podem ser encontrados na costa oeste. Na maioria das vezes estão famintos e são, por isso, um risco para a vida. Viajantes têm de observar as seguintes regras:

Ficar sempre a uma distância segura. Não tentar de maneira nenhuma atrair os animais com alimento, nem do barco, nem da janela do alojamento. Ursos polares atacam sem aviso prévio.

Depositar o lixo sempre a uma distância de pelo menos 100 metros em linha reta da abertura da porta ou da tenda, para que se consiga perceber a tempo a aproximação de um urso.

Ursos polares estão sob proteção ambiental. Caso uma situação de legítima defesa torne necessário o uso de arma de fogo, não se deve mirar a cabeça, mas sim o ombro e peito do animal. Assim o perigo de um tiro falho é menor, e caso o primeiro tiro não for mortal é preciso ganhar tempo para atirar uma segunda vez. O abatimento de um urso tem de ser informado às repartições públicas. Pele e crânio devem ser entregues ao governador. E assim por diante.

As espécies de pássaros de Svalbard estão enumeradas. Foram registrados os nomes dos líquens e musgos, e seu ciclo de regeneração é conhecido. Em caso de emergência, existem prescrições salvadoras; as profundidades do mar estão mensuradas, os recifes e abrolhos munidos de faróis e até mesmo cartografadas as elevações mais bruscas. A terra à qual Josef Mazzini se dirige é uma terra distante, mas há tempos não possui o encanto dos mitos antigos. Bem mensurada e dirigida, Spitsbergen jaz junto ao Oceano Ártico, é uma balsa gelada, o derradeiro e rochoso apoio em seu caminho para um outro tempo.

Ao meio-dia daquele 26 de junho, Mazzini deixa Viena com uma sensação de atordoamento, que é comum apenas quando despertamos, tateamos ao redor e aos poucos reconhecemos haverem sido esse quarto, essa parede, essa cama sobre a qual estamos deitados, que ainda há pouco ocuparam nosso sonho: ao invés de sumirem, os elementos do sonho se tornam mais nítidos e palpáveis ao acordarmos.

O impulso do avião de linha que decolava para alcançar a altura das rotas de voo em direção a Oslo pressiona-o com suavidade contra o banco. Oblíquo, o horizonte corta de través a imagem rotatória no *passepartout* da janela da cabine. Por um momento, não é mais a aeronave que se eleva, mas sim o mundo que desce ao chão, e de lá um fundo de mar esverdeado cintila em direção à superfície. Então a água se crispa. Branca, a coberta de neve se fecha. Não há mais chão. Não há terra.

Ainda a bordo do avião, Josef Mazzini tenta — assim voa um pedestre — ficar *embaixo*. Ele adorna com detalhes e recordações de viagens anteriores os relevos rasos das glebas que aparecem nas raras aberturas entre as nuvens, e começa a conversar com o representante comercial sentado ao seu lado, que viaja ao encontro de um acordo de negócios e de seu *futuro distante*; é uma conversa inexata sobre as paisagens encobertas. O representante comercial fala de fronteiras estatais e cidades sobrevoadas. Sobre diques e aleias de álamos ele nada sabe. Em Copenhague, desejam sorte um ao outro. O representante comercial se despede. Depois da escala, Josef Mazzini não tem mais nenhuma recordação da terra que jaz lá embaixo. O que agora aparece nas aberturas das nuvens já lhe é estranho. Quando fixa o encosto do banco a sua frente, ele vê o tirolês Alexander Klotz nos trajes do vale Passíria na janela de um trem. Através do azul vazio do céu flutua a bandeira de fumaça de uma viagem ferroviária a Bremerhaven, flutua a fumaça que sai da chaminé do Tegetthoff. No compartimento de bagagens do DC-9, latem cães de trenó. O ruído longínquo das turbinas é o borbulhar de uma quilha na água... uma cunha estriada pelas ondas, que vai ao infinito... flutuar sobre o bloco de gelo e espuma salgada...

A noite mal chegou e Mazzini está em Oslo. A caminho do hotel, principia uma chuva de verão morna e pesada. Com exceção da luz do dia, que dura muito e mais tarde não o deixará dormir, nada ali parece com o Norte de sua imaginação. Apesar da chuva, o tempo permanece abafado. A fachada de vidro do hotel espelha gruas de construção. Sobre as gruas paira um balão cativo através dos véus de água. Tarde da noite, Mazzini começa uma carta a Anna, mas as frases não funcionam e se transformam em simples registros de diário, que não são dirigidos a ninguém e nada contêm a não ser os primeiros fragmentos de uma recordação de viagem. Mazzini risca "Querida Anna" e deposita a folha junto a suas anotações. A chuva dura até a manhã seguinte.

"Normalmente nos recusamos a responder a tais consultas", repetiu Ole Fagerlien naquela manhã. Era o conteúdo de uma carta que Mazzini recebera ainda em Viena. "Há muita gente; o Cradle não é um navio de turistas. O fato de ter sido feita uma exceção ao senhor se deve à intervenção de Fyrand. Mas isso o senhor já sabe." Ainda cansado da noite anterior no hotel, Mazzini estava no Instituto Polar, numa sala forrada com madeira, sentado em frente a Ole Fagerlien; era uma visita de cortesia, e ele pensou nas repreensões que Anna lhe fizera quando ele, depois de sua primeira e desnorteada carta ao governador de Spitsbergen, havia se voltado justamente a Kjetil Fyrand, um dos amigos *dela*, pedindo que o ajudasse nos preparativos de uma viagem que Anna considerava maluca. Fyrand dera uma palestra num congresso em Viena sobre os venenos industriais que estavam sendo lançados no norte do Oceano Ártico, e em seguida aparecera em uma das reuniões noturnas organizadas por Anna e lá bebera vários copos de aguardente — agora ele já estava de novo em Longyearbyen havia tempo e pensava sobre o Oceano Ártico.

Depois da intermediação de Fyrand, que fazia seus estudos oceanográficos no Instituto Polar, Fagerlien concordara com a participação de Mazzini em uma das viagens de pesquisa anuais do Cradle, exceção da qual falava naquela manhã num tom de voz como se tivesse se arrependido de sua decisão. Afinal, o Cradle era algo como a nau capitânia das pesquisas norueguesas no Oceano Ártico; não, absolutamente não era um navio de turistas. O Instituto Polar adquirira por uma quantia gigantesca o arrastão de um armador que enfrentava problemas de liquidez e reequipara a embarcação segundo as exigências da ciência; cada lugar a bordo era valioso... Mazzini tinha a sensação de que Fagerlien esperava um pedido de desculpas da parte dele pela persistência com que ele conseguira sua cabine, anuía a cada frase de seu anfitrião com a expressão de um educando e deixou que o outro o advertisse. (O que era, na verdade, o desdém passageiro com que Fagerlien o tratava diante do fato de que o Cradle deixaria o porto de Longyearbyen em 10 de agosto em direção à Terra de Francisco José, e de que ele, Josef Mazzini!, recostado à amurada, 110 anos depois da terceira viagem do Tegetthoff, voltaria a sentir o momento de uma descoberta.).

— Um livro, pois — dizia agora Fagerlien, enquanto desviava os olhos de seu hóspede e fixava a chuva lá fora —, mais um livro. Cada aventura gera hoje um navio carregado de livros, uma biblioteca inteira...

— E de cada biblioteca volta a sair um aventureiro — tentou Mazzini, saindo humildemente de seu consentimento silencioso e anuente. Mas Fagerlien manteve sua postura e a última palavra:

— Ou um turista. — E agora ele ria.

Kjetil Fyrand recomendara a Mazzini que em sua carta ao Instituto Polar (e Fagerlien *era* o Instituto Polar) mencionasse um motivo inequívoco (melhor se fosse uma intenção científica, em caso de emergência um trabalho histórico, mas de maneira nenhuma uma reportagem!) para seu desejo de viajar ao Oceano Ártico além das rotas de verão dos navios comerciais. Apenas aquela correspondência obrigara

Mazzini a declarar — e atenuar — seus interesses como *investigações*. Mas que justificativa teria soado mais plausível do que a referência ao seu trabalho em um livro acerca da história do polo? Um trabalho que tornava necessária a experiência no Oceano Ártico, não perturbada pelas fofocas e limitações de uma viagem em navio comercial? Não, um livro sobre a expedição de Payer e Weyprecht não podia ser escrito num vapor de turistas. (Com tais e semelhantes esclarecimentos, Mazzini pelo menos se esforçara em suas cartas.).

Mas Ole Fagerlien, naquela manhã em que o protegido de Fyrand, o beberrão, estava sentado quase como um súdito diante dele, permaneceu pouco impressionado com os propósitos de Mazzini. (Por que Fyrand se engajara em favor daquele italiano?) Fagerlien conhecia um número demasiado de crônicas árticas para agora admirar, junto com seu visitante, a aventura de uma única expedição, uma entre centenas; ademais, ele tinha seus próprios heróis. Sua espaçosa sala de trabalho estava lotada com as relíquias de um passado maior. Nas vitrinas havia fósseis de lesmas, folhas de samambaias, conchas e cascas de árvore, provas de como um dia haviam sido verdes e paradisíacas as paisagens do Ártico — Spitsbergen fora um jardim tropical. Opacas, brilhavam na parede as molduras douradas e o verniz dos quadros a óleo, que retinham cenas prescritas do Oceano Ártico: caçadas de ursos sob um céu cujas cores já haviam rachado; navios de velas enfunadas através do gelo flutuante e a fonte alta como uma torre que se elevava branca e azul sobre um fragmento de geleira despencando ao mar. Diante de um mapa de parede do Círculo Polar, grande como um gobelino, pendurado entre os quadros, havia um busto em bronze de Roald Amundsen, como um altar. Amundsen! Fagerlien falou dele mais de uma vez naquela manhã... O que era tudo aquilo que o visitante italiano contava acerca de marinheiros dalmacianos e dos esforços de seus santos de gelo em comparação à grandeza desse *único*? Fora *ele* o conquistador da passagem Noroeste, o primeiro homem a pisar o Polo Sul, o mentor da excursão conjunta ao Polo Norte com Nobile, e herói da Noruega. E ele, por acaso, tivera experiências infelizes com a Itália. O arquivo de Fagerlien — "Aqui, o senhor está vendo; e aqui..." — continha os recortes de jornal que documentavam os ataques horríveis de Nobile ao *único*. O general italiano tentara, depois do voo conjunto ao Polo Norte, questionar a fama *dele*, havia se metido entre Amundsen e o entusiasmo do mundo e escrito panfletos! Ainda que Nobile tivesse construído o dirigível, o Norge, e Mussolini tivesse apoiado a expedição — o que seria de todos aqueles meios sem um realizador genial, sem Amundsen?

— Eu conheço essa história — disse Mazzini.

E então, dois anos mais tarde, quando num voo ao polo o Italia, tendo a bordo o general, caíra bruscamente e a aventura assumira um fim lamentável, quem além de Amundsen teria tido grandeza suficiente para decolar num voo de salvamento em busca de um inimigo? Amundsen e cinco acompanhantes estavam desaparecidos desde o dia desse voo, 18 de junho de 1928; mortos por causa de um fanático altamente condecorado, de um louco. Depois de uma última mensagem pelo radiofone sobre a ilha dos Ursos (Fagerlien conhecia o teor do texto) tudo ficara em silêncio para sempre. A bequilha do Latham, que chegara boiando até a costa de Spitsbergen, fora tudo o que mais tarde se encontrara.

— Eu não sou Nobile — disse Mazzini em voz um pouco alta e em italiano (como fazia tempo que não falava italiano!), quando levantou para se despedir de seu anfitrião. Suas roupas molhadas da chuva também não haviam secado durante a visita de cortesia. Era perto do meio-dia.

— *Sorry*? — Fagerlien não havia entendido.

— Meu nome é Josef Mazzini — disse o hóspede. Fagerlien, pela primeira vez depois de muito tempo, pareceu estar inseguro. Naquele instante, sentiu algo como afeição pelo pequeno e confuso italiano, que teimava em ir ao Oceano Ártico... Mas talvez tudo aquilo fosse apenas um rastro daquela generosidade com a qual Amundsen humilhara Nobile no passado; um rastro que percorreu a concepção de mundo de Fagerlien como um traço quebradiço e de vez em quando parecia se transformar em uma diretriz moral.

— Cumprimente Fyrand — assim Fagerlien dominou o momento de afeição e insegurança, para depois inclinar a cabeça em direção a seu visitante e, enfim, voltar logo em seguida a estar só; um homem roliço, careca, num empalidecido terno azul.

As estradas fumegavam. Não chovia mais. Devagar, pegando um desvio que, conforme queria, lhe revelaria os segredos de Oslo, Mazzini volta ao hotel; um turista, que se cansa com um mapa esvoaçante nas mãos. Nas esquinas ele fica parado e procura *pintar* na imaginação o próximo trecho do caminho, antes de seguir adiante e ser desmentido pelas visões reais da cidade; um jogo. Só no final de seu longo passeio os quadros de sua imaginação começam a se assemelhar aos das ruas. Como a vida corre velada e contida por ali — ela não produz mais barulho do que um feriado em uma cidade da província. O Fram, dissera Fagerlien, o navio do Oceano Ártico de Amundsen e Nansen, o Fram no museu náutico de Bygdøy... Já no caminho à barca que leva a Bygdøy, Mazzini muda sua decisão. Não, nada de passear pelo museu, nada de mais visitas e de se concentrar em outras e estranhas aventuras, que só ensombrecem e perturbam a sua própria. Que Oslo seja a terra de ninguém entre o presente e a atemporalidade do cenário ártico. Uma estadia intermediária.

Ele passa a tarde fazendo compras para completar seu equipamento — os óculos para neve, ele os esqueceu na casa da viúva do mestre em cantaria. Cada livraria ali vende mapas do mar em todas as escalas e medidas. À noite, Mazzini está em pé diante do espelho do quarto do hotel, as lentes pretas dos óculos para neve atadas diante dos olhos — como ele se sente seguro quando o campo de visão se estreita a apenas uma fenda —, a tira de borracha dos óculos amarra os cabelos escuros e densos em um topete; o rosto sem barba, estreito, de pômulos salientes e nariz de talhe fino, brilha por causa da película de uma pomada contra o frio que na ocasião ele experimentava. Ao longo de alguns minutos ele fica assim em pé, inerte — a espingarda engatilhada, uma *Ferlacher de cano duplo*, um olhar através das fendas de visão para a alça e o ponto de mira no espelho: um folião delicado.

No dia seguinte ele estará em Tromsö.

7 Melancolia

As velas estão pesadas por causa da chuva fria. Às vezes cai neve em flocos grossos e molhados. Sob as nuvens que passam baixo, não há diferença entre dia e noite; no horizonte, farrapos de neblina e uma claridade cinzenta e infinita. O Tegetthoff navega através de um mar que se tornará rude e brutal. Os vagalhões jamais foram assim. As ondas que se quebram de encontro à escuna transformam em tortura qualquer atividade de guarda no convés. Os caçadores tiroleses ficam mareados alternadamente, mal conseguem se sustentar sobre as pernas; eles cuidam um do outro e se encorajam. *As águas da costa diante da ilha de Novaia Zemlia serão mais tranquilas e veremos belas montanhas.* Foi o que prometeu o primeiro-tenente Payer. Quando as montanhas de ondas enfim se tornam mais rasas, e o vento não rebenta mais suas cristas e cumeadas, vem um frio que enrijece a enxárcia, as vergas e mastros, a rede dos ovéns — uma armação de velas cintilando como madrepérola, uma obra de arte em gelo, da qual mesmo no marulhar mais suave ou nas lufadas quebram tarugos envidraçados, que se despedaçam sobre as pranchas do convés. O tilintar enlouquece os cães. Deixaram o porto em Tromsö há pouco mais de duas semanas, mas ninguém fala mais de Tromsö, das velas e candelabros de prata sobre a mesa do cônsul Aagaard, das festividades esquecidas. O mar afasta as recordações da terra firme para longe dos diários. Aves marinhas — patos do norte, alcídeos e gaivotas polares — caem do céu sob o fogo das espingardas de chumbo. Então, Haller e Klotz se sentam no chão com baldes cheios de água quente a sua frente e arrancam penas. O tempo começa a se tornar mais vagaroso. Weyprecht manda instalar o ninho de pega no mastro principal. Há alguns dias que o fraco arco de luz sempre aparece a norte-nordeste, será que já é o *luzir do gelo*, um sinal de que as águas abertas logo estarão cobertas de bancos e barreiras de gelo? Tão cedo? Na mesma época, no ano anterior, durante a expedição do Isbjörn, a fronteira do gelo flutuante estava bem mais ao norte. O oficial em guarda no ninho de pega verá o gelo antes dos outros e alertará e instruirá o timoneiro. É uma noite especial, não há vento, o comandante toca cítara para seus marinheiros na sala da tripulação. Quem está no ninho de pega, Orel ou Brosch, nada ouve. Está totalmente só com sua atenção.

No dia 25 de julho, às oito e meia da manhã, a cadela Novaia morreu em meio às dores do parto. Às 10 horas, afundaram-na no túmulo frio do mar; no mesmo dia, às sete e meia da tarde, vimos os primeiros bancos de gelo e os cumprimentamos desejando que fossem os últimos.

Otto Krisch

Surpresos com a posição sul do gelo, chegamos à confortante conclusão de que ainda não estávamos lidando com o Oceano Ártico fechado, mas sim com um complexo de bancos de gelo que talvez tivesse sido expulso do mar de Kara através do estreito de Matotschkin. Mas logo percebemos que já estávamos no interior do Oceano Ártico, e que as condições de navegabilidade do ano de 1872 são bem diferentes e menos favoráveis do que as do ano anterior.

Julius Payer

Os bancos de gelo flutuante! Eles ainda são dispersos, e os largos canais navegáveis são atravessados a toda vela; o gelo logo se torna mais denso, e mesmo a força de bons ventos já não é suficiente. Otto Krisch e o foguista Pospischill são mandados para a máquina a vapor. E assim conseguem ir adiante, com esforço. Mas os bancos aos poucos se fecham numa superfície branca que alcança até o horizonte. Não há mais canais. No dia 30 de julho, o Tegetthoff é, pela primeira vez, *tomado* pelo gelo; e fica preso. Só no dia seguinte a superfície se rompe, em virtude da ressaca e do ar que voltou a estar mais quente. Krisch fica orgulhoso ao ver o navio tomando seu rumo sob uma nuvem de fumaça que lança uma sombra maior do que um campo de equitação. No dia 3 de agosto, é alcançada a costa oeste do arquipélago russo de Novaia Zemlia. Velejando a todo vapor, e mesmo assim vagarosamente, a escuna abre caminho ao longo da costa rochosa. Aos domingos a tripulação se reúne no convés. E então Weyprecht lê em uma bíblia italiana:

Ficai atentos para que vossos corações não sejam sobrecarregados com o êxtase e a embriaguez e inquietações terrenas, e que o dia do Juízo Final não caia de repente sobre vós como uma armadilha; pois ele se ocupará de todos que moram sobre a face da Terra. Vigiai, pois, e orai sempre, a fim de que estejais em condição de escapar de tudo aquilo que virá e de serdes aprovados pelo Filho do Homem...

E se chegam tempos nos quais a palavra de Deus não tem mais o poder de acalmar um homem de pouca fé, então o conforto passa a ser Weyprecht, que sabe interpretar de maneira favorável todos os sinais do mar e do céu. Nós estamos preparados, diz ele. Nada nos surpreenderá.

Há alguns dias entramos num mundo totalmente estranho à maior parte dos que estão a bordo; densas neblinas nos envolvem muitas vezes, das rasgadas vestes nevosas da ainda distante terra, as ameias decaídas fixam os olhos pouco hospitaleiros em nossa direção. Tudo à nossa volta profetiza transitoriedade; pois, nas campinas do mundo ártico, imperam incessantes o roer do mar e a diligência trabalhosa do processo de degelo. À noite, quando o céu está encoberto, não existe imagem mais melancólica do que esse fenecer suspiroso do gelo... Vagarosa, orgulhosa como um cortejo, a sequência eterna de esquifes alvos se dirige ao túmulo, sob o sol do sul. Por alguns segundos, o fragor constante da ressaca exaustiva se eleva em vagas sob os bancos já ocos; das orlas sobressalentes dos flárdios (grandes bancos de gelo), a água goteja em monotonia sussurrante, ou uma pequena aglomeração de neve, roubada ao antigo apoio, cai ao mar num zás para se extinguir dentro dele, chiando como uma labareda. Um crepitar e um estalar, causados pelo rompimento das partículas de gelo, soam incessantes. Cascatas pomposas de água recém-liquefeita borbulham nos véus de opaco brilho dos blocos de gelo, que, trovejando e se aniquilando, fendem-se sob a torrente abrasadora do sol... Então o dia volta a imperar com sua luz vívida, diante da qual o ardor e a maravilha das cores se desfazem em nada.

Julius Payer

Para se obter uma imagem proveitosa do curso de um navio no Oceano Ártico, a trajetória do voo de uma mosca de cozinha projetada sobre uma parede branca é bastante útil: pois o desviar-se de icebergs, as meias-voltas diante de frentes de gelo aglomerado, o assentar-se em bancos de gelo, o rebentar rascante da travessia e, por fim, a travessia de canais de gelo confusos, de modo geral se parecem mais com um novelo de lã entrelaçado e aberto à força do que com uma linha que se distende tranquilamente. E também é assim através das águas costeiras de Novaia Zemlia. O ocupante no ninho de pega fica rouco de tanto gritar: *Caminho aberto! Direção barlavento, quatro golpes a bombordo, cinco golpes!* E o timão roda alucinado nas mãos do contramestre Lusina; o leme adeja por todos os ângulos como as asas de um pássaro em pânico. O Tegetthoff balança através de um faiscante, ofuscante mundo em cacos.

No dia 12 de agosto, quando já se acreditavam totalmente sós, surge de repente um navio estranho na profusão da neblina. A imagem encorajadora ainda é tão pequena e apagada que parece uma miragem... Mas o navio não vagueia sem rumo como um fantasma, mas sim ereto e exato como só a realidade pode fazê-lo. De sobrejoanetes içados ele vem em direção a eles, e mesmo quando fecham os olhos para abri-los em seguida... ele continua ali. E então estrelas minúsculas, fogo vermelho-dourado na boca, tiros de morteiro! Uma fragata. Mas o mais grandioso naquela aparição são as bandeiras que agora são içadas: a norueguesa... e a austríaca! A bandeira austríaca naquele abandono, que então se torna ruidoso com os hurras dos marinheiros. Era o Isbjörn. O conde Wilczek, o patrocinador e amigo, velejou atrás deles desde Spitsbergen! Ele quer cumprir, apesar das péssimas condições do gelo, a promessa que fez em Viena de instalar um depósito de gêneros alimentícios para a expedição em cabo Nassau, um primeiro refúgio, para se caso acontecesse ao Almirante Tegetthoff o que aconteceu há uns dias, a poucas milhas marítimas de distância: os iates Island e Valborg teriam sido moídos pelo gelo e afundados — assim narra o conde, que sobe de um bote auxiliar ao Tegetthoff acompanhado do barão Sterneck, do fotógrafo da corte imperial austro-húngara, Wilhelm Burger, e do professor de geologia Hans Höfer. Quantos mortos? O conde não sabe. Ele trouxe champanhe.

Na esteira do Tegetthoff, o Isbjörn veleja mais alguns dias em direção ao norte, até as ilhas de Barents, que são chamadas de Três Esquifes pelos marujos noruegueses. Em caso de emergência, será mais fácil alcançar ali o depósito de gêneros alimentícios do que em cabo Nassau. A cada milha marítima cresce o perigo de serem aprisionados pelo gelo e obrigados a passar o inverno nos desertos rochosos, sem alma viva, de Novaia Zemlia. O Isbjörn navega sem máquina a vapor e equipamento pesado, e passar o inverno por lá significaria a morte para seus tripulantes. Mas o conde não quer dar meia-volta. Ainda não. Diante das ilhas de Barents o gelo se fecha. Os dois navios ficam presos. O fotógrafo da corte, Burger, está em pé, inerte, entre bancos de gelo amontoados em torre e, através de sua objetiva, fixa os olhos no fim do mundo: falésias negras e calvas, céu e gelo.

As provisões de emergência, duas mil libras de pão de centeio em barris e mil libras de linguiça de ervilha em caixas de estanho soldadas, são levadas com as parelhas de cães às Três Esquifes e deixadas nas formações rochosas primitivas para todo o sempre. Nenhum deles jamais voltará àquele lugar. O professor Höfer, o geólogo, coleta petrificações.

O mundo animal enterrado nas rochas de calcário das ilhas de Barents é uma importante testemunha de que nesses longínquos graus de latitude se espraiava um mar morno, que não suportava, como agora, que grandes geleiras se banhassem em suas ondas. Naquela época, também essa parte da terra, hoje totalmente morta e enterrada no gelo, conheceu um período de vida exuberante. No mar se moviam milhares de animais, muitas vezes de porte gracioso, enquanto a terra, conforme nos provam as descobertas em ilhas dos Ursos e Spitsbergen

que correspondem àquela época, era coroada por vegetais gigantescos da espécie das palmeiras. Nós chamamos essa época da história terrestre de Idade do Carvão da Pedra; ela foi a juventude ricamente abençoada do Alto Norte, que viveu sua vida mais rápido, que caminhou mais rápido à morte do que as zonas sulinas, as quais ainda hoje vivem suas mudanças diárias com todo o vigor... Se uma observação breve das petrificações aqui enterradas desperta em nós, como num sonho, a imagem de uma vida exuberante no passado, de uma criação orgânica rica em formas, um olhar para os tempos atuais das ilhas de Barents só pode nos deixar sombrios.

Hans Höfer

Enquanto estavam presos diante das ilhas, Weyprecht manda instalar no casco do navio vigas pesadas; elas pendem livremente, são uma defesa pendular contra a violência das pressões do gelo que eles têm pela frente. Os bancos de gelo que se aproximam forçando passagem, esse é o propósito, dividem sua pressão entre as vigas. Novamente, Payer, Klotz e Haller prendem os cães ao trenó, disparam sobre o gelo e tentam acalmar a fúria dos animais. Os cães puxam com dificuldade. É abatido o primeiro urso polar. Uma festa. Os cães já não podem mais ser contidos.

No dia 18 de agosto, foi preparado a bordo um grande jantar em homenagem ao aniversário de Sua Majestade o imperador Francisco José I, para o qual foram convidados todos os senhores do Urso Polar (Isbjörn); o senhor conde Wilczek providenciou o champanhe. À mesa, o senhor comandante Weyprecht se levantou e fez um brinde à saúde do imperador, por certo em sua primeira vez no gelo e nas proximidades da ilha de Novaia Zemlia; recebemos também do Urso Polar um quarto fresco de rena, cujo gosto era extraordinário. A refeição era composta de sopa de tartaruga, tordo com mixed-picles, *assado de rena com purê de batata, ragu de frango com salada de feijão verde, filhós com compota de ameixa e geleia de framboesa, e por fim queijo, pão e manteiga; em seguida, café preto e charutos excelentes guardados para ocasiões especiais. Depois conversamos, nos lembramos da pátria, e bebemos à saúde de nossos queridos parentes.*

Otto Krisch

A refeição dos marinheiros é mais simples, a sequência dos pratos não foi dita. Todos comem em mesas separadas. O contramestre Lusina, o mestre do gelo Carlsen e o maquinista Krisch só são convidados à távola dos oficiais em ocasiões especiais. Mas chegará um tempo em que não haverá mais mesas nem navio; e eles estarão sentados juntos sobre o gelo, com as mãos negras e rostos arrebentados pelo frio, mastigando gordura crua de foca. Eles carregarão cantis cheios de neve sob suas camisas e, depois de horas cheias de tormento puxando os trenós, beberão alguns goles de água insossa.

À noite, às 10 horas, levantamos da mesa e os senhores do Urso Polar voltaram a sua fragata. Eu me deitei na cama depois de escrever estas linhas.

Otto Krisch

No dia 20 de agosto, algumas mudanças no gelo pareciam permitir a retomada da viagem; no dia seguinte, então, subimos a bordo do Isbjörn para nos despedir do conde Wilczek, do comodoro barão Sterneck, do professor Höfer e do senhor Burger. Não foi uma despedida comum. Se uma separação entre homens que já estão separados do restante do mundo já excita mais o ânimo do que em outras ocasiões, ali ela aconteceu sob extrema comoção... A todo vapor passamos, sob um ar sombrio e o vento frio do nordeste, ao lado do Isbjörn em direção ao norte; logo ele ficou envolvido pela névoa e sumiu a nossos olhos... À tarde entramos numa cascalheira (superfície de água aberta e pontilhada de gelo, um lago no oceano); mas já na noite seguinte também nesse lugar barreiras de gelo fechadas impediram a passagem.

Julius Payer

No dia 22 de agosto fomos tomados pelo gelo denso, apagamos o fogo às quatro e meia da madrugada e esperamos o gelo se dividir; a neve caía violenta... Hoje morreu de obstrução intestinal um dos dois gatos que se encontravam a bordo.

Otto Krisch

Esperar. Dias. Semanas. Esperar. Meses. Anos. Esperar até chegar ao desespero. A armadilha de gelo não se abrirá mais. Jamais. No quadragésimo dia após a partida do porto de Tromsö, o mar solidificado envolve o Tegetthoff por todos os lados. Em nenhum lugar há água aberta. O Tegetthoff não é mais um navio, mas sim uma cabana entalada entre bancos de gelo, um refúgio, uma prisão. As velas são farrapos sem sentido; a máquina a vapor, um peso; o timão, uma insignificância. Um registro no diário de bordo, pela mão do mestre do gelo Carlsen, dá as coordenadas do aprisionamento: 76 graus e 22 minutos de latitude norte, e 62 graus e 3 minutos de longitude leste. A neve cai granulada, dura e fina.

E assim eles vagueiam através da banquisa, uma ilha que fica menor e logo volta a crescer, cujo coração de madeira é o navio. São tangidos a um vazio ofuscante e em seguida ao crepúsculo da noite polar, trevas a norte, a nordeste, a noroeste e mais uma vez a norte; estão totalmente entregues a correntes marítimas desconhecidas e à tortura do gelo. Eles não viajam mais em direção a nada. Tudo força passagem em direção a eles, tudo vem a seu encontro. Dois anos, nos quais por mais de oito meses o sol não se levanta. Abandono e medo. Um frio no qual cobertas de lã feitas para esquentar congelam junto às paredes de cabines tomadas por uma camada de gelo de um braço de espessura; falta de ar das doenças do pulmão; enregelamentos em todos os membros, cuja consequência fatal Kepes, o médico do navio, pode combater apenas com a tortura de uma amputação; excrescências escorbúticas nas gengivas, que eles cortam com tesouras, um ao outro, corroendo com ácido clorídrico as feridas que ficam. Por fim, alucinações e desespero.

Mas, o mais horrível para eles são os *uivos de raiva das banquisas*, que no decorrer do primeiro inverno sempre voltam a se entalar umas nas outras, guinchando, empurrando-se umas sobre as outras até formar torres que ameacem esmagar o Tegetthoff. Durante essas *pressões do gelo*, a tripulação estará sentada entre sacos de emergência sob o convés, esperando pelo grito de alerta da guarda lá em cima: "Para fora! Para fora! A meta de vossas vidas está aí!", e então mais uma vez ao mar, para fora, na escuridão, sobre o gelo, de cujas fendas abertas a água se eleva fervendo, rugidora e negra. E então tudo voltará a ficar em silêncio, nada de água. Uma assombração.

Mas o que são, afinal, todas as carências e tormentos comparados com a imortalidade de um descobridor ou — para avaliá-lo em favor da tripulação — com as premiações e salários que crescem cada vez mais? E o que são as trevas da noite polar se comparadas com o milagre de luz do céu ártico? Com o sol da meia-noite, que através da refração de seus raios brilha multiplicado cinco ou seis vezes nos véus de névoa? Com as miragens suaves, a grandeza refulgente e monstruosa do luar e o brilho flutuante da aurora boreal, cuja primeira aparição fez o marinheiro Lorenzo Marola cair sobre os joelhos e rezar em voz alta?

Por mais que o discurso de Weyprecht, aquela conjuração adriática dos pavores do gelo e das trevas diante da Secretaria dos Portos em Fiume, se confirme durante a viagem ao sabor do banco de gelo, a força dos marinheiros sulinos parece capaz de enfrentar tudo. Weyprecht está satisfeito pelo fato de ter estado e estar com a razão diante das repreensões e dúvidas vindas das fileiras da Marinha Imperial austro-húngara. Nada de gente do sul!, disseram noruegueses, dinamarqueses ou russos — esses eram os que ele tinha de engajar em uma expedição ao Ártico. Mas são italianos e dalmacianos que, mesmo na escuridão da noite hibernal, quando tudo está em silêncio e o vento inexiste, descerão ao gelo para lá jogar *boccia* ao clarão de tochas. Ele havia, Weyprecht escreverá mais tarde a uma amiga, levado junto consigo sua gente do sul, que ele respeitava acima de todos, porque eles dispunham *da coisa mais preciosa* que um homem poderia dispor em meio às ameaças do Alto Norte: a jovialidade. Comunicar isso ao mundo, assim Weyprecht terminará sua carta, foi sempre um objetivo maior para ele, maior até mesmo do que a notícia da descoberta da Terra de Francisco José.

Eles vagueiam por aí. Tudo estaria providenciado, haviam contado com o aprisionamento, é o que os comandantes garantem à tripulação, o Tegetthoff seria um navio seguro e construído como nenhum outro para aquele mar, e na próxima primavera a garra de gelo também se abriria e eles poderiam velejar adiante, talvez até o estreito de Bering, e mesmo além dele. Como estão seguros os comandantes! Weyprecht imperturbável. E Payer se reporta a ele. E mesmo que *tudo* deponha contra o fato de que eles algum dia voltem do lugar para onde agora são tangidos, Weyprecht continua dizendo: "Nós voltaremos. Eu sei." Ninguém ainda quer duvidar daquilo. Um sujeito como o mestre do gelo Carlsen por certo conhecia outra verdade. Mas ele fica calado.

Tantos fracassaram antes de nós. Somos tangidos ao norte, incessantemente ao norte. E então vêm as latitudes, tudo congela, e para sempre, latitudes que não são alcançadas pela primavera. Nada de degelo. Nada de água navegável. Ninguém que jamais tenha voltado de lá. O estreito de Bering é distante e vagueamos, nós todos, em direção ao fim.

Quem teria força para pronunciar tais profecias? Não, a morte é apenas uma imagem mental. Julius Payer esboça uma tela. Ela é tão improvável quanto suave: involuntariamente, uma nuvem de neblina semelhante ao luar se formaria em volta de um homem nu e exposto, indefeso, ao frio do inverno ártico. Sob luz favorável, as bordas dessa nuvem, que não seria mais do que a umidade do corpo evaporando com rapidez, luziriam nas cores do arco-íris: violeta, azul, verde, amarelo, laranja, vermelho. O extinguir paulatino desses arcos irisados, de cor em cor, corresponderia aos estágios da morte pelo frio; uma morte além da fronteira da dor, visível no desaparecer do último arco avermelhado.

A morte, um jogo de cores.

8 *Segunda digressão*
Buscadores da passagem – Uma página formal extraída da crônica do fracasso

(Precursores selecionados da expedição Payer-Weyprecht e patronos das paisagens, cabos e águas do Ártico)

Para ser observado: Quem se perde no gelo, sem esperanças, em uma chalupa de pesca e morre por afogamento, de fome ou de frio, não tem nenhum direito a uma nota histórica. Assim, ninguém fala mais de baleeiros e mercadores de óleo de fígado de bacalhau, de marujos que ano a ano navegaram pelo norte do Oceano Ártico sem chamar seus empreendimentos pelo nome enfático de *expedição*. Também os mercadores de óleo de fígado de bacalhau fizeram descobertas e passaram invernos inteiros em ilhas que durante muito tempo permaneceram escondidas aos cosmógrafos; eles conheciam o gelo e as rotas navegáveis melhor do que os representantes das academias... Mas quem, a não ser o amanuense em um escritório comercial, registraria seus nomes? O que são dez fragatas de caçar foca desaparecidas diante de um único navio de expedição, que navega e afunda a serviço de um reino? Quem executa seu trabalho em um navio de pesca não tem nenhum direito à fama. Mas as *expedições*, por mais malsucedidas que sejam, merecem um monumento.

NOME (COMANDANTE DA EXPEDIÇÃO)	ANOS NO GELO	OBJETIVOS NÃO ALCANÇADOS
Hugh Willoughby	1553 / 1554	Passagem Nordeste
Martin Frobisher	1576 / 1577 / 1578	Passagem Noroeste
Willem Barents	1594 / 1595 / 1596 / 1597	Passagem Nordeste Passagem Noroeste Rota direta através do Polo Norte em direção ao Oceano Pacífico
John Knight	1606	Passagem Noroeste
James Hall	1605 / 1606 / 1607 / 1608	Passagem Noroeste
Henry Hudson	1607 / 1608 / 1609 / 1610 / 1611	Passagem Noroeste Rota direta através do Polo Norte em direção ao Oceano Pacífico
Vitus Bering	1725 a 1741	Passagem Noroeste Passagem Nordeste Rota direta através do Polo Norte em direção ao Oceano Pacífico
Vassili Jakovlevitsch Jijagov	1765 / 1766	Rota direta através do Polo Norte em direção ao Oceano Pacífico
John Franklin	1818 / 19 / 1820 / 21 1825 a 1827 1845 a 1847	Passagem Noroeste Rota direta através do Polo Norte em direção ao Oceano Pacífico
Elisha Kent Kane	1850 / 1851 1853 a 1855	Rota americana (pelo canal de Smith, na costa oeste da Groenlândia em direção ao Polo Norte e ao estreito de Bering)
Charles Francis Hall e Emil Israel Bessels	1860 a 1862 1864 a 1869 1871 a 1873	Rota americana

OBSERVAÇÕES

Comp. com primeira digressão. Fim de Willoughby.

Veleja até a ponta sul da Groenlândia, volta com uma carga de cascalho de enxofre, com *formações rochosas de ouro* e esquimós groenlandeses trazidos à força. Numa segunda viagem, cinco de seus marinheiros são mortos a pauladas por esquimós. Frobisher noticia que vários groenlandeses teriam se suicidado por afogamento a fim de escapar a seu alcance. Por fim, desaparece no Oceano Ártico.

Circunavega pela primeira vez Novaia Zemlia e redescobre, depois de pomores e islandeses, Spitsbergen; volta sempre com cargas de cascalho de enxofre. Em sua última viagem, o navio é esmagado junto às Três Esquifes, na costa nordeste de Novaia Zemlia, e afunda; Barents e quatro marinheiros morrem no inverno na costa. Os restos de seu acampamento são descobertos séculos mais tarde pelo mestre do gelo → Elling Carlsen.

É morto a pauladas por esquimós na Groenlândia.

É morto a pauladas por esquimós na Groenlândia.

Veleja até a Groenlândia, Spitsbergen e através do estreito de Hudson e da baía de Hudson até terras firmes norte-americanas. Em um de seus retornos descobre a ilha de Jan Mayen. Depois de dois motins sufocados é posto pela tripulação, junto com sete marinheiros e seus filhos, num bote auxiliar, e desapareceu para sempre; os amotinados voltam à Inglaterra e são enforcados.

Herói da grande expedição czarista ao Norte, planejada e organizada por Ivan Kirillovitsch Kirilov (ao todo sete seções e seiscentos participantes). É um dos primeiros a atravessar o estreito de Bering; depois de um naufrágio, justamente diante da ilha de Bering, morre de escorbuto.

Depois do retorno de sua primeira busca sem êxito da passagem, é obrigado a uma segunda viagem, na qual morre a maioria dos participantes da expedição. (Expedições forçadas fazem parte da práxis da pesquisa czarista no Oceano Ártico — por isso os marujos, para escapar de uma segunda viagem, inventam de vez em quando novas terras e rotas livres de gelo.).

Depois de três viagens ao polo, superadas com muitos esforços, John Franklin desaparece no gelo em sua quarta expedição, com os 129 homens de sua tripulação e dois navios, Erebus e Terror; uma busca de anos é vã. Só em 1859 o capitão McClintock encontra restos de acampamentos e mortos mutilados.

Kane sai do porto de Nova York na primeira tentativa de alcançar o Oceano Pacífico por uma *rota americana*. A primeira viagem decorre sem êxito, apenas parte da tripulação sobrevive à segunda; Kane morre depois do retorno em consequência das privações da viagem.

Hall toma famílias de esquimós como condutores e conselheiros de sua viagem; morre em 1871 da estafa decorrente de uma viagem de trenó. A tripulação procura fazer novas investidas ao Polo Norte sob o comando de Emil Israel Bessels; parte dos ocupantes se separa do navio encalhado e vagueia sobre uma banquisa até o mar de Labrador durante sete meses. No momento da partida do Almirante Tegetthoff, toda a expedição de Hall ainda é dada por desaparecida.

Registro complementar: os triunfantes

Em 1878, quatro anos depois do retorno da expedição Payer-Weyprecht, Adolf Erik, barão de Nordenskjöld, se deixará, depois de muito refletir, aprisionar no gelo com seu navio, o Vega; com os bancos de gelo ele será tangido através da noite polar. No próximo verão ártico voltará a estar livre, içará as velas, atravessará o estreito de Bering para enfim, no dia 3 de setembro de 1879, alcançar Yokohama e lá ser recebido entusiasticamente: o primeiro! O conquistador da *passagem Nordeste*! (Uma passagem sem o menor significado em termos de tráfego marítimo e sem valor para o comércio... Isso, no entanto, também mudará com os quebra-gelos de um tempo ainda distante, como os gigantescos navios soviéticos da Classe Lenin, com seus 75 mil cavalos de potência, ou os petroleiros da Exxon Oil Company e outros navios especializados de tecnologia superpoderosa.).

De 1903 a 1906, Roald Amundsen superará duas noites polares a bordo do Gjöa, será tangido pelo gelo e alcançará o estreito de Bering pela *passagem Noroeste*; uma passagem sem o menor significado em termos de tráfego marítimo e sem valor, pois é navegável apenas ao preço de anos de aprisionamento no gelo, etc., etc.

Mas quem ousaria afirmar que todos os sofridos tormentos e percursos dos buscadores das passagens não fizeram sentido? Viagens infernais por rotas sem valor? Se não serviram à riqueza e ao comércio, pelo menos se prestaram à ciência, à destruição dos mitos do mar polar aberto, dos mitos de paraísos no gelo. E mitos não podem ser destruídos sem sacrifícios.

9 *Imagens pendulares de uma paisagem*

O mês de julho terminará no dia seguinte. É o terceiro dia de Josef Mazzini em Tromsö. O Oceano Ártico se dilui na névoa; a alta umidade do ar joga um véu sobre a distância; as temperaturas máximas do dia não passam de dez graus Celsius. O céu está branco. Densa sobre a paisagem petrificada, a força do vento mal basta para eriçar a superfície de uma água parada em um tanque, às vezes levanta ondas delicadas e invoca aquele sussurrar tranquilizante nas copas pequenas de bétulas atrofiadas, o que nas previsões do tempo vale como indício daquilo que se chama brisa leve. Uma asa-delta ondula suave e languidamente diante dos paredões de pedra de Fagernes, que se levantam em direção ao céu de Tromsö. O condutor pende sob o revestimento iluminado de sua asa-delta, que o carrega sobre a montanha; como uma presa, parece ficar parado por um momento no ar, para em seguida voltar e desaparecer dos olhos de Mazzini, e depois de alguns segundos reaparecer mais embaixo. As rochas parecem atrair a asa-delta e em seguida repeli-la, para aos poucos, contudo, obrigá-la a descer. Quando a vela vermelha com sua presa flutua para fora do campo de visão, Josef Mazzini está a sós com a montanha, que se destaca em sua imponência como há cem, como há mil anos; imutáveis as falésias, as escarpas, a fronteira das árvores, que correm apenas duzentos ou trezentos metros acima do nível do mar, agrupamentos ralos, bétulas, recordações de florestas, arbustos de zimbro, e sobre eles líquens, pedra calva e musgo. Ali por certo

Payer subiu, carregando o barômetro e todos os demais instrumentos sobre uma padiola; atrás dele, Haller e os cães, e Dilkoa, o lapão, à frente de todos. Agora eles estão em pé lá em cima, e veem a coluna de fumaça negra que se levanta sobre Tromsö. A cidade queima e Weyprecht vem do porto para ajudar as equipes de bombeiros. Sinos soam. E então a asa-delta completa uma volta, retorna ao campo de visão e traz o presente consigo. Mazzini a segue com atenção até o lugar onde as gôndolas de um teleférico brilham ante as encostas rochosas de Fagernes; ninguém mais precisa subir até ali a pé e, se o fizer, seria apenas um passatempo, um esforço sem necessidade. O arco esbelto de uma ponte de concreto cobre a entrada do porto; dois grandes navios de pesca, com os cascos cheios de manchas de ferrugem, jazem no cais. Os marinheiros do Tegetthoff por certo ficariam espantados se comparassem sua escuna com aqueles dois colossos, avançados navios-piloto que além de tudo contavam com um matagal de antenas e o carrossel de um sistema de radar. Na ponte do porto, um trilho. Mazzini dirige o olhar para a igreja; não, lá ele não consegue imaginar os marinheiros de Weyprecht, aos quais é lida uma missa antes da partida; um exemplo de arquitetura ambiciosa, foi o que disse ontem, no café da manhã no Hotel Royal, um homem de Hamburgo em férias por ali, uma obra bem-sucedida, a construção simples imitando os secadouros, nos quais naquelas regiões são pendurados os peixes, protegendo-os da cobiça dos pássaros com redes estendidas. Não, lá eles não se ajoelharam. O arquiteto hamburguês agora está no fiorde, em pé junto à amurada de uma chalupa qualquer, pescando peixes que ele não come, programa obrigatório de uma viagem de férias com tudo incluído; Mazzini poderia ir junto se quisesse, disse-lhe o hamburguês, um a mais ou a menos, tanto faz, estava mesmo tudo incluído. Cores acobreadas, verde-musgo e rosa, assim eram pintadas as casas de madeira do centro da cidade, onde é tão calmo quanto num povoado, as casas suficientemente distantes umas das outras, uma medida de precaução contra faíscas; ainda hoje falam sobre o incêndio. À medida que a distância do coração da cidade aumenta, aumenta também a densidade das novas casas, construções de tijolo, vidro e concreto; rebuliço de gaivotas. Sobre uma área de grama se eleva, com três, quatro metros de altura, bem acima de qualquer medida da vida real, um Amundsen de metal, os olhos vazios voltados para o mar cinzento.

O saco de dormir e a bagagem leve sobre os ombros, eu o vejo indo em direção a um caminho de areia, depois por um atalho de pedras, encostas violetas, é noite clara e ele está 40 quilômetros de marcha distante de Tromsö: Josef Mazzini testa a solidão. Às margens de um lago envolvido por bétulas, pairam colunas altas e inquietas, nuvens de mosquitos, milhões de insetos, uma aleia a zumbir. Lá ele não pode se deitar para dormir. Faixas de neblina vagueiam sobre a água negra e costuram a terra à água. Abaixo, em direção a Skeivåg, um loteamento abandonado junto ao fiorde de Ull, ruínas, uma cabana desmoronada sobre si mesma, coberta por relva, janelas vazias. Andou durante doze horas. Ainda à noite decide voltar, escala as rochas, não há mais caminho, e bem fundo abaixo dele o canal de Gröt desemboca no fiorde de Ull — foi através dele que o Tegetthoff navegou ao encontro do mar aberto —, agora está vazio, totalmente vazio, e então uma neblina cerrada envolve tudo. A bússola ainda não o deixa seguro. Pela manhã, ele alcança o caminho de areia junto a Snarby, casas de madeira na neblina, a vista se reduz a mais ou menos 10 metros de distância. Ele anda ao longo do canal de Gröt. Perto de Vågnes, um motorista de caminhão para ao seu lado e faz sinais para que ele embarque; só agora ele percebe como está cansado. O motorista não compreende que o estranho quer lhe falar e mostrar que também dirigiu caminhões tão grandes e inclusive maiores do que aquele, e volta sempre a abanar a cabeça. Em estradas como aquela não se conversa muito. A terra molhada reboa ao se passar por ela. Uma voz alta no rádio; ruídos de estação não bem sintonizada. O motorista aponta para o céu, depois para um casaco forrado do lado dele. Um boletim meteorológico. O tempo esfriará. À noite, Mazzini está de volta à cidade. O arquiteto hamburguês acaba de chegar de Vardö num Twin Otter, queixa-se da obrigatoriedade do uso de gravata em um restaurante de Vardö, ele teria estado também em Nordkapp, uma chapada de 300 metros se erguendo ereta sobre o mar, o fim da Europa, mas a neblina e a chuva... lamentavelmente uma decepção. E ainda por cima a gravata! Uma gravata às margens do mundo selvagem, nessa maloca, estupidez. Mazzini pensa no jantar na casa do cônsul Aagaard. O mestre do gelo Carlsen estava entre os convidados? Ele vestia sua peruca branca, a ordem de Olaf, e Payer seu uniforme de passeio? Doutor Kepes, o húngaro, o mais vaidoso de todos, certamente apareceu em um casacão de festa. O senhor por acaso está me ouvindo, diz o hamburguês, hoje é a última noite, como assim?, e amanhã a caminho de Spitsbergen? Pois se é assim, saúde, também isso pode ser comemorado, dessa vez o jovem de Viena não negará. Mazzini também não consente. Caminha atrás do hamburguês. Agora que ele sai de uma pequena solidão, Tromsö lhe parece ainda mais nova, mais presente. Se ele viu o contratorpedeiro alemão bombardeado, a carcaça entre os recifes? Não, Josef Mazzini pôs os olhos em outro navio. Coisa ruim, aquela, a velha Tromsö queimara sob o fogo dos canhões alemães na Segunda Guerra Mundial.

 Recordações da cidade desaparecida, talvez da Tromsö de Payer, panoramas românticos, litografias estão penduradas, envidraçadas e emolduradas no painel do restaurante de especialidades Fiskerogen & Peppermöllen, cujo interior se parece com o interior de um veleiro; lanternas para temporal, madeira e muito latão. Botequim legal, diz Mazzini antes que o hamburguês possa dizê-lo, e sorri. O dono do estabelecimento, um gastrônomo emigrado da Áustria há anos, tem orgulho de transformar em iguarias justamente espécies de peixe que os moradores da costa norueguesa jogam de volta ao mar por achá-las impróprias para o consumo. Também é capaz de transformar carvalho de enxofre em ouro?, pergunta-lhe Mazzini.

— Como?

— Cascalho de enxofre em ouro.

— O senhor tem cada ideia... — e o dono do estabelecimento já se volta à próxima mesa. — Até que valeria a pena tentar — diz isso entre risos e ainda deseja uma noite agradável. *Diabo-marinho à la norvégienne* por 118 coroas. Cascalho de enxofre em ouro, alquimia, o segredo da riqueza, a verdadeira aventura.

— O senhor bebe muito rápido — diz o hamburguês.

Para uma semana, calcula, Mazzini precisará de mais dinheiro do que para um mês em Viena. Mas amanhã estará no Oceano Ártico, lá tudo será diferente. Amanhã. Voo noturno.

— Pois então, saúde — diz o hamburguês. O jovem de Viena parece não ser muito resistente. A aquavita torna-o tão confuso e atrapalhado que mais tarde seu cartão não abre a porta de seu quarto no hotel. Um turista bêbado. O recepcionista o ajuda.

O último dia em terra firme europeia Mazzini passa com dores de cabeça e mal-estar. Ainda à noite, a bagagem está pronta, ele vomita espuma biliosa. O vento frio no aeroporto lhe faz bem. O avião de linha no cone de luz deslizante o surpreende. Mais uma vez um DC-9. Ele contava com um Twin Otter ou outra aeronave de pequeno porte e com no máximo uma mão cheia de passageiros. Pouco depois da meia-noite, ele está acima das nuvens. Um voo doméstico dos mais normais. Mineiros e engenheiros voam ao encontro de seu emprego nas minas de carvão de Longyearbyen; e turistas, em anoraques de cores vivas, às férias que, segundo o prospecto, prometem muito mundo selvagem. Depois de um terço do trecho, passado pouco mais de uma hora desde que deixaram Tromsö, o céu começa a arder;

profundamente vermelho, o sol se levanta. Em Longyearbyen, o sol da meia-noite ainda poderá ser visto por duas semanas. A estranha luz põe os turistas numa impaciência esperançosa; eles mostram uns aos outros bancos de nuvem em fogo. A maior parte dos mineiros dorme. Também o vizinho de Mazzini passa a falar de repente; um búlgaro, músico de uma das muitas bandas búlgaras que durante a temporada de verão animam as pistas de Finnmark com velhas músicas de sucesso. *Rock Around the Clock*. *Weisse Rosen aus Athen* [Rosas brancas de Atenas]. *Love me Tender*. Como se, depois de uma peça emocionante, de fato quisesse enumerar o elenco de sua banda ao público, o búlgaro se apresenta: Slatiu Bojadjiev no contrabaixo. Antonio Scarpa, diz Mazzini, marinheiro; e logo se arrepende. Ele mentiu a um crédulo, a um sincero. Agora tem de fazer perguntas interessadas e escutar com atenção a fim de indenizar o búlgaro, que acreditaria também com a mesma amabilidade em outras mentiras. Slatiu Bojadjiev não percebe nada em tudo aquilo. Ele tocou em Hammerfest, em Alta, e agora, assim como todos os anos, acamparia uma semana em Spitsbergen... Ainda que seus *boys* lhe digam que assim ele apenas joga seu dinheiro pela janela; os boys não conseguem entender, e para ele isso é indiferente. Por que justamente os búlgaros tinham de satisfazer as necessidades de entretenimento de Finnmark? O contrabaixista não sabe ao certo o porquê. Aconteceu assim. Aos músicos do oeste, talvez o norte fosse demasiado aborrecido e ermo. Um dia ele pediria asilo na Noruega, e então iria para as minas de Longyearbyen por um ano ou mais. Salário livre de impostos, dez mil coroas por mês, e além disso benefícios extras, e talvez mais tarde um boteco só seu.

 Na pista de voo de Longyearbyen, um vento cortante salta sobre eles. O avião da Aeroflot que irá a Murmansk passa taxiando ao lado deles. Diante de um barracão há uma trupe silenciosa de mineiros soviéticos; eles esperam pelo helicóptero que os levará a

Barentsburg, às minas da Trust Arktikugol. O contrabaixista grita algo a eles. Os turistas, em cores berrantes, e também Mazzini, em azul-celeste, correm os olhos embaraçados, quase humildes, pelos *russos*; casacões fora de moda, malas atadas com barbantes. Eles já estão profundamente mergulhados na aventura.

10　O voo plúmbeo do tempo

Eles se defendem. Golpeiam à volta. Com machadinhas e picaretas picam o banco de gelo, com longas serras procuram abris canais nesse mar amaldiçoado e rijo, perfuram buracos que são enchidos com pólvora preta, acendem explosivo atrás de explosivo, o maquinista Krisch forja uma talhadeira poderosa a partir de uma âncora de gelo que os marinheiros levantam com a ajuda de uma armação de vigas e impulsionam várias vezes contra a garra de gelo. Eles livrarão o Tegetthoff de seu cárcere gelado, eles se libertarão, eles *precisam* se livrar, para ao menos alcançar uma baía na costa de Novaia Zemlia e lá passar o inverno; mas o arquipélago aos poucos afunda, distante. Durante dias as velas principal e auxiliar permanecem içadas, assim não perderão nenhum segundo quando sua ilha de gelo se estilhaçar, libertando-os enfim; no horizonte aparecem listras escuras, o *céu de água!*, é para lá que têm de ir, lá tem de haver uma canaleta navegável. Mas estão aqui. Aqui! Presos. O céu de água não é para eles. As serras perdem toda sua flexibilidade no frio e quebram; os cortes congelam em poucos minutos, cicatrizando, as explosões apenas lançam para o alto confusos buquês de gelo estilhaçado, que em seguida caem sobre eles como granizo. O Tegetthoff não se move; o timão, que eles haviam libertado à força de serras no dia anterior, hoje voltou a congelar, a cratera que a talhadeira abre é fechada pela tempestade do nordeste, a neve se torna vítrea e dura, mais gelo, e as velas estalam inutilmente ao vento. Às vezes, o céu voa alucinado por cima deles, a tempestade de gelo quebra abrolhos e escombros da banquisa, a ilha fica menor e trincada, agora talvez tenha chegado a hora, todos a postos! Mas então apenas novas e mais poderosas massas de gelo se movem sobre eles e se unem ao banco onde estão, formando uma única paisagem fixa.

A esperada realização de nossa tarefa foi um sonho breve; cheios de dor reconhecemos que o infortúnio segue adiante e só de modo incompleto nos mantemos serenos (...) Os dias se tornam cada vez mais curtos, o sol se põe mais vermelho, envolto por massas de névoa rubras, atrás de barreiras de gelo azul enegrecido; um anoitecer cada vez mais profundo acompanha seu desaparecimento (...) Só vemos ainda gaivotas esporádicas que visitam os espaços de água à nossa volta. Em voos curtos, pairando acima da ponta de nosso mastro, elas nos olham fixamente, e com um grito rouco nos deixam para trás, rápidas como uma flecha, em direção ao sul. Há algo de melancólico nessa retirada dos pássaros; todas as criaturas parecem querer se afastar o mais rápido possível do longo reino das trevas à nossa frente (...) Um deserto desconsolador nos acolhe, indolente, por um tempo e uma distância indeterminados; nós abrimos caminho dentro dele.

Julius Payer

A enxárcia do navio está tão coberta de gelo que custa muito esforço e empenho chegar ao ninho de pega (...) São bem peculiares os cristais de gelo que se prendem ao ninho de pega, iguais às penas mais bonitas.

Otto Krisch

E mesmo quando um deles sobe até essa armação de gelo tilintante e, com uma machadinha, abre espaço para seu corpo no ninho de pega, não vê mais nada que pudesse gritar aos outros, lá embaixo. O céu de água sumiu, levado pelo vento. Infindo, o gelo.

Quando Weyprecht manda recolher as velas e as adriças, eles sabem que perderam a batalha naquele ano. Mas talvez ainda aconteça um milagre. Talvez as luzes polares, que aparecem desde as primeiras semanas de setembro, sejam os sinais celestiais da libertação vindoura. Quando a primeira vaga de luzes brilha sobre seu abandono, verde-esmeralda e em seguida magnífica em todas as cores do arco-íris, Marola cai sobre os joelhos numa oração. A *Madonna* os ajudará. Mas Weyprecht lhes diz que eles não devem confiar em milagres, mas sim nele.

É a aurora boreal, sobretudo, que enche o principiante de espanto naquelas regiões — aquele enigma não solucionado que a natureza escreveu com letras de fogo no céu estrelado do Ártico.

O relampejar distante na noite cálida de verão se relaciona à tempestade em sua fúria mais escabrosa, como em nossas regiões a cópia fraca das luzes polares se comporta em relação àqueles espetáculos da natureza imponentes no Alto Norte. O firmamento inteiro está em fogo; em tufos densos, milhares de relâmpagos disparam sem parar de todos os lados em direção àquele ponto da abóbada celeste para o qual aponta a agulha magnética livre; em volta dele cintilam e tremulam e ondeiam e lambem, em confusão selvagem, as chamas intensivamente brancas de bordas coloridas; como se chicoteadas pelo vento, ondas de luz afogueadas correm se cruzando e se precipitando, do leste ao oeste, do oeste ao leste. Em alternância ininterrupta, o vermelho ocupa o lugar do branco e o verde o lugar do vermelho. Milhares e milhares de raios de luz flamejam sem parar em feixes que se elevam e procuram, numa espécie de caça alucinada, alcançar o ponto ao qual todas elas aspiram: o zênite magnético. É como se a saga que lemos nos velhos cronistas se tornasse verdadeira, a qual nos conta que as tropas celestes teriam se batido em uma batalha e aberto caminho com raio e fogo em direção aos olhos dos habitantes dessa terra. Na tranquilidade

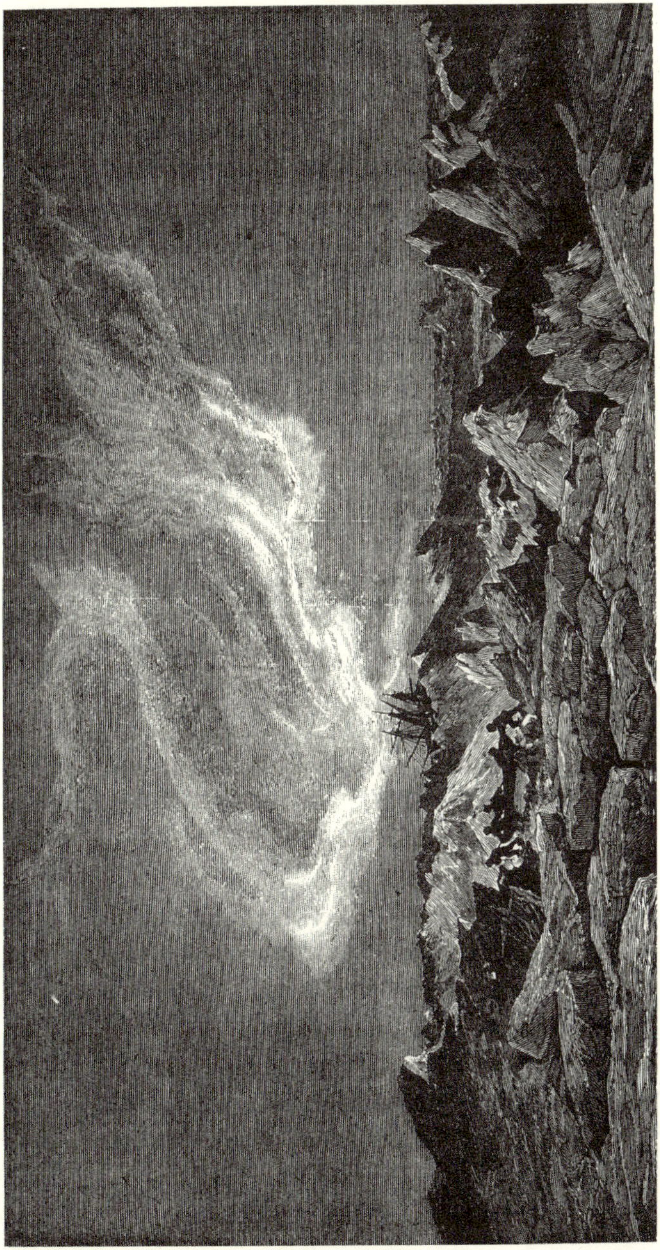

mais profunda e silenciosa tudo acontece, todos os tons são mudos, até mesmo a natureza parece prender a respiração para admirar, imóvel, sua própria obra.

Carl Weyprecht

Agora o ócio toma conta deles; o ócio dos aprisionados. Eles não podem fazer mais nada por sua libertação. Com a mesma obsessão que lutaram contra as barreiras de gelo, agora lutam contra a monotonia. Contra o tempo. Eles costuram sobretudos e sacos de provisões de lona, põem solas em suas botas, duas, três, estendem uma tenda sobre o convés, preparam o navio para resistir ao inverno — o trabalho útil não é suficiente para eles, fica pronto muito rápido. Os marinheiros levantam construções de gelo em volta do Tegetthoff, primeiro apenas uma latrina, depois muros, casas, torres!, e, com um empenho que só pode ser caracterizado como furioso, terminam com castelos e palácios. Eles serram távolas de gelo, e de tijolos cintilantes fazem portões de arcadas e janelas de arcos ogivais, através dos quais querem que o tempo voe. Que bom que suas construções e cidades voltem sempre a desmoronar e afundar nos movimentos do gelo — ainda não são as pressões violentas que os esperam. Assim eles podem recomeçar do início, fazer tudo de novo e maior e mais bonito do que antes. Em dias de trabalho cansativo, constroem estradas e trilhas através do gelo flutuante, alisam o mar duro como pedra, despejam água, fixam lâminas metálicas a suas botas de feltro e fazem corridas de patins. O maquinista Krisch é um professor risonho para os marinheiros. Mas os homens do sul se tornam tão hábeis e ágeis também nisso, que por fim jogam *boccia* de patins. Weyprecht permanece sério. Assim como ele jamais mostrou insegurança ou decepção com o transcorrer da expedição, tampouco agora toma parte na despreocupação deles, que aos poucos se acomodam a sua prisão. Noites inteiras ele passa sentado sozinho numa tenda de observação que mandou levantar sobre o gelo, faz anotações em seus diários meteorológicos, astronômicos e oceanográficos, mede as oscilações do magnetismo terrestre, desenha longas filas de números, calcula o curso confuso de sua rota sem rumo, sonda profundezas marinhas, descreve, calcula, estabelece relações. Tudo nele é atenção.

Para se entusiasmar com a natureza não é necessário ser um sábio de salão, que nos estames de uma flor vê apenas o sinal para sua classificação, no inseto o objeto para o microscópio e na montanha a pedra... Por outro lado, também não é necessário, de maneira nenhuma, ser um entusiasta sentimental, que cai em deslumbramento por causa do brilho das estrelas e, em sua admiração vazia pela majestade do raio, talvez nada saiba das leis eternas com as quais a natureza tudo regula. Na pesquisa dos enigmas com que ela nos envolve, a batalha do homem pensante por progresso alcança sua expressão mais completa. Quando Newton, a partir de uma simples observação, desenvolveu as leis mais imutáveis sobre as quais repousam o curso dos astros, toda a mecânica do céu e a existência da terra que povoamos, ele não apenas elaborou meras fórmulas, mas deu também um empurrão na humanidade pensante, impulsionando-a à frente ao pôr essas fórmulas diante de seus olhos, mostrando a ela de que o juízo humano era capaz.

Quem quiser admirar de fato a natureza, tem de observá-la em seus extremos. Nos trópicos, em sua pompa e sua exuberância mais completa, no vestido domingueiro mais pujante, em cuja observação a gente facilmente se inclina a ignorar o cerne... Ou nos polos, em sua nudez, que no entanto deixa sua grandiosa construção interna aflorar com clareza e nitidez. Nos trópicos, o olho se perde na massa de detalhes a serem admirados; aqui, na falta deles, o olho se concentra no todo imponente. Na falta do produto, ele se concentra nas forças produtoras.

Não distraída e influenciada pelo particular, aqui a atenção focaliza as próprias forças da natureza.

Carl Weyprecht

Por mais estreita e acotovelada que seja a vida no navio, e por mais íntimos que os súditos se tornem uns dos outros — Carlsen, que em sua juventude descobriu o acampamento de inverno do grande Barents em Novaia Zemlia, Klotz, que subiu as montanhas mais altas, sabe caminhar sobre o cordame de navios e fabricar bebidas medicinais de alto teor alcoólico, Pietro Fallesich, que ajudou a construir o canal de Suez e sabe contar as coisas mais inacreditáveis de suas aventuras no Egito, o contramestre Lusina, fumante inveterado, Marola, o tocador de sanfona, e os demais, todos eles trocam suas histórias de vida uns com os outros, voltando a contá-las em novas variantes —, os comandantes não conseguem se aproximar um do outro. Eles começam a se tornar estranhos. Payer lamenta o tempo perdido. Quer descobrir novas terras e caminhos marítimos, quer viajar de trenó por regiões ainda não investigadas, uma tenda de observação é demasiado pequena para ele, quer voltar sob um grande júbilo, com uma novidade cosmográfica maravilhosa. Para Weyprecht, o mar através do qual eles vagueiam é, por enquanto, novo e pouco investigado. E, ademais, haveria tanto a fazer; os conhecimentos que ele estaria coletando teriam de ser úteis à ciência e não à ambição nacional, que ultimamente parecia querer conquistar também o Polo Norte a todo custo; mesmo o Polo Norte não teria para a ciência um valor maior do que qualquer ponto geográfico no Alto Norte. A caça internacional da fama de descobridor e de recordes de latitude setentrional só lhe causavam asco, e ele preferiria voltar com resultados seguros e uma tripulação completa do que com esboços aproximados de uma terra de geleiras. Novas terras — ótimo!... Mas não por mera fama e a qualquer preço. Payer concorda com tudo isso; para ele, no entanto, voltar à pátria sem êxito, sem terra, seria mais vergonhoso do que a morte. Besteira, diz Weyprecht. Payer volta seus sonhos para as montanhas de gelo gigantescas que se levantam naquele deserto. Aquelas montanhas não podem ter se quebrado das geleiras de Novaia Zemlia, são demasiado formidáveis e poderosas para aquela costa, não, essas montanhas por certo vieram nadando até eles desde uma outra terra, desconhecida; e ele, Payer, *tem* de encontrar essa terra.

O comandante em terra se prepara para o triunfo. Testa a viagem de descobrimento. Repetidas vezes, Payer vai além do banco de gelo e açula as parelhas de cães pelo gelo afora. Os cães são tão raivosos e imprevisíveis que Krisch fabrica para eles focinheiras de couro e ferro. Gillis, um terra-nova grande, estraçalha o último gato de Tromsö que ainda permanecia vivo, o único ser com o qual os marinheiros ainda conseguiam se mostrar carinhosos.

A tripulação ficou bastante triste com esse fato, uma vez que todos eram muito devotados aos animais, principalmente o tirolês Klotz, que quase não conseguiu esconder suas lágrimas.

Otto Krisch

Klotz, o sensato e tranquilo Alexander Klotz, é tomado por uma raiva tão terrível que se atira sobre o cão e o golpeia como um louco; os demais têm de contê-lo. Em seguida, ele fica sentado diante das plantas que cultiva na sala da tripulação, fixa os olhos no agrião, que ali, onde a luz do sol não alcança, sai do pote num amarelo de enxofre, e conversa com Haller em um dialeto que nenhum dos outros entende.

Quando tudo que tinha de ser feito e que eles haviam se disposto a fazer está pronto, quando estão sentados sob o convés, alguns com um livro ou um jornal diante dos olhos, e os que não sabem ler com nada diante deles a não ser as mãos, quando apenas o cronômetro comprova o andar do tempo, então o grito da guarda os arranca de sua paralisia: *Un orso!* Um urso! Seus pensamentos se afastam e eles correm ao convés, do jeito que estão, muitas vezes sem botas, sem casacão de peles. Não há conforto maior do que a caça. Todos querem ser os primeiros a dar o tiro. Quando eles têm o animal na mira, não há mais tristeza nem tempo plúmbeo.

No dia 6 de outubro, o vento vem do sudeste e traz neve consigo... Depois do meio-dia, fui fazer um passeio digestivo no convés e, para minha grande alegria, vi um urso a bombordo do navio; logo gritei em direção à cabine: "Um urso ali bem perto de nós." Rapidamente, todos se precipitaram à casinha da popa e cada um apanhou uma espingarda. O urso caminhava ao longo do navio na distância referida acima, de vez em quando levantava a cabeça e farejava em direção à embarcação. Nós todos estávamos escondidos atrás da amurada prontos para o tiro, mas o urso foi para trás de um banco de gelo e ficou fora de nosso campo de visão; esperamos o animal sair dali, mas foi em vão;

nossa paciência estava retesada ao máximo, subi no mastro para tentar avistá-lo e vi que ele começava a se afastar; noticiei isso e decidimos caçá-lo. Descemos ao gelo até perto do urso. Como ele não podia nos ver por causa do banco de gelo entre nós, pudemos nos aproximar bastante. Quem primeiro atirou foi o senhor Payer e o acertou nas costas com uma bala de explosão. O urso desabou mas mesmo assim continuou se arrastando para a frente, até próximo da poça que se formara na popa do navio. Mais seis tiros foram dados e ele morreu, com o focinho na beirada do gelo. Oito homens fizeram um grande esforço para trazê-lo a bordo. Quando o abriram, não se encontrou em seu estômago nem um átomo de alimento, suas tripas estavam bem flácidas e vazias; o pobre animal já devia estar passando fome havia um bom tempo.

Otto Krisch

Mas a caça os redime tão raras vezes, e tempestades de neve os assolam cada vez com mais frequência, fazendo com que eles só consigam respirar com o rosto voltado para outro lado, sob o convés. E mesmo quando a tempestade se afasta e apenas pode ser ouvido o tilintar e o gemido de bancos de neve se escovando a distância, permanece o frio, um frio que a maioria deles jamais experimentou. A escuridão aumenta cada vez mais. Incandescente e suave, a luz se apaga em seu teatro de gelo refulgente. Mas não há cortina que se abra para o grande espetáculo. Os dramas do gelo se amontoando, cujos prelúdios os inquietam quase diariamente, agora acontecerão no escuro. Eles temem por seu navio. Levaram provisões de emergência e carvão para fora da embarcação, prevenidos para o dia em que o Tegetthoff não resistir mais ao gelo que dá cotoveladas pedindo passagem. Uma medida de precaução indispensável, diz Weyprecht, mas o Tegetthoff resistirá. No dia 28 de outubro, o sol se põe no horizonte e se esconderá durante meses. Mas dois dias mais tarde eis que o sol desaparecido ressurge de repente, uma elipse distorcida, mas não, não é o sol, é apenas a imagem dele, deformada e também multiplicada, que mais uma vez é espelhada acima do horizonte, uma visão tecida a partir dos véus congelados de raios partidos, uma ilusão. Apenas uma imagem? O que é a realidade? Eles também viram terras, cordilheiras que eram tangidas pelo céu afora e desapareceram, miragens, não, não eram terras reais, mas sim, claro, eram terras, mundos flutuantes envolvidos em bordas prateadas.

31 de outubro, quinta-feira: tempo bom. O gelo está bastante silencioso perto do navio. Fabriquei mais um par de botas de feltro para o senhor primeiro-tenente. Em 30 de outubro vi o sol pela última vez, e no dia 31 de outubro vi a última gaivota. O arpoador a matou com um tiro.

Johann Haller

Já no princípio de novembro fomos envolvidos por um crepúsculo profundo; uma beleza mágica transfigurou nosso deserto, o branco gélido da enxárcia do navio se desenhou fantasmagórico diante do céu azul acinzentado. O gelo refratado mil vezes, com sua casca nevada, assumira a pureza e a aparência do alabastro, o sombreamento suave de florações férreas. Só ao sul ainda víamos os véus violetas do vapor se elevarem à tarde.

Julius Payer

A beleza ali é mais passageira do que em outro lugar, e o silêncio apenas uma pausa, um instante. Aos poucos, até mesmo o infinito parece não conseguir mais abarcar aquele gelo, o belo gelo. A expansão das capas polares oscila, conforme será constatado no próximo século, entre cinco e doze milhões de quilômetros quadrados por ano. A calota polar é uma ameba pulsante e, o Tegetthoff, um estilhaço incômodo sumindo no plasma. Agora o gelo aumenta.

Tudo aumenta. A escuridão, a violência da pressão sobre o Tegetthoff, o medo de perder o navio; por sua vida eles ainda não querem temer. Onde ontem se ergueu uma montanha, hoje brilha uma poça congelada e amanhã haverá novamente um recife. Seus palácios se fendem. A cidade rachou. Talvez a imensa banquisa, sua ilha, os proteja dos icebergs que se aproximam e querem tomar conta também do pequeno lugar ocupado pelo Tegetthoff. Ainda ocupado. Agora eles cuidam e protegem sua ilha, seu refúgio ameaçado. Se uma fenda se abre no gelo, eles a costuram com cordames e âncoras, preenchem rachaduras com neve. Mas nada cura.

Tais remendos são detonados por um único resfolegar do gelo (...) Assim como um povo em rebelião, também o gelo se levantava unido contra nós. Ameaçadoras, montanhas se erguiam, saídas de superfícies planas; de um leve suspirar surgia um tinir, um resmungar, um roncar, intensificado num uivo furioso de mil vozes. Cada vez mais próximos estão o tilintar e o murmurar, como se milhares de carros de guerra voassem através do corredor de areia de um campo de batalha. A força da pressão cresce sem parar; o gelo bem perto, abaixo de nós, já começa a estremecer, a se queixar em todos os tons, primeiro como o zunir de incontáveis flechas, depois guinchando e rugindo com as vozes mais altas e mais roucas. Urrando de modo cada vez mais selvagem, ele se eleva, ultrapassa o raio do navio em saltos concêntricos, enrola os membros dos bancos despedaçados. Um ritmo terrivelmente curto do uivar impactante anuncia a tensão mais alta da violência. O que vem em seguida é um estrondo e várias linhas negras erram sem escolha sobre a neve. Há novos saltos nas proximidades, que no instante seguinte se fendem em abismos. Reboando, as armações erguidas se aproximam e desmoronam, como uma cidade que vem abaixo. Novas massas se soltam da circunferência de nosso pequeno banco de gelo; eretas, suas barras emergem do mar, uma pressão imensurável as joga para cima em forma de arco e os campos de gelo se elevam como bolhas, comprovando ferozmente a elasticidade do gelo. Por todos os lugares lutam massas cristalinas, por entre elas a torrente de água cai inundando a caldeira pressionada abaixo; os escolhos se arrebentam ao desabar, e caudais de neve escorrem pelas encostas estalantes (...) E um navio nessa confusão! Ele se contorce, se inclina e se levanta; horríveis, contudo, são os sinais da pressão, quando ela esmaga os "impedimentos", troncos de carvalho de um pé de grossura, fazendo crepitar o próprio navio. Os homens, eles há tempo já não trabalham, só em espírito ainda lutam por sua vida. Já não costuram mais o gelo com cordames; só no início corriam desordenados de um lado para outro, erravam com lâmpadas em direção aos saltos, até o gelo rascante começar a estrangular o navio. A preocupação de um e a calma sombria de outro marcadas na face, ambas são escondidas pela noite. Palavras ecoam sem serem ouvidas, apenas os gritos continuam compreensíveis (...) Onde, nos confins da Terra, reina um caos tamanho? Inconscientes de seus pavores, as leis da natureza imperam.

Julius Payer

A fúria muitas vezes dura apenas alguns minutos. De repente, fica tudo em silêncio, apenas o vento sibila na enxárcia, então eles ficam sentados em suas roupas de pele entre os sacos de emergência e esperam o próximo ataque do gelo; não podem fazer nada a não ser estarem prontos para o momento em que o navio arrebentar, e aí abandoná-lo, abandoná-lo às pressas. Mas para onde? A nova espera é mais torturante do que a anterior. O sono deles torna-se leve, bem leve, e é interrompido muitas vezes. *Abandonar o navio!* Se pelo menos esse maldito arrebentasse logo. Então tudo teria passado. Fechar o bico, se falar no diabo ele aparece, o navio não irá arrebentar. Os marinheiros jogam para fora os crânios de urso e, depois, os chifres de rena que trouxeram de Tromsö. O arpoador Carlsen os esconjurou — crânios de animais abatidos trariam desgraça, a violência da natureza só se acalmaria quando devolvessem a ela o que lhe arrancaram. Fazem o que ele ordena. Oferecem um sacrifício pagão, pois o poder os ameaça — não, não pode ser o de um deus misericordioso, mas sim o de um deus estranho, e jogam seus troféus aos pés dele. Weyprecht os deixa à vontade. Apenas para a leitura da Bíblia eles continuam tendo que ir ao convés todos os domingos; apenas os doentes incapacitados são dispensados. Nesse tempo de pressões do gelo, o comandante lê para eles o "Livro de Jó". O infeliz Jó, da terra de Uz, superara, com a ajuda de Deus, provações bem piores do que o gelo.

Meus dias correm ao nada, meus planos se quebram, meus anseios! A noite se encaixa no dia. A luz se aproxima do escuro. Mas eu não tenho mais esperanças. O reino dos mortos será minha morada, no escuro levanto meu acampamento. No túmulo grito aos vermes: "Tu, meu pai!", "Minha mãe e irmã!" Onde estão, pois, minha esperança e meu esperar, quem consegue vislumbrá-los? Será que eles descem separados ao mundo dos ínferos, ou afundamos unidos ao pó? (...)

Feliz do homem que é cultivado por Deus. Não desprezai a admoestação do Todo-poderoso! Pois Ele fere e ata; Ele golpeia e Suas mãos também curam. Em seis aflições Ele vos salvará, em sete nenhum sofrimento vos tocará.

Quem ainda acreditará nisso? Será que depois de todas as provações o lamento de Jó não está mais próximo deles do que a ventura? Ali não é a terra de Uz. Eles estão no convés. Bem quietinhos, eles têm de estar no convés.

9 de novembro, sábado: vento e neblina. Há algum tempo adoeci de "dores nos membros". O que devo pensar frente a uma doença dessas no Alto Norte? A noite polar de três meses (...) Viver ou morrer sob o tumulto dos marinheiros. Consola-me a esperança que deposito no doutor. Ele me curou das dores e, depois de quatro dias, eu já podia levantar da cama e logo consegui caminhar de novo.

10, domingo: vento e neblina. Estou doente.

11, segunda-feira: vento e nevascas. Estou doente.

12, terça-feira: vento e nevascas. Doente.

13, quarta-feira: vento e nevascas. Doente.

14, quinta-feira: vento e nevascas. Doente.

15, sexta-feira: tempo ventoso. Eu doente.

16, sábado: claridade e vento. Eu doente.

17, domingo: nas proximidades do navio se ouviu um grande barulho. Eu doente.

18, segunda-feira: tempo claro. Um urso se aproximou do navio, mas não foi abatido. Recebi do doutor permissão para ir ao convés, mas só por um instante; depois tive de voltar logo para a cama.

19, terça-feira: a pressão deu um banco de gelo voltou a nos ameaçar com o esmagamento do navio. Um mau consolo para mim, estar doente.

20, quarta-feira: tempo claro. Temperatura de menos 36 graus Celsius. O perigo de o navio ser esmagado continua. Eu doente.

21, quinta-feira: tempo claro. Mais uma vez uma grande pressão, que lançou um monte de gelo do tamanho de uma grande casa nas proximidades do navio.

22, sexta-feira: tempo claro. O gelo está bastante calmo nas proximidades do navio. Minha saúde melhorou.

23, sábado: gelo calmo. Reunindo todas as minhas forças pus uma sola num par de botas de feltro.

24, domingo: tempo claro. Às 11 horas, palestra eclesiástica. Voltei ao culto dominical.

Johann Haller

Dezembro veio, contudo sem mudar a situação. Nossa vida é cada vez mais solitária... já não há mais mudanças de dia perceptíveis pelos sentidos, apenas a sequência das datas e uma única diferenciação do tempo, aquele que vem antes e depois das refeições e aquele do sono... Estamos sentados em nossas celas solitárias no acampamento ouvindo as batidas do ponteiro dos segundos. Vagarosas, as 78 milhões de batidas escapam entre nossos dedos, marcando dois anos e meio; seu voo plúmbeo se afasta sem lamentos, sem valor para nossos objetivos.

Julius Payer

Nada, eles não alcançaram nada! Sempre de novo o gelo, a morte, voltam a rugir em sua direção. A temperatura cai para menos 40, menos 45, menos 48 graus Celsius, e os arredores afundam em uma escuridão na qual eles não conseguem mais se reconhecer a dois, três passos de distância. As paredes da cabine há tempo carregam uma camada de gelo de uma polegada de espessura, é a própria umidade do corpo deles que se condensa e depois congela. Mesmo na sala da tripulação, que eles tentam aquecer com seus fogões a carvão Meidinger, a temperatura no solo não passa de zero grau. À altura das cabeças, é quente; mas, até os beliches, o calor não consegue chegar. Sob o lugar em que dormem se formam pequenas geleiras. As cobertas de lã congelam. O hábito de se limpar a cada duas semanas na área de banho, eles abandonaram; a umidade resultante disso apenas acelera o congelamento no interior do navio, e não poucas vezes aconteceu de algum deles ter de sair nu da água morna quando uma repentina pressão do gelo os ameaçou com o naufrágio. Apenas com uma pele sobre os ombros, ou mesmo nus, tiveram de sair ao frio — as belas grinaldas de cores que se formariam em volta de seus corpos, segundo a imaginação de Payer, eles não chegaram a ver. Mas arquejam ao respirar. Agora ninguém tira mais a roupa. O maquinista Krisch tosse sangue. Poucos são os dias em que um deles não fica deitado no beliche com os sinais do escorbuto; as gengivas ficam brancas e começam a vicejar, dos poros goteja sangue, em seguida alguém se contorce em cãibras estomacais, e o cansaço é muito grande. A carne fresca é pouca; é um raro acaso eles conseguirem abater um urso naquela escuridão. As cem garrafas de suco de limão, as frutas secas e legumes em conserva e as amoras não são suficientes contra o escorbuto. Quando são felizes na caça, bebem sangue de urso.

Três dias antes do Natal, o arpoador Carlsen dispara um tiro sem querer ao carregar sua espingarda. A bala acerta a casa da popa, no depósito de munição. Eles levam a bordo mil, dois mil cartuchos. Weyprecht e Krisch correm para a casa da popa, lá explodem os primeiros pacotes de cartuchos, e levam junto os pacotes ainda intactos. O fogo não é grande. Eles conseguem apagá-lo. Weyprecht não perde sequer uma palavra com a desatenção de Carlsen. Sob a censura dos outros, contudo, o mestre do gelo torna-se ainda mais taciturno. Mas o que foi aquilo?, exclama Klotz, o domingo era tão sagrado ao senhor arpoador que ele não quer nem mesmo sair para caçar um urso e tirar-lhe a pele, e agora, no sábado, parece querer levar o navio inteiro aos ares. No dia 24 de dezembro — para o gelo a noite não é sagrada — as pranchas do Tegetthoff voltam a crepitar sob a pressão, e as caixas de presentes da Marinha e do fornecedor de provisões hamburguês Richers se abrem: seis garrafas de conhaque, duas garrafas de champanhe, tabaco, cem charutos, biscoitos, jogos de baralho, tudo enrolado em folhas de papel com imagens de Munique, a fotografia de uma árvore de Natal e seis mocinhas de porcelana; dançarinas delicadas, braços elevados e prontos para a pirueta, coxas em verniz rosa, boca profundamente vermelha; cada mocinha numa pose diferente e graciosa. Richers também lhes deixou um livro em baixo-alemão: *Swinegel.* O porco-espinho.

Eles falam muito de mulheres? Ou têm vontade e desejam se recostar uns aos outros, têm vontade de se abraçar? Dos lugares de onde vêm, um amor desses é castigado duramente. Mas quais leis valem no gelo? Será que lhes basta que o médico ou o enfermeiro de plantão afague o cabelo em sua testa quando estão com febre? Não sei.

Quando a disciplina se perde, diz Weyprecht, tudo está perdido.

Em nenhum lugar da Terra um exílio pode ser tão completo quanto aqui, sob o terrível triunvirato: trevas, frio e solidão. Mesmo anjos seriam tomados pela necessidade de alternância; com intensidade, a saudade toma conta de homens que são arrancados à força de tudo que lhes excita os desejos e é embelezado pela fantasia. Verdadeira é a sentença de Lessing: "Nós estamos bastante acostumados à relação com o outro sexo para não sentir um vazio horrível quando há a ausência total do que atrai."

Julius Payer

Na noite do Ano Novo, o gelo está silencioso, eles acendem tochas de alcatrão e caminham em volta de seu navio; uma procissão de luzes. Então os marinheiros se posicionam sobre o gelo e cantam para os oficiais. Lorenzo Marola tem a voz mais bela de todos, e Pietro Fallesich o acompanha com a sanfona.

Solo e pensoso i più deserti campi
vo mesurando a passi tardi e lenti,
e gli occhi porto per fuggire intenti,
ove vestigio uman l'arena stampi...

Mas não, *aquilo* que eles cantaram não foi transmitido e nem o que podia ser visto naquela fotografia que eles em seguida enfiaram com alguns pedacinhos de torrada do navio numa caixinha de lata e afundaram no oceano através de um buraco no gelo. Essa caixinha seria o ano velho, ele afundaria até o chão, estariam esquecidas as decepções e com três hurras eles dariam boas-vindas ao ano de 1873. Payer manda buscar uma garrafa de champanhe, o conteúdo está congelado; manda quebrar a garrafa e em seguida faz tilintar em cada copo um fragmento de gelo amarelo-pálido; então Elling Carlsen, que sobrevivera a tantos invernos naquele mundo selvagem, senta-se junto ao diário de bordo e encerra pensativo, quase festivo, esse diário de seu infortúnio:

Vi önsker at Gud maa være med os i det nye aar,
da kan intet være imod os.
Nós desejamos que Deus esteja conosco no novo ano,
então nada poderá estar contra nós.

11 *Campi deserti*

Que pinheiros cresçam por ali.

Dizem que em Spitsbergen não há árvores. E não há. Apenas um único pinheiro. Como uma nuvem de agulhas e galhos cerrados, a copa vasta e aberta envolve o andar superior da casa. Uma casa branca como a neve. Uma raridade em Longyearbyen, onde as casas de madeira têm aquelas cores amenas que ele conheceu em Tromsö. Marrom enferrujado. Vermelho enferrujado. Mas a casa é branca; e a nuvem, de um profundo verde. No andar térreo, como num dia de verão, as janelas estão abertas.

Mas faz frio.

Está tudo silencioso. Apenas as cortinas farfalham na corrente de ar e abrem caminho ao olhar. Ele olha através do interior escuro da casa, as janelas dos fundos também estão abertas, e vê as coroas de espuma do fiorde do Advento, uma língua de mar que bate nas rochas de Longyearbyen sem fazer barulho. Nenhum ruído de ressaca. No escuro da casa, de repente alguém começa a falar alto e monotonamente. Um poema. Um poema italiano! Aqui? Você é o único italiano por aqui, disse Kjetil Fyrand.

Solo e pensoso i più deserti campi
vo mesurando a passi tardi e lenti,
e gli occhi porto per fuggire intenti,
ove vestigio uman l'arena stampi...

O soneto de Petrarca! É a primeira estrofe do soneto que ele leu para Anna. Mas quem o conhece por ali? A voz sempre se interrompe, começa do princípio, estaca, troca as palavras, as rimas, se interrompe, começa do princípio. Assim nos preparamos para uma aula, repetições desesperadas; as cortinas farfalham, a ressaca. Três sonetos de Petrarca. Até amanhã. De cor. De cor, Mazzini. *Solo e pensoso i più deserti campi... a passi...*

Só e pensativo eu meço
os campos mais desertos
com passos tardos e lentos
e dirijo os olhos, pronto para fugir,
à minha volta, atento,
para o lugar onde rastros de homem se gravarem na areia.

É a voz de Anna. A voz de Anna! Não são cortinas, não, não são cortinas, são véus de neve que gotejam pelas cornijas abaixo, véus de neve e um punho verde, a copa do pinheiro, como em espasmos, encerram a casa, firmes, cada vez mais firmes... *per fuggire intenti...* e já o estuque se estilhaça, cornijas se quebram e caem com o gelo!... *Oiiya, Anore!... ove vestigio uman...* É a voz de Anna, a casa é de gelo, e a nuvem cerra-se tinindo, saltam estilhaços e gelo dos galhos...

Oiiya, Kingo! Anore! Yaaa!

E eis que agora ele acorda com uma dor lancinante no pescoço. *Yaaa! Oiiya!*

Os gritos foram altos o suficiente para acordá-lo, mesmo através das janelas trancadas. Josef Mazzini quase perde o equilíbrio ao levantar num salto, a dor o joga de volta à cama. Depois de um passo tateante, ele está parado junto à janela diante da qual Kjetil Fyrand estacou suas parelhas de cães. Dois dos sete cães groenlandeses envolvidos por crostas de sujeira caem um sobre o outro. Praguejando, Fyrand tenta separá-los. Quando Mazzini abre a janela, é uma manhã fria de agosto em Longyearbyen, e os latidos se tornam uivos.

— *Eh! Er du ikke stått opp enda, du?* — grita Fyrand em direção a ele, contendo os cães com dificuldades.

— *Altro schermo non trovo che mi scampi!* — Também Mazzini se mantém em sua língua. E como seria se ele acordasse também desse sonho? Se as casas de madeira se apagassem, Fyrand desaparecesse e a viúva do mestre em cantaria tomasse seu lugar: Bom dia, senhor Josef?

Mas a paisagem rochosa lá fora, calva e deserta, não se apaga nem some. *Campi deserti*: ele está desperto.

— Hein? — Fyrand não entendeu o que Mazzini lhe respondeu, e Mazzini não entendeu o que Fyrand lhe perguntara. Por um instante os dois ficaram compenetrados. Cada um deles entendendo apenas a si mesmo. Não quero afirmar que eles teriam se entendido. Mas ambos acenaram.

— *See you!* — Oiiya! Os cães se levantam de repente. O veículo de Fyrand se põe de novo em movimento.

— *See you!* — Fyrand já não ouve mais Mazzini. Ele guia um veículo que é apenas a chapa inferior do chassi de um automóvel, à qual foi parafusado um acento de motorista e um volante alto, e derrapa através do lamaçal das estradas amolecidas de Longyearbyen. A neve dos últimos dias se foi. Pois já é verão.

Sem desviar seus olhos, Mazzini sai da janela. Tenta afastar o pensamento fixo em copos de aguardente embaçados e cheios até a boca, que só faz aumentar sua dor de cabeça e sua sensação de tontura. A imagem é tenaz. E os copos da noite anterior estavam apenas pela metade, apenas pela metade; sempre de novo e mais uma vez pela metade.

Encher a cara. No Almirante Tegetthoff era distribuída uma garrafa de rum a cada marinheiro a cada dezoito dias. E então negociavam e faziam trocas, porque alguns deles já haviam esvaziado seu consolo em um, dois dias. No período das pressões do gelo, eram distribuídas rações especiais.

Mazzini fecha a janela. Fyrand encolheu, transformando-se numa figura pequena e vermelha; os cães, em pontos claros e saltitantes. Ubi, o líder da matilha, estava à frente, e atrás dele, como os seis olhos de um dado, Kingo, Avanga, Anore, Spitz, Imiag e Suli. Fyrand *treina*... depois de uma noite como aquela. A fim de não pôr a disciplina de seus cães de trenó a perigo nas semanas de verão sem neve, o oceanógrafo obriga a matilha regularmente aos arreios e a seu veículo enferrujado. Yaaa! Assim cães e dono disparam pela cidade mineira. Mas Fyrand não chama a atenção. Não ali, onde as condições da região selvagem são mais urgentes e perceptíveis do que as medidas do mundo civilizado, que jaz distante sob a linha do horizonte. Devagar, pesado, Mazzini veste suas roupas. Em seu quarto, que ele habita há uma semana em uma casa da Kulkompani, está quente como numa incubadeira; os termorreguladores da calefação central já parecem reagir ao frio do inverno vindouro. Lá fora cai neve molhada; e em seguida, novamente, uma chuva quase vertical. As estradas lamacentas entre as casas de madeira ficam ainda mais moles, ainda mais fundas. É 10 de agosto de 1981. O dia da partida. Desde o dia anterior o Cradle já está no píer: 1.300 toneladas de peso, 60 metros de comprimento, um casco azul marinho e superestrutura branca da altura de um prédio; é um navio pequeno comparado aos quebra-gelos que navegam durante o verão ao longo dos 2.800 quilômetros da Northern Sea Route entre Murmansk e o estreito de Bering, a velha passagem Nordeste. Mas o Tegetthoff se sentiria delicado e frágil diante desse navio de pesca com rede de arrasto, que Fyrand disse ser apenas semiadequado ao gelo, bom para uma viagem de rotina no verão, mas não para o gelo mais denso...

E Weyprecht?, perguntou o capitão Kåre Andreasen quando Fyrand lhe apresentou Mazzini — Payer e Weyprecht?... Ah! Claro, a Terra de Francisco José... Weyprecht! É que havia tantos nomes de marujos ligados ao Oceano Ártico; impossível guardar todos na memória... Eles estavam parados no balcão do bar localizado no prédio dos correios de Longyearbyen. Fyrand, grande e ruidoso, de barba cheia, um homem de quarenta anos, vestia um casaco de beisebol amarelo-berrante, que lhe conferia um aspecto quase infantil. O capitão Andreasen era franzino, apenas um pouco maior do que Mazzini e sem os gestos de um comandante; usava um pulôver pesado de lã azul-escura e calças de linho desbotadas. O fato de ele ter algo a dizer ficava nítido porque tudo ficava mais silencioso no balcão e à sua volta, por algum tempo, quando ele fazia uma observação ou uma pergunta.

O bar, o único de Longyearbyen, estava lotado; mineiros e engenheiros, equipes científicas e membros da tripulação do Cradle em seus macacões vermelhos com o nome do navio costurado em branco, haviam se acotovelado junto ao balcão. Os mais ruidosos eram três geólogos. Eles troçavam de um projeto que fracassara devido a uma tempestade na ilha dos Ursos, coordenado por algum colega ambicioso; sempre se revezando, interrompidos aqui e lá pelos aplausos e berros dos presentes, imitavam pantomimicamente a suposta decepção do outro. A noite se alongou. Quando Mazzini voltou aos tropeções pelo lamaçal da rua à casa onde se hospedava, até mesmo o sol ameno e vermelho como um rubi o ofuscou, produzindo nele aquela dor de cabeça com a qual acordaria no dia seguinte, despertado pelos gritos de comando de Fyrand e pelo latidos dos cães.

Já é quase meio-dia quando Mazzini deixa seu quarto. Na área coletiva da moradia ouve-se o som de um televisor. Malcolm Flaherty está só, sentado diante da tela, totalmente mergulhado na luz azul de cenas de catástrofes, e segue com os olhos os trabalhos de resgate e de combate ao fogo, documentados com movimentos agitados de câmara. Cautelosos, como se estivessem sobre gelo translúcido, ajudantes se movem calados em trajes de asbesto sobre um campo de escombros. Entre os destroços da carcaça de um avião espalhados pelo chão jazem bagagens e cargas destruídas;

ao lado de uma asa arrebentada jaz o cadáver carbonizado de um passageiro. Uma voz berrando em *off*, uma testemunha, descreve o desenrolar da tragédia; uma aterrissagem, uma chama, um estrondo, uma cunha de fumaça, a queda. O ar na área coletiva é tão quente e pesado que a fumaça de um cigarro que Flaherty prendeu e esqueceu entre as ameias de um cinzeiro se eleva em uma coluna ereta e fina como um barbante, enrugando-se depois em espiral. Flaherty começa a maior parte de seus dias livres diante da televisão; porém, mesmo as notícias mais atuais têm pelo menos uma semana de idade quando chegam à cidade mineira no vale das geleiras do fiorde do Advento. Em Longyearbyen, as pessoas vivem sem ligação televisiva com a terra firme. As imagens noticiadas da televisão norueguesa são gravadas em fitas cassete em Tromsö e enviadas a Spitsbergen. Com isso há um tranquilizante atraso que faz qualquer acontecimento parecer mera recordação; apenas as notícias da Rádio Svalbard, a emissora local, são transmitidas por cabo às casas de madeira. Mesmo a notícia de uma catástrofe atua de maneira menos consternadora depois de tanta demora na entrega, e os acontecimentos diários gravados em fita parecem empalidecidos.

— *Funny* — é assim que Malcolm Flaherty comenta a notícia da TV —, *funny, funny*. — Ele busca a lata de cerveja, levanta-se bocejando, baixa o volume do aparelho e volta-se para Mazzini: — Será que esse menino em férias aceita um joguinho de bilhar?

Na tela aparece uma paisagem tropical, em seguida um mapa da África, sobre o qual flechas brancas se movimentam como insetos daninhos. São colunas militares. Mazzini vai até a mesa de bilhar. Ele já se acostumou com o tom que as pessoas usam por ali ao se relacionarem; uma língua para a qual nada é sério. Uma semana em Longyearbyen bastou para torná-lo íntimo dos sistemas mais simples e dos cenários mais justos da vida social daquela cidade mineira; íntimo a ponto de estar enfastiado. Em áreas coletivas como aquela, em que o barulho das bolas de marfim agora domina o das notícias atrasadas, só os privilegiados se encontram — engenheiros das minas, cientistas e hóspedes da companhia de carvão. A vida é verdadeiramente pública apenas no prédio dos correios, ao lado da sede do governador, a única casa de alvenaria de Longyearbyen; é o coração do povoado. Lá as relações são cultivadas como em uma estufa — no guichê dos correios, as ligações com a terra firme; no balcão do bar, as frouxas amizades locais. No quiosque da antessala, ocupado por revistas internacionais, mas sobretudo por revistas pornográficas, as pessoas apanham o material para as fantasias rotativas, e de vez em quando também sobem as escadarias da sala de teatro no andar superior para ver um filme hollywoodiano, ou — o que é mais raro — esquecer, através de um espetáculo de folclore, que vivem no gélido final do mundo. Há dois dias exibiram *Os pássaros*, de Hitchcock. As imagens apavorantes de bandos de pássaros atacando, os *stacattos* dos golpes de seus bicos, foram respingadas com os risos e aplausos do público. Durante a apresentação, Flaherty urrou na escuridão da sala suas recordações de um técnico de rádio que, no ano anterior, fora ferido gravemente por andorinhas árticas. O homem havia peregrinado ao longo das falésias e chegado muito perto dos lugares onde essas andorinhas fazem seus ninhos.

A *Sterna paradisea*, um pássaro maravilhoso, semelhante a uma gaivota, asas brancas, cabeça preta, de vez em quando, num voo rasante, também ataca com seu bico e suas garras seres humanos que pareçam ameaçar seus filhotes. É um ataque rápido e elegante, que deixa rasgos e arranhões na cabeça dos atacados; ferimentos que são avaliados e ridicularizados no balcão do bar. Um boletim informativo do governador recomenda aos inexperientes que usem gorros de lã espessa para se protegerem das andorinhas. Na época, Joar Hoel, o dentista, costurara o couro capilar do técnico de rádio.

Embora as bolas de marfim ainda estivessem em movimento, provocado por seu último golpe, Flaherty finge atacar Mazzini dando um salto e erguendo o taco como se fosse um florete:

— Anda, Weyprecht, é sua vez.

Flaherty joga rápido e concentrado. Quando muda de posição, não caminha em volta da mesa, mas corre, e no instante seguinte volta a congelar numa postura mais tensa. Com esse entrelaçamento estranho, feito de pressa e devotamento, Flaherty parece se dedicar a tudo que faz. Há anos, na noite em que perdeu uma aposta, pôs-se a caminho de Ny Ålesund, o povoado mais setentrional de Spitsbergen, a fim de construir um domicílio suspenso, no qual dias depois passaria trinta horas oscilando no mesmo mastro de âncora em que Amundsen e Nobile haviam preso seus dirigíveis. Depois dessas trinta horas, amputaram quatro dedos dos pés e o dedo mindinho da mão esquerda de Flaherty, e o governador Thorsen o advertiu, exigindo que, no futuro, respeitasse mais os objetos históricos de Spitsbergen. Pelo menos foi isso que Kjetil Fyrand contou na noite anterior.

Na pequena comunidade de Longyearbyen, que reúne currículos frenéticos cheios de reviravoltas abruptas, também Malcolm Flaherty não chama atenção. Por mais ordenadas, quase pequeno-burguesas de tão limpas, que as casas da cidade mineira se alinhem, inclusive junto ao rio da geleira de Adventtale, entre as pessoas que Mazzini conheceu nos seus primeiros dias em Spitsbergen, nas mais diversas variantes, não havia uma sequer que não demonstrasse pelo menos *um* sinal de esquisitice. Porém, o que diferenciava Flaherty dos outros mineiros era que ele vivia ali havia mais de doze anos. A maioria dos mineradores vinha para ficar apenas alguns anos, devido aos altos salários livres de impostos; caso aguentassem os inconvenientes de um isolamento ártico e dos trabalhos na mina, que nas chapadas de Longyearbyen eram mais pesados do que em qualquer outro lugar, ali pelo menos existia a perspectiva de se poder voltar, depois da provação, à velha vida com um padrão talvez mais confortável. Mais do que esse ganho pessoal, no entanto, o trabalho nos poços da mina, muitas vezes estreitos como uma chaminé, não prometia. O valor do carvão explorado estava pouco auspicioso em relação ao esforço exercido; o sistema de galerias subterrâneas, longo e cheio de bifurcações, parecia servir bem mais a uma demonstração inequívoca da presença norueguesa naquele território nacional tão afastado do reino do que às leis do mercado. Mas que eram as leis do mercado nesse lugar? Que lei não se tornava insignificante, ou pelo menos frágil, naquele mundo selvagem e rochoso? Seja como for, os mineiros cavavam no mais completo isolamento em busca de um futuro melhor; e o Estado, em busca de autoridade. Da beleza da paisagem das geleiras, ou até mesmo da natureza em si ou do fascínio da solidão, nenhum deles falava. E por que falariam? Quem rastejava sobre o próprio ventre diariamente através das montanhas por dez mil coroas por mês e uma vida de merda, costumava dizer Flaherty quando a conversa girava em torno das minas. Esse ou sabia o suficiente da *mother earth* ou já não queria mais saber nada a respeito dela.

Flaherty afirmava ter vindo para sempre. Agora com 46 anos, o filho de um oficial inglês da colonização, que havia crescido no Quênia, estudado mineração na Polônia, trabalhado em minas canadenses e sul-africanas, fora condenado à prisão por causa de um ferimento a bala que infligira a seu pai aposentado em Cardiff; depois de cumprir a pena, vivera na condição de marido infeliz de uma igualmente infeliz comerciante de adubos nas ilhas Shetland. Doze anos atrás, por fim, Flaherty se metera em um barco a remos e enfrentou sozinho com sua fúria as águas marítimas em Lerwick. Durante três meses, navegou 1.500 milhas náuticas através do Atlântico, das ilhas Shetland até Nordkapp, na Noruega. Depois do maior esforço de sua vida, despedaçara seu barco em Hammerfest, e viera em um cargueiro de carvão até Spitsbergen. Desde então, vivia ali entre os mineiros como técnico para a abertura de caminhos, e fazia cinco anos que era vizinho de porta de Kjetil Fyrand, que já havia tempos desistira de voltar a deixar a região ártica. Flaherty vestia sempre luvas de seda branca, que só tirava para se sentar ao harmônio pintado a ouro que, coberto de plantas de vaso, jazia a um canto de seu quarto; nesses momentos, tocava o teclado com pachorra, cantava canções galesas e por vezes era acompanhado, na medida do possível, por Kjetil Fyrand com seu saxofone.

— Desisto! — Mazzini interrompe abruptamente o jogo depois de uma tacada falha e acaba com a formação das bolas com um furioso movimento de mão.

Quando naquele dia Kjetil Fyrand, coberto por uma crosta de sujeira, entra na sala, os cães só puderam ser contidos com violência. Ele encontra Mazzini inclinado sobre um jornal e Flaherty mais uma vez diante da tela da televisão, na qual nada pode ser visto a não ser uma imagem branca, tremelicosa e veladamente sussurrante; ambos em silêncio. A entrada em cena de Fyrand causa um efeito brusco e barulhento, como se ele não tivesse encontrado tempo para mudar de tom, de abandonar aquele que havia pouco usava para gritar com seus cães. Fyrand é o primeiro; depois dele vêm o dentista Hoel, Israel Boyle, um mineiro canadense, aficionado das peregrinações por geleiras, Einar Guttormsgaard, o zelador do corpo de bombeiros, e outros, que para Mazzini ainda não têm nome. Já passa do meio-dia. Eles se cumprimentam e dirigem também a Mazzini as pequenas e habituais perguntas, mostrando-se satisfeitos com as também pequenas respostas: mais ou menos; mas claro; a gente não pode se queixar; é que o barquinho deixaria o porto ainda hoje; pois então — e tomam lugar à mesa.

Josef Mazzini há tempo acredita fazer parte do grupo; mas o grupo sabe sobre ele: um jornalista ou escritor, ou alguma coisa do tipo, que ficara doido pela história do polo. Por certo teriam ignorado e logo esquecido o pequeno italiano, sem maiores dificuldades, se ele nos últimos dias não aparecesse sempre ao lado de Fyrand, Flaherty e Boyle, chegando mesmo a ir às minas; o pequeno parecia até bastante interessado. Israel Boyle o levou às galerias subterrâneas e o deixou rastejar até junto dos veios — dizem que, às vezes, tipos como aquele têm de escavar um quilômetro através da montanha apenas para poderem depois escrever que tudo era escuro e estreito, não é verdade, Boyle? Até mesmo o governador Thorsen convidou o pequeno para alguns copos de aguardente, e eis que agora ainda o levam junto na canoa dos sábios para que ele possa ver, pelo menos uma vez, gelo de verdade; e Kjetil... Ei, Kjetil, você também tricotou panos de lã para aquecer os pulsos dele de modo que não congelem quando ele estiver escrevendo, não? Skål. Pois é, não foram poucas as pessoas que se meteram pelas rotas de expedições do passado, cobertos por um conjunto inteiro de câmeras e nenhuma ideia acerca da rosa dos ventos.

Legal, não? Agora que qualquer sujeito raquítico em férias podia simplesmente sobrevoar esse polo de merda em um Boeing, de terno e gravata, um bife na sacola de plástico sobre os joelhos e a Kodak direcionada à espreita. Justo agora eles voltavam a se mostrar propensos a engajar um punhado de loucos dispostos a encarar a neve e ir para lá com suas canoas carunchentas, ou de trenó e balão, e cabeças azuis de tão congeladas, uma loucura. Pelo que ouviam, o pequeno queria ir com os cães de Fyrand; queria, sem falta, brincar de arre-diabos com as parelhas; o sujeito por certo estava confundindo os mastins com pôneis. Mas tudo bem, que fazer? Isso pouco importava. Skål.

Quando a tarde já avançou bastante é hora de ir a bordo. A neve parou; também a chuva. Só o nordeste sopra, constante e frio, levantando coroas de espuma no fiorde. As gôndolas carcomidas pela ferrugem de um desativado teleférico de transportar carga gemem às rajadas de vento; uma longa procissão de mastros de apoio, todos de madeira, segue em direção às bocas das galerias subterrâneas, lá em cima. Não há neblina. O Cradle deixará o porto antes da meia-noite. Fyrand e Mazzini estão junto ao balcão do bar, prontos para a viagem; no cinturão do oceanógrafo, no qual ele jamais deixou de carregar um revólver de grosso calibre em suas peregrinações comuns ao longo da costa ártica e no interior da ilha, está agora pendurado um *walkman*; depois da primeira cerveja, Fyrand pôs os fones de ouvido e agora tenta, subitamente, acompanhar o aparelho com os frangalhos de frases de uma canção que ele escuta sozinho... *Never put me in a job... Mama Rose... well, never, never again...*

Só raras vezes nos últimos dias Fyrand foi visto sem seu *walkman*. Como sempre, quando aparecia uma nova remessa de fitas cassete no único supermercado de Longyearbyen onde se poderia encontrar tudo, desde acessórios para equipamento polar até frutas cristalizadas e roupas para crianças. Fyrand conseguia se ocupar por vários dias com uma única melodia; ele encomendava, sobretudo, peças tocadas ao saxofone; ouvia uma peça sem parar, tentava tocar algumas de suas passagens em seu saxofone, proclamava-se apaixonado pelo original quando enfim tirava os fones de ouvido para em seguida, de repente, voltar a jogar tudo para o lado e ficar sem tocar nem cantar um tom sequer durante semanas inteiras. *Mama Rose!* Mais uma cerveja, Eirik; mas agora é mesmo a última.

Inicialmente, Kjetil Fyrand viera à sucursal do Instituto Polar em Longyearbyen apenas para passar um verão, mas acabara ficando por causa de uma professora, Torill Holt, que lecionava na escola do lugarejo. Mas a professora se chamava Larsen, era casada com um engenheiro de minas e morava com ele numa casa cujas paredes interiores eram cobertas por papéis com fotos berrantes de paisagens caribenhas; ela via o oceanógrafo no máximo quando este berrava nas últimas filas da sala de teatro em algum dos eventos escolares que ela organizava. E Fyrand continuava ali; raramente deixava Spitsbergen, e sempre por poucos dias, para conferenciar em Oslo acerca de suas hipóteses diante de um público escasso, ou cuidar do planejamento de algum projeto de pesquisa no Alto Ártico; de vez em quando ele também ia a congressos e sempre voltava com um enorme sortimento de aguardentes e tabacos caros. Fyrand muitas vezes ficava sentado durante noites inteiras próximo ao escritório do zelador do corpo de bombeiros, Guttormsgaard, junto à pista de voo, e mantinha comunicação através do rádio com expedições que se encontravam a caminho de regiões remotas. Por vezes desaparecia durante semanas com seu bote ou trenó, a fim de esperar por estações de medição ou coletar dados; passava vários de seus dias livres com Flaherty ou Boyle sobre as geleiras, e nos meses de inverno compunha, a partir de pedaços de cobre que esmaltava em um pequeno fogão de fundição, os mosaicos paisagísticos mais bizarros e ensinava a seus cães de trenó as peças artísticas mais complicadas. Ubi, o líder da matilha, caminhava sobre as patas traseiras assim que Fyrand dizia uma única palavra; e isso considerando que em Longyearbyen já havia tempo não se necessitava mais de parelhas de cães. Para o inverno, quase todos ali possuíam um *scooter*, um trenó a motor, e a noite polar tornava-se assim a época mais barulhenta do ano; e após a neve derreter eles rodavam com seus jipes através do lamaçal dos poucos quilômetros de estrada trafegável, ou utilizavam, coisa cada vez mais frequente, os radiotáxis, limusines cobertas de lama que circulavam entre o porto, a pista de voo e as minas. Manter uma parelha de cães, mesmo ali, não era muito mais do que um esporte luxuoso, mas talvez também o sinal mais infalível da masculinidade ártica; além de Fyrand e alguns outros, também o dentista Hoel mantinha em seu canil quatro cães groenlandeses grandes como ursos, pelos quais se fazia puxar, em pé sobre esquis, através do gelo na época da noite polar, e que no clube dos criadores de cães eram tidos como os mastins mais ferozes e mordedores de Spitsbergen.

O interesse calmo de Fyrand, ainda que talvez também apaixonado, estava bem longe de suas pesquisas no Oceano Ártico e se direcionava às medusas de águas mediterrâneas e tropicais; nas estantes de livros de seu quarto havia pilhas de literatura especializada em hidrozoárias, e mesmo o quebra-luz de uma lâmpada de escrivaninha era a reprodução cuidadosa de uma éfira em vidro fosco. Não havia, para ele, conforme Fyrand disse a Mazzini, visão mais estranha e mais elegante do que esse bailar de uma água-viva através do crepúsculo submarino. Eram bem frágeis e delicados os tentáculos junto aos sinos, cálices e cúpulas, e cada movimento através do azul-turquesa da água era como uma batida suave do coração.

Mas essa paixão do oceanógrafo não teria a menor importância para a vida de Josef Mazzini se Fyrand há anos não tivesse ido a Viena, sobretudo por causa das medusas, e depois participado do círculo da livreira Anna Koreth. Na época — uma época na qual Mazzini ainda passava maus bocados na estofaria triestina —, Fyrand viajara pela primeira vez a Viena a fim de estudar os maravilhosos modelos de água-viva de um vidreiro boêmio, que eram conservadas no museu de história natural da cidade, e conhecera Anna por meio de um zoólogo bibliófilo; uma amizade que, todavia, se esgotara em uma correspondência duradoura, muitas vezes ilustrada com traços de desenhos vicejantes feitos por Fyrand.

— Seria isso então, Eirik! Mais um Glenfiddigh pra mim, bem rápido, e depois pode chamar um táxi pra nós. Precisamos ir ao píer.

Fyrand tirou o fone de ouvido, colocando-o em volta do pescoço... *Never put me in a job...* Mazzini levantou a bagagem às costas.

O porto localiza-se mais acima, no fiorde. A viagem é curta; as janelas do carro estão cegas de tanta sujeira e a terra, que serpenteia ao encontro deles mergulhada em luz vermelha, pode ser vista apenas através do parabrisa precariamente limpo. Fyrand e Mazzini são os últimos a subir a bordo. Apertar de mãos. Então Fyrand volta a colocar os fones de ouvido e não os tira mais, nem mesmo quando Odmund Jansen, um meteorologista de Trondheim, diretor do projeto, faz um pequeno discurso diante dos dez cientistas reunidos na feira, dos três convidados e dos doze homens da tripulação — ele se alegra por cumprimentar a bordo principalmente os convidados do Instituto Polar, espera que haja uma boa colaboração... e assim por diante. Conhecemos esse tipo de discurso. Vermelha e obstinada, brilha a lâmpada de controle do *walkman* de Fyrand; ele sorri para uma mulher loura, a única a bordo... *Mama Rose!...*, uma pesquisadora de geleiras, de Massachusetts. Josef Mazzini entende apenas as palavras de cumprimento de Jansen aos convidados — a parte inglesa do discurso.

O Cradle deixando o porto é apenas o Cradle deixando o porto, e nada mais que um navio qualquer deixando o porto, qualquer outro porto, inclusive; o princípio normatizado de uma viagem de serviço. Apenas no som duradouro da sirene ecoa uma festividade sombria, que rola de volta ao vale do Advento, quebra-se junto às rochas e retorna. Com a força de 3.200 cavalos de potência, o navio de pesca parte em direção à inquietude negra do Oceano Ártico, deixando o fiorde.

Imagino Josef Mazzini durante as primeiras horas no navio, no conforto de sua cabine, e me pergunto se já no decorrer daqueles dias em Longyearbyen ele aos poucos não começou a descolar sua viagem das lembranças da viagem do Tegetthoff, já que, afinal, sobre o Ártico não havia nada a não ser o presente, um presente inevitável, que não permitia que aquela terra desolada fosse reduzida ao simples palco de uma lembrança. A invocação de imagens esquecidas não pode ter se tornado mais simples na cidade mineira do que era na sala de leitura daquele arquivo da Marinha em Viena, onde ele folheou e sempre voltava a folhear o diário de bordo do Tegetthoff. Mas não disponho de nenhum apontamento que possa confirmar minhas suposições de maneira definitiva — as anotações de Mazzini em seu diário, em Spitsbergen, muitas vezes são tão parcas quanto as do caçador Haller ou do maquinista Krisch, e reportam os acontecimentos apenas de modo conciso, às vezes em chamadas incompreensíveis, e mal contêm algum pensamento que vá além do presente. De modo que fico com minha imaginação e sigo firme na ideia de que Josef Mazzini quase deve ter sentido alívio quando, por exemplo, Malcolm Flaherty, um tanto malicioso, o chamou de *Weyprecht*, mostrando-lhe, como se fosse casualmente, que por certo não havia nenhuma fantasia, nem mesmo ideia, da qual a gente não poderia se libertar a ponto de dar uma boa gargalhada.

12 *Terra nuova*

Janeiro. O Oceano Ártico é de fato semelhante à terra de Uz. E todos por ali semelhantes a Jó.

O caçador Klotz sofre de melancolia e tísica;
o marinheiro Fallesisch, de escorbuto;
o carpinteiro Vecerina, de escorbuto e dores reumáticas;
o marinheiro Stiglich, de escorbuto;
o caçador Haller, de dores reumáticas;
o marinheiro Scarpa, de escorbuto e cãibras;
o maquinista Krisch, de tísica...

Livre de qualquer sinal de doença e de fraqueza não há ninguém; sempre que um se levanta da cama de enfermo, outro vai se deitar. E assim caminham as coisas.

Mesmo que o Almirante Tegetthoff fosse o templo de madeira de um culto à luz, no qual o nascer do sol fosse venerado como o retorno da divindade, a esperança que reinava a bordo pelo final da noite polar, pelo retorno salvador do sol, não poderia ser maior do que naquele janeiro do ano de 1873... Os enfermos voltarão às forças, as muralhas de gelo quedarão e se afastarão como ruínas derretendo ao movimento das ondas e o vento haverá de ser bom... Basta apenas o sol voltar a se levantar no horizonte...

Mas a escuridão ainda é grande.

Nos dias iluminados pelas estrelas, ao meio-dia já aparece o brilho de uma aurora futura nos confins do céu — um arco pálido de luz, que volta a desaparecer rapidamente num crepúsculo violeta. Então eles ficam em pé junto à amurada e louvam essa luz; hoje ela foi de fato um pouquinho mais clara e mais forte do que da última vez; hoje quase conseguiram decifrar um título que há dias ainda era completamente ilegível, e reconhecer um rosto a quatro passos de distância sem a ajuda da lanterna.

Mas as pressões do gelo persistem. O mar parece estar enterrado até o fim dos tempos sob os inertes baluartes de gelo. A tenda de observação de Weyprecht e parte das reservas de carvão tiradas do depósito desaparecem numa rachadura que se abre de repente, e Bop, um dos cães de trenó, também é arrastado para o fundo. No frio de janeiro, interrompido apenas algumas vezes por uma elevação de temperatura de poucos graus, a aguardente de zimbro congela em torrões vítreos e o mercúrio exposto ao ar livre fica tão duro que podem carregar uma espingarda com ele e atravessar com um tiro tábuas de uma polegada de espessura.

Mas ainda que a vida deles não se torne mais branda, e seu medo apenas tenha se tornado mais apático nas horas indizíveis da prontidão para o alerta e da espera pela catástrofe, o arco de luz que braseia no horizonte os encoraja a voltar a contrapor suas forças ao caos que reina lá fora. Weyprecht lhes diz que é sobretudo a ordem que os mantêm vivos; mesmo os afazeres diários mais comuns, como medir as mudanças meteorológicas, a rotina de mudar a guarda, e até os serviços na cozinha ou o caminhar de controle dominical dos oficiais através da sala da tripulação, poderiam ser também sinais de que, naquele ambiente selvagem, uma ordem humana não pode deixar de valer. A firmeza na disciplina e na lei é justamente a expressão da humanidade e o único caminho para se obter êxito naquele lugar ermo.

O velho mestre do gelo e arpoador Carlsen, que passou tantos anos de sua vida no Oceano Ártico, dá o exemplo: usa sempre sua

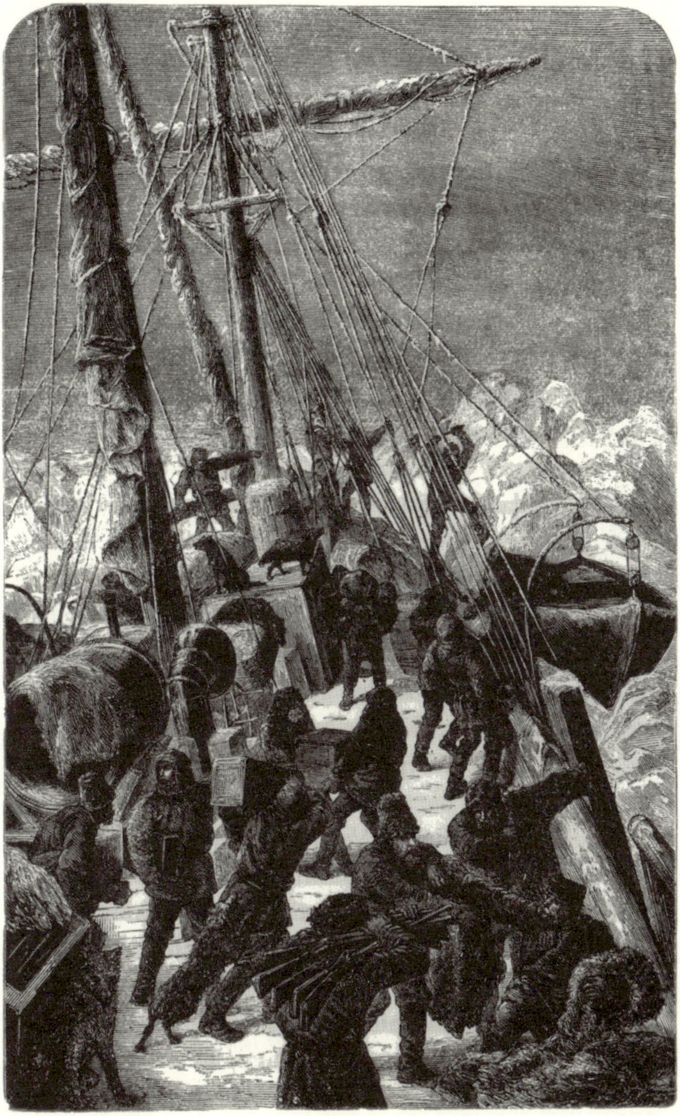

encaracolada peruca branca quando é convidado à mesa dos oficiais; nos feriados religiosos daqueles mártires que ele venera de modo especial, ele inclusive prende a ordem de Olaf na pele que lhe cobre o peito. (Mas quando as vagas e véus da aurora boreal flamejam no céu, Elling Carlsen se despoja de todo o metal que carrega sobre o corpo, inclusive das fivelas de seus cintos, a fim de não perturbar a harmonia das figuras flutuantes e não atrair sobre si a *fúria das luzes.*).

Naquelas semanas de janeiro, Weyprecht ordena que se dê aulas. Mesmo que antes deles jamais alguém tenha passado o inverno tão perto do Polo Norte, e que o deserto guinchante os ameaçe sem parar, agora *todos* devem aprender a ler e a escrever. A biblioteca de bordo — quatrocentos volumes, entre eles os dramas de Lessing e Shakespeare, também o *Paraíso perdido*, de John Milton, e edições amareladas da *Neue Freie Presse* — deve ser usada contra a melancolia e a infinitude do tempo. Poesia! É disso que eles precisam. E de pensamentos que superem a desgraça do presente. Weyprecht e os oficiais Brosch e Orel dão aulas aos italianos e eslavos; Payer, aos seus tiroleses. Em casacões de peles e com as barbas brancas de gelo, eles estão sentados no abrigo do convés — alguns tentam copiar sinais escritos, outros se ocupam com as leis fundamentais da física e da matemática.

Quando naquela pequena sala de estudos uma atividade tinha de ser avaliada e os alunos tinham de segurar a respiração para que o professor, que falava envolto por uma nuvem, tentasse reconhecer a tabuada, ou quando eles, ocupados em uma discussão, tinham de parar de repente para esfregar uma das mãos com neve, por acaso não deveríamos ficar admirados com o fato de as aulas serem benquistas?

Julius Payer

Muitas vezes, também, um alarme encerra a aula diária e os obriga a ir aos botes salva-vidas. E por fim o frio volta a ser tão grande que a aula parece uma sequência solta e irregular de instruções e exercícios. O que devemos fazer, pergunta Klotz, arrancar lendo o leão das sagradas escrituras? Construir balsas a partir dos cadernos? No final de janeiro, a aurora brilha sobre eles e já durante as horas que antecedem o meio-dia o terra-nova Matotschkin é destroçado por um urso polar. Os cães de Payer agora mal conseguem puxar um trenó de tamanho médio. Será que o comandante em terra ainda acredita em viagens de descobrimento? Imperturbável, Payer obriga os cães aos arreios e, por vezes, ao fazer isso bate tanto nos animais que o caçador Haller tem de tratá-los após os exercícios. As excursões de Payer tornam-se cada vez mais constantes — e mais furiosas. Se é que ainda existe uma terra de ninguém no Alto Norte, então ele açulará seus cães a alcançá-la.

Não sei se o mau ambiente ocasional entre o pesquisador sério e tranquilo Weyprecht e o descobridor entusiasmado Payer começou a assumir forma dramática já nos primeiros meses do ano de 1873. Os diários desse tempo não contêm nenhuma anotação a respeito. Mas sei que Carl Weyprecht comandava tudo; ele era *a* autoridade: juiz, quando havia discussões e pancadarias entre os marinheiros; consolador e profeta, quando se tratava da esperança frágil pela volta à casa; e última instância para todas as questões. E Payer, o comandante em terra, ainda continuava sem terra. No próximo ano, já na marcha dolorosa de volta pelo gelo em direção ao mundo habitado, Weyprecht mencionará em seu diário uma discussão sobre a qual os apontamentos de sua primeira noite polar não dão notícia.

Payer começa de novo com sua velha ciumeira. Ele está novamente tão carregado de raiva que estou preparado para um sério conflito a qualquer momento. Por causa de uma insignificância — tratava-se de um saco de pão que ele afirmou ter de transportar por tempo demais — ele me fez, diante de outras pessoas, insinuações que não pude deixar de censurar. Esclareci a ele que no futuro deveria tomar cuidado com tais expressões, pois do contrário o admoestaria publicamente. Ele então teve um de seus ataques de raiva e disse que se lembrava muito bem de que eu um ano atrás havia ameaçado com um revólver, e garantiu-me que se adiantaria a mim em relação a isso, chegando inclusive a me avisar sem rodeios que atentaria contra minha vida assim que visse que não poderia voltar para casa.

Carl Weyprecht

Só com muita dificuldade consigo imaginar o pensativo Weyprecht indo ao encontro de seu ex-amigo com um revólver em punho, e tampouco Payer, o poeta e pintor, fazendo ameaças de morte. No mar Ártico, porém, já aconteceram transformações bem piores, e mais tarde, depois da volta triunfal, que naquele janeiro ainda parecia tão inalcançável, também o ódio voltará a se encolher às fórmulas de cortesia. *Inicio a presente obra* — assim Julius Payer começará seu relato da expedição — *com o franco reconhecimento dos grandes méritos de meu colega, tenente da Marinha Weyprecht, comparados aos quais os êxitos de meus próprios esforços são de bem menor importância...*

Mas se aconteceu o que Weyprecht registrou em seu diário, cujas páginas de escrita densa agora empalidecem pouco a pouco nas gavetas dos armários do arquivo da Marinha austríaca, então com certeza aconteceu naquele crepúsculo interior e exterior, onde eles esperavam o retorno do sol com tanta intensidade.

Quanto mais tudo clareava, mais medonhos se mostravam os quadros da destruição. Em volta de nós elevava-se uma cordilheira de gelo em recifes... Mesmo à pequena distância, não se via do navio mais do que a ponta dos mastros; todo o resto estava escondido atrás de uma muralha de gelo. O navio em si, contudo, levantado 7 pés sobre o nível da água, descansava sobre uma bolha de gelo saliente, e por causa desse deslocamento de sua forma natural ele adquiria uma aparência verdadeiramente desconsoladora. Essa bolha de gelo formou-se a partir de um banco de gelo muitas vezes fendido, e sempre de novo unido pelo gelo, e tinha adquirido, com as pressões mais recentes, um abaulamento surpreendente na parte inferior e nas laterais... A espera tensa pelo sol também foi um motivo para nos contemplarmos reciprocamente, e ficamos admirados com as mudanças que nosso aspecto havia sofrido durante o longo período da noite polar. Uma palidez profunda cobria os rostos macilentos. A maior parte de nós trazia os sinais da convalescença, narizes pontudos e sobressalentes, olhos fundos...

Julius Payer

Tenho dores significativas até mesmo quando busco ar, e sou obrigado a ficar de cama. Por causa da enfermidade permanente emagreci muito e minha aparência é ruim, assustei-me bastante no banho quando vi meu corpo debilitado, mas espero que as medidas curativas voltem a me pôr em pé.

Otto Krisch

11 de fevereiro de 1873, terça-feira: vento e neve. O gelo em volta do navio está inquieto. Há pouco se formou um canal. Andei de trenó com os cães e fui à aula.

12, quarta-feira: tempo aberto. O gelo continua inquieto junto ao navio. Andei de trenó com os cães e fui à aula.

13, quinta-feira: vento e neblina. Limpei a cabine para o senhor doutor e fui à aula.

14, sexta-feira: andei de trenó com os cães. Depois do meio-dia, foram enviadas mensagens em direção ao norte, ao sul, ao leste e ao oeste. As mensagens foram postas em garrafas, as quais fechamos com rolhas, selamos e jogamos ao mar. As garrafas continham notícias sobre nossa expedição e seu objetivo era informar sobre nós 24 caso formos a pique e nenhum homem souber mais nada a nosso respeito.

Johann Haller

Veleiro austríaco Almirante Tegetthoff, expedição ao Oceano Ártico da Sibéria. Preso no gelo no dia 14 de fevereiro de 1873.

Em 21 de agosto de 1872, próximo à costa de Novaia Zemlia, a 76 graus e 22 minutos ao norte e 62 graus e 3 minutos a leste de Greenwich, o navio foi trancado no gelo. Desde então vagueia conforme o vento com o gelo flutuante e, no decorrer do inverno, ficou em perigo várias vezes devido aos constantes movimentos do gelo. O navio agora se eleva alguns pés acima do nível da água em meio a gelo da pior espécie, mas se encontra completamente intacto. A bordo corre tudo bem, nenhum caso de doença mais grave. Pensa-se, com o derreter do gelo, em avançar na direção leste-sudeste a fim de se alcançar a costa siberiana nas proximidades da península de Taimir, e então navegar ao longo dela em direção ao leste, tanto quanto as circunstâncias permitirem. No verão de 1874, faremos a viagem de volta através do mar de Kara. A latitude maior que alcançamos foi 78 graus e 50 minutos a norte e 71 graus e 40 minutos a leste de Greenwich, e não avistamos novas terras. Até meados de outubro de 1872, a costa de Novaia Zemlia permaneceu densamente tomada pelo gelo em todas as direções, e mais tarde a perdemos de vista.

Caso o navio seja amassado pelo gelo, pensamos em nos retirar para a costa de Novaia Zemlia, onde se encontra nosso depósito de mantimentos.

Payer m. p., Weyprecht m. p.*

Demorará 48 anos até que um caçador de focas norueguês encontre na costa ocidental de Novaia Zemlia a primeira das garrafas jogadas

---

* M. P.: Abreviação latina: *manu propria*. Quer dizer — e reforçar — que eles mesmos, Payer e Weyprecht, assinaram o documento. [N.T.]

ao mar pela expedição, repetidamente e em diferentes graus de latitude; os destinatários mencionados no documento — a divisão da Marinha de Viena e os consulados imperiais-reais — já terão desaparecido nessa época, a monarquia terá sido dissolvida e os comandantes da expedição há tempo estarão mortos. O antigo primeiro-oficial do Tegetthoff, o vice-almirante ancião da reserva Gustav Brosch, comentará a notícia do descobrimento da mensagem na garrafa, dada na seção de crônicas da *Neue Freie Presse*, de Viena, com lembranças e o desejo *de que essa arrojada viagem de pesquisa jamais caia no esquecimento...*

A primeira mensagem da expedição, porém, ainda se encontra perdida num raio de duas milhas marítimas da escuna, e a tripulação se reuniu como para uma festa. Corre o dia 19 de fevereiro de 1873. Já há dois dias eles viram a imagem ilusória e distorcida do sol sobre o horizonte, um reflexo. Mas hoje eles esperam o próprio sol, a realidade rubro-dourada.

De repente, por um instante, flutuou uma onda de luz através do espaço imenso e o sol se elevou sobre o palco gelado, envolvido por uma capa purpúrea. Ninguém disse nada. Quem teria sido capaz de emprestar palavras ao sentimento de redenção que iluminava as feições de todos e se revelava, desprovido de arte e inconscientemente, no chamado manso do homem simples: "Benedetto giorno!" *Apenas com metade de seu círculo o sol se elevara, vacilante, sobre a orla sombria do gelo, como se este mundo não merecesse sua luz... Sombrios, oníricos, os colossos de gelo se erguiam como inúmeras esfinges por cima do refulgente mar de luz; cobertos de fendas, os recifes e muros permaneciam fixos e jogavam longas sombras sobre a pista nívea a borrifar diamantes.*

Julius Payer

O caçador Klotz mergulhou tão fundo na contemplação dessa metade de sol que mantém diante dos olhos, durante horas, as imagens saltitantes, bolas brancas, verde-claras e turquesas. Quantas vezes eles já haviam visto a manhã chegar, chamejante e grandiosa, em seus navios mercantes, nas montanhas sobre o vale Passíria ou nos campos de batalha do exército imperial. Mas o que são todos os inícios de dia de sua vida até aquele momento se comparados com esse único e incompleto nascer do sol? Ainda que não estejam salvos da escuridão e do Oceano Ártico, nem da prisão, e nem sequer das fainas da doença, assim mesmo eles procuram estar salvos por um dia como se fosse por *todos*. Eles querem deixar marcada aquela hora. E a festejam com um carnaval.

Os oficiais prometeram uma ração especial de rum para todos os que aparecerem de fantasia na noite de carnaval. E assim os marinheiros recortam coroas, capacetes e mitras episcopais nas latas vazias, costuram tálares de farrapos de tecido e nadadeiras e patas de feltro, fazem o cão lapônio Sumbu beber álcool e, com as peças de feltro, transformam-no em um dragão cambaleante; em seguida, dançam entre os recifes de gelo ao ritmo das canções de Marola e da sanfona, arrastando o dragão atrás deles. Naquele dia a ordem é que todos os Jós se transformem em foliões. E quando os caçadores Haller e Klotz congelam as pernas numa caçada de urso sem êxito que interrompe a festa, Antonio Catarinich lhes oferece muletas cobertas de guirlandas.

21 de fevereiro, sexta-feira: tempo aberto. Klotz e eu estamos caindo aos pedaços com nossos pés congelados. Dores terríveis.

22, sábado: tempo aberto. Klotz e eu doentes. De manhã bem cedo, um urso vem novamente até o navio. Como estavam de pé apenas o oficial em guarda e um marinheiro, o urso é abatido sem confusão.

23, domingo: às 11 horas, sermão de igreja. Klotz e eu doentes, por isso não pudemos participar do culto.

24, segunda-feira: Klotz e eu doentes dos pés.

25, terça-feira: tempo aberto. Klotz e eu doentes. São distribuídos presentes entre a tripulação para serem sorteados. Ganhei uma garrafa de suco de framboesa.

Johann Haller

Em março eles temem pela vida de seu doutor por duas longas semanas. Kepes, o médico da expedição, que tantas vezes os ajudou, e sobretudo lhes deu ouvidos quando lhe contavam seus sofrimentos, agora ele mesmo sucumbe às cãibras da febre. Jaz dominado por alucinações e afasta de si, como um louco, medicamentos e alimentos. E se o doutor morresse, o que fariam? Quem lhes dará conselhos quando estiverem feridos e doentes? Poucos marinheiros confiam nas artes curativas de Alexander Klotz. E assim eles se revezam aos pés da cama do doutor, conversam e fixam os olhos nele sem saber o que fazer.

O comandante Weyprecht não sai de seu lado e faz todos os esforços para ajudá-lo; nos momentos em que Kepes volta a si, pede ao doutor que lhe indique os medicamentos apropriados e a dosagem, preparando-os ele mesmo em seguida... Mas o médico até agora não melhorou, e sim piorou. Ele grita, chora e se lamenta dia e noite sem parar.

Otto Krisch

Fiquei de guarda aos pés do doutor. Ele estava completamente inconsciente e fez um berreiro terrível no beliche.

Johann Haller

O estado de saúde do médico mudou bastante na noite do dia 27 para o dia 28. Embora ele já não tivesse mais cãibras, parece que ficou doente da cabeça pois fala durante a noite inteira, vê todo tipo de espíritos à sua frente e delira o dia inteiro.

Otto Krisch

Demônios. Esse mal é conhecido dos curandeiros. Quando Klotz e Haller ficam a sós com Kepes por uma hora, despejam álcool sobre o braço esquerdo do doutor, o *braço do coração*, e põem fogo no alucinado. Os curandeiros urram de alegria, rindo, quando Kepes, sob gritos de pavor, volta à consciência por um instante — para depois cair em um sono tranquilo sem os sonhos da febre.

Quando Kepes, dias mais tarde, sobe ao convés para seu primeiro passeio, Klotz diz que as forças do fogo livraram o húngaro de seus demônios, arrancando-o da loucura de volta para o mundo. Mas talvez isso nem tenha sido um serviço tão bom assim, pois, afinal, que mundo era aquele?

A primavera deles é tempestuosa, e por vezes tão rutilantemente branca que eles apenas conseguem perscrutar o deserto em busca de sinais favoráveis, de canais e de fendas através das frestas dos óculos especiais para a neve. Eles constroem um terraço de blocos de gelo para o sol, no qual os doentes passam as tardes tranquilas e sem vento. Às vezes, a temperatura sobe em poucas horas de menos 40 graus Celsius até acima de zero, e então cada lágrima de água derretida que pinga da enxárcia é um acontecimento. Eles já se veem de velas abertas. É um dia venturoso quando os primeiros fulmares pousam sobre as vergas. Agora a prisão em breve chegará ao fim.

A neve, que antes era como pedra arenosa, começa a se umedecer e já pode ser transformada em bolas; a temperatura pouco familiar parece um calor sufocante e desagradável, semelhante ao ar do siroco em nossas regiões, e fica-se angustiado nas grossas roupas de pele que pouco antes eram uma proteção imperfeita contra o frio intenso. Densos vapores cobrem o céu e sufocam, tanto à tarde quanto à noite, qualquer rastro de luz. Em vez de cair em agulhas bem finas como de costume, a neve agora cai em grandes flocos, em massas enormes que, reunidas pelo vento, enterram tudo que encontram pelo caminho. Todavia, o poderio da calidez não dura muito naquelas regiões. Na maior parte das vezes, em 48 horas o vento se torna mais fraco e vira lentamente para o norte, e nas nuvens escuras aparecem aberturas isoladas, através das quais a aurora boreal e as estrelas brilham ao nosso encontro, tornando tudo mais ameno e fazendo o termômetro cair. Cessa a luta entre as forças combatentes do ar. Mas por pouco tempo! Como se furiosa por causa do penetra atrevido ao qual ela abriu caminho abandonando o campo, a tempestade de neve, esse flagelo do viajante ártico, rompe do norte com violência redobrada... O ar mostra-se tão carregado de neve que um homem só consegue respirar de rosto virado e é vítima de morte certa se abandonado sem proteção à tempestade.

Se o céu está ou não nublado não se pode dizer, pois tudo é uma única massa de neve que segue adiante incansável, chicoteando... Em sua corrida alucinada pela superfície de gelo — onde encontra um obstáculo, ela constrói paredes inteiras — nivela as irregularidades, e sua pressão acumuladora é tão grande que a coberta sempre renovada oferece aos pés um alicerce seguro.

Os anunciadores da tempestade de neve, na maior parte das vezes, são os paraélios no verão e os parasselênios no inverno.

Em consequência da refração dos raios, todo um sistema de sóis e luas nos cristais de gelo invisíveis que pairam no ar aparece sempre ordenado segundo ângulos determinados. Na maior parte dos casos, é apenas um círculo de luz que envolve o sol a uma distância de 23 graus; de ambos os lados, à mesma distância e verticalmente sobre ele, há três imagens solares nesse círculo. Quando a imagem é mais intensa, forma-se, mais uma vez à mesma distância, mais um círculo de luz, no qual novamente há três imagens solares. Do sol verdadeiro, refulgem feixes de luz para cima, para baixo e para ambos os lados, que alcançam o círculo mais distante e formam uma grande cruz sobre ele. Algumas vezes surge, tocando o círculo mais distante e se elevando sobre o tronco vertical da cruz, um arco de luz em posição inversa, e aparecem mais dois sóis em ambos os lados, mas em distâncias maiores. A imagem é, nesses casos, imponentemente bela.

Carl Weyprecht

Ao alcance de nossas mãos, e cada dia mais próxima, nos parecia agora a tão ansiada libertação. Todavia, quando ficamos livres, a possibilidade que tínhamos era alcançar, se não a fabulosa terra de Gillis, pelo menos a desabitada costa ártica da Sibéria. E assim a Sibéria se tornara a mais azul de nossas esperanças. Só quem se abandonava a expectativas extravagantes ainda continuava pensando em descobrir novas terras enquanto vagueávamos sem rumo sobre o gelo. De resto, nossos ensejos haviam se tornado tão humildes que mesmo o recife mais insignificante teria satisfeito nosso orgulho próprio de descobridor.

Julius Payer

Eles voltaram ao duro trabalho contra o gelo. Por oito horas e meia, diariamente, eles batem, explodem, serram e cavam em seu banco de gelo, batem com paus afastando o gelo da enxárcia e destroem a couraça que envolve o casco do navio como um verniz grosso. Em caldeirões pendurados, afastam o fedor do inverno cozinhando suas roupas, e com barrela de soda removem a fuligem das lâmpadas de petróleo e óleo de fígado de bacalhau presas às paredes da cabine. O maquinista Krisch tira a ferrugem da caldeira, guarnece com novas vedações de estopa o brônzeo cano de ebulição e as torneiras de entrada e de espuma, esmerila os pistões e ferrolhos de expansão e azeita os mancais de manivela — e então a máquina está como nova, pronta para partir, o casco coberto de alcatrão e as velas abertas. Mas eles continuam presos. Quando, no *dia do Senhor*, depois da leitura da Bíblia, contemplam o serviço feito, é como se entre seus trabalhos recentes e os esforços vãos do ano anterior não tivesse passado tempo algum, como se tivessem de repetir o último ano tal qual uma matéria em que não haviam sido aprovados. Tudo continua na mesma. Tudo foi inútil. Cada toque de mão, um trabalho de Sísifo, diz Payer. Sísifo?, perguntam eles. Ele teve a mesma sorte que nós, responde Payer.

O gelo, que o inverno pressionou sob o navio, jaz em alguns lugares com espessura de 9 metros, os buracos até a água que eles cavaram são fundos como poços e todas as tentativas de voltar a levar a escuna à superfície do mar acabam inclinando tanto o Tegetthoff que eles se movem no convés como na encosta de uma montanha; e Orasch, o cozinheiro de Steyermark, praguejar dizendo que já não consegue mais colocar uma panela no fogo. O Tegetthoff jaz como uma carcaça num estaleiro de gelo; eles têm de escorar o casco com alavancas para ele não soçobrar. E o ocupante da gávea está sentado em seu cesto, queimando os olhos na distância resplandecente...

No dia primeiro de maio, a cadela Zemlia dá à luz quatro filhotes, dos quais apenas um sobrevive: Torossy, um mastim. É o primeiro ser a bordo que não guarda recordações de paisagens verdejantes, árvores, campos; de tudo que é *pátria*. "Viu cumê", assim Haller tenta consolar o amigo Klotz, atormentado pelas saudades de casa, "o cusco nunca enxergô o verde dum campo aberto e é o mais feliz de nós todos".

Torossy salta em volta dos esqueletos secos de urso espalhados na poça de água derretida como se esta fosse um belo lago coberto de juncos do vale Passíria, e chafurda no lodo e nas cinzas, nos buracos de detritos que aos poucos afundam no gelo em volta do Tegetthoff sob o sol cada vez mais quente; como numa plantação, num campo, num jardim. Os marinheiros acarinham e protegem o cachorro como um animal sagrado, e até mesmo Jubinal, o sempre tão inacessível líder da matilha, do qual se diz que um israelita siberiano um dia o trouxe dos montes Urais devido a sua força indomável e sua selvageria, tolera que Torossy lhe arranque a comida da boca.

A juventude do cachorro são os meses seguintes à prisão deles. Os registros nos diários tornam-se mais desesperançados e monótonos devido à anotação dos trabalhos sempre iguais. Agora cada acontecimento, por mais insignificante que seja, já se torna uma sensação para eles. Celebram os feriados da monarquia e as festas da igreja com bandeiras de seda, cerimônias e banquetes improvisados, para os quais Orel, o alferes da Marinha, assa no forno pratos à base de farinha. Caçadas de urso são orgias; aparições no céu, óperas.

No dia 26 de maio, estava previsto um eclipse parcial do sol na latitude em que nos encontrávamos; mas por engano esperamos o começo do eclipse duas horas e meia mais cedo. Todo mundo a bordo que dispunha de um instrumento o havia direcionado ao céu e esperávamos cheios de expectativa a entrada da lua no disco do sol. Depois de esperar em vão por longo tempo, no entanto, reconhecemos que havia um erro em relação à hora, mas mesmo assim ficamos junto a nossos binóculos e telescópios a fim de não reduzir a dignidade da observação diante da tripulação.

Julius Payer

Mas será que também é digno e apropriado que Payer, o primeiro-tenente, comandante em terra e geógrafo do imperador, obrigue a tripulação a ajudá-lo na construção de uma *estrada artificial* de três milhas marítimas de comprimento? Uma estrada que passa por viadutos e por túneis, ao longo de costas de lagos de água derretida que recebem nomes austríacos, e através de postos de correio, templos, estátuas e tavernas de gelo. Payer precisa da pista para fazer exercícios com as parelhas de cães. Mas e os templos, os postos de correio, as tavernas e toda aquela paisagem de brinquedo que se assemelha a um jardim japonês? Para a tripulação, aquele trabalho é tão digno quanto qualquer outro. Os templos acabam mais suntuosos e as torres mais altas do que Payer pediu. Eles não obedecem, eles participam do *jogo*. Num domingo de junho, vê-se o marinheiro Vincenzo Palmich vestido de donzela medieval em pé junto ao terraço de uma torre; e, no rastrilho da fortaleza de neve, com uma lata sobre a cabeça, abanando o penacho do elmo, Lorenzo Marola. Ele canta serenatas com seu escudeiro Pietro Fallesich, desfigurado por frieiras. Mas então quem está na gávea grita "Água aberta!" do alto de seu cesto de observação e eles se atiram da fábula de volta à realidade.

23 de junho de 1873, segunda-feira: tempo aberto e vento norte. Temperatura de zero grau. Todos nós, oficiais da tripulação, trabalhamos com ganchos e serras a fim de abrir um canal e levar o navio até lá. Mas todo o trabalho e esforço para livrar o navio é vão e não resta nenhuma perspectiva de escapar daqui. Só do mastro mais alto pode-se ver, a longa distância, um canal de água aberta. Nosso navio continua preso no gelo.

24, terça-feira: tempo aberto e vento norte. Temperatura de um grau positivo. Ajudei o doutor a fazer vinho. Um urso se aproximou do navio. O senhor primeiro-tenente o viu se aproximando e gritou para mim: "Um urso!" Fomos ao encontro dele encobertos e, a uma boa distância, o abatemos com um tiro. À noite, veio um segundo urso na direção do navio. Ele ainda estava longe. O tenente Brosch estava junto à base do mastro e o avistou. Gritou: "Um urso!" O comandante Weyprecht correu logo ao encontro do animal até mais ou menos 500 passos de distância do navio. O senhor primeiro-tenente e eu o seguimos encobertos e em passos rápidos. O urso já estava a apenas 10 metros de distância do comandante Weyprecht. Ele atirou e errou. Weyprecht tinha apenas aquele único cartucho. O urso se atirou de um só golpe sobre Weyprecht. Nesse instante, o primeiro-tenente atravessou o peito do urso com um tiro e salvou o comandante. O urso fugiu, ferido. Logo o encontrei e o atingi com uma bala explosiva, mas o urso seguiu adiante. Dei um segundo e um terceiro tiro nele, e então ele deitou por um instante, mas logo se levantou e fugiu, até que atravessei seu coração, bem de perto, com outro tiro, e ele finalmente não se moveu mais, ficou morto no chão.

25, quarta-feira: tempo aberto e vento norte. Temperatura de dois graus positivos. Tirei a gordura de uma pele de urso.

26, quinta-feira: tempo nublado e vento norte. Temperatura de dois graus negativos. Tirei a gordura de uma pele de urso.

27, sexta-feira: tempo nublado e vento norte. Temperatura de um grau negativo. Passei o dia ocupado em servir.

28, sábado: tempo nublado e vento leste. Temperatura de um grau negativo. Lasquei gelo.

29, domingo: São Pedro e São Paulo. A festa do meu aniversário. De noite, às 2 horas, um urso veio até o navio. O oficial em guarda e um marinheiro o abateram. Então me acordaram para que eu tirasse a pele do urso. Ao mesmo tempo em que chego aos trinta anos de idade, tiro a pele de um urso. É um belo presente de aniversário.

Johann Haller

Qualquer coisa que eles façam agora, já fizeram alguma vez. Repetem seus dias. O tempo é circular. Até mesmo aquilo que eles achavam que há tempo afundara, volta novamente. Certa manhã, também o cadáver do cão terra-nova Bop, que foi engolido pelo gelo do inverno, volta a estar deitado sobre a neve — rijo, duro e não decomposto, como se tivesse morrido no dia anterior. Eles atam então uma das pedras da coleção geológica de Payer ao seu pescoço, cavam um poço até a superfície do mar e afundam o corpo. E assim parece que tudo ali, também cada esperança, tem de ser enterrada duas, três vezes e sempre de novo. E, porque tudo que acontece é apenas o retorno do mesmo, eles acabam indo em suas conversas sempre mais fundo em direção ao passado. Os oficiais conversam acerca da batalha naval de Lissa, como se ela ainda fosse ocorrer, e discutem intensamente acerca de conflitos políticos que há tempos já foram decididos. O mês de julho é um único e infinito dia. Quando chega agosto, eles começam a entender que aquele gelo jamais libertará o

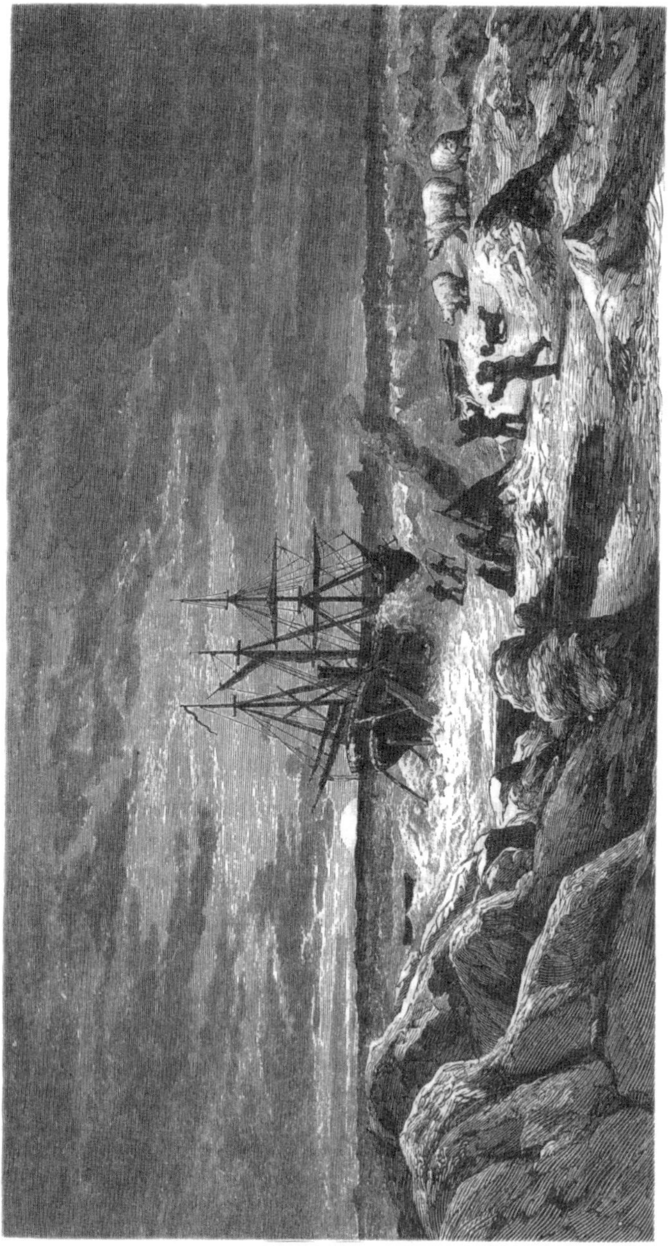

navio e que, abandonados aos ventos e às correntes marinhas, eles se deslocam em direção a uma segunda noite hibernal.

Em meados de agosto, a corrente de deriva de seu banco de gelo os conduz até quatro milhas marítimas de distância de um iceberg gigantesco coberto de escolhos. Ainda que seja apenas uma montanha de entulho a nadar no oceano, eles pelo menos descobriram pedras!, pelo menos descobriram as migalhas e os estilhaços de uma costa. O comandante em terra está à frente de todos quando uma delegação de sete marinheiros corre atropeladamente em direção à montanha.

Duas morainas jaziam sobre suas costas largas. Eram as primeiras pedras e blocos de rocha que nós víamos após muito tempo, xistos de cal e argila, e nossa alegria com esses enviados de uma terra qualquer foi tão grande que revolvemos com entusiasmo o entulho como se debaixo de nós estivessem os tesouros da Índia. As pessoas também encontraram algo que pensaram ser ouro — mas eram seixos de enxofre —, e sua única preocupação era se seriam capazes de voltar à Dalmácia com ele.

Julius Payer

Mesmo que Payer tivesse dito aos marinheiros que seu achado não tinha valor algum, eles levaram os seixos de enxofre envoltos em peles até o navio. Talvez tivessem desistido disso se Weyprecht também tivesse confirmado a nulidade das pedrarias; mas ele fica calado. E assim eles amontoam pedras em seus beliches, correm de volta à montanha e retornam ao navio levando tudo o que podem. Então, vagaroso e gigantesco, o iceberg se afasta e, depois de três dias de neblina, desaparece. Eles lamentam seu desaparecimento como se fosse o de um paraíso perdido. Nenhuma elevação interrompe mais a lâmina de seu horizonte e eles voltam a afundar no tempo sem acontecimentos.

Pensei por longo tempo acerca daquele instante confuso, do qual mais tarde se disse que foi o mais grandioso e o mais entusiasmante de toda essa viagem ao Oceano Ártico, e cheguei à conclusão de que não compete a mim descrevê-lo. É o instante em que alguém a bordo — quem foi, jamais foi informado à posteridade — de repente gritou "Terra! TERRA!"

Corre o dia 30 de agosto de 1873, a 79 graus e 43 minutos de latitude norte e 59 graus e 33 minutos de longitude leste. A manhã está nublada, farrapos de neblina se deslocam sobre o gelo; nas horas que se seguem ao meio-dia o tempo clareia; pela manhã o vento sopra do nordeste e depois enfraquece; a temperatura máxima do dia é de 0,8 grau negativo na escala Réaumur e à noite cai para menos 3 graus; a sondagem vespertina mostra 211 metros de profundidade marítima, fundo lamacento. É um dia em que o contramestre Pietro Lusina encerrará seu diário com a anotação *terra nuova scoperta* (terra nova descoberta), assinalando assim a libertação do velho mundo de uma de suas últimas manchas em branco.

Foi por volta do meio-dia, quando estávamos apoiados à amurada do convés e fixávamos os olhos na neblina fugidia, através da qual vez em vez a luz do sol rompia caminho até nós, que de repente uma parede de vapores passou por nós e revelou as encostas ásperas de uma rocha, bem longe, a noroeste, uma parede que, em poucos minutos, se desenvolveu a ponto de se transformar na visão de uma refulgente terra alpina! No primeiro momento ficamos todos parados, imóveis, fascinados e cheios de descrédito; e então rebentamos em gritos tempestuosos de júbilo, arrebatados pela realidade indissipável de nossa fortuna: "Terra, terra, enfim terra!" Já não havia mais enfermos no navio; tudo e todos se apressavam em direção ao convés para de assegurar com os próprios olhos a certeza de que tínhamos diante de nós um resultado inarredável de nossa expedição. Verdade que não a havíamos conquistado por nosso próprio mérito, mas sim devido ao humor venturoso de nosso banco de gelo e como se fosse um sonho...

Milênios haviam passado sem que chegassem às pessoas informações acerca da existência daquela terra. E agora sua descoberta caía ao colo de um bando insignificante de desistentes como prêmio pela esperança duradoura e pelo sofrimento imperturbável e superado. E esse bando insignificante, que a pátria já contava como desaparecido, estava tão feliz pois poderia homenagear através dela seu monarca distante, tanto que deu à terra descoberta o nome de Terra de Francisco José.

Julius Payer

Parece uma terra bem grande, pois podemos segui-la até bem longe ao norte e a oeste. No batismo dela cada um deu um triplo "Hurra!" com um copo de vinho na mão, e então foram demarcadas montanhas e picos de terra para orientação goniométrica. Esse foi um acontecimento feliz, ver terra de novo depois de onze meses, e para nós ainda mais feliz uma vez que é terra ainda não descoberta. Nossa expedição finalmente alcançou seu objetivo.

Otto Krisch

O conhecimento de nossa esfera terrestre tem de ser, evidentemente, de grande interesse para cada pessoa instruída. As latitudes que, em consequência das condições que lá imperam, são desabitadas e impossíveis de serem povoadas têm importância apenas para a ciência; nessa regiões, a geografia descritiva só tem valor à medida que suas condições do solo influenciam os fenômenos meteorológicos, físicos e hidrográficos da Terra; basta, portanto, o esboço em largos traços. A geografia detalhada do Ártico é, na maior parte dos casos, totalmente secundária; e, se através dela o verdadeiro objetivo das expedições, a pesquisa científica, é posto de lado e quase sufocado, ela se torna absolutamente condenável...

Não é necessário espraiar nosso campo de observação até as latitudes mais distantes para alcançar resultados científicos de grande importância.

Mas caso não sejam quebrados os princípios seguidos até agora, caso a pesquisa ártica não seja encaminhada de maneira sistemática e sobre uma base realmente científica, a descoberta geográfica permanecerá sendo o objetivo final, ao qual são dedicados todo o trabalho e todos os esforços. E assim sempre partirão novas expedições e sempre de novo seu sucesso não será mais do que um pedaço de terra enterrado no gelo ou um par de milhas conquistadas ao gelo por meio de esforços infindos, que são praticamente desprezíveis se comparados com os grandes problemas científicos cuja solução ocupa desde sempre o espírito humano.

Carl Weyprecht

27 de agosto de 1873, quarta-feira: chuva, neve, vento norte. Temperatura de um grau negativo. Voltei a ser comissário de bordo. Maldito servir!

28, quinta-feira: chuva, neve e vento norte violento. Temperatura de dois graus negativos. Fiquei o dia inteiro ocupado em servir.

29, sexta-feira: chuva, neve e vento norte violento. Temperatura de zero grau. Fiquei o dia inteiro ocupado em servir.

30, sábado: tempo aberto. Temperatura de dois graus. Descobrimos uma nova terra. Tentamos nos aproximar dela, mas havia um canal à frente e não conseguimos prosseguir. Do navio, observamos a terra distante a uma hora e quinze minutos. Foi uma grande alegria para todos nós. Demos a ela o nome de Terra de Francisco José.

31, domingo: tempo aberto. Às 11 horas, palestra na igreja. Fiquei o dia inteiro ocupado em servir.

Johann Haller

Nos primeiros dias de setembro, eles se conformam e suspendem as tentativas de libertar o Tegetthoff. Toda a atenção e preocupação agora é com a terra, a sua terra!, que aparece a uma distância cambiante de 20 a 30 quilômetros, para às vezes sumir nos bancos de neblina e reaparecer em seguida ainda mais bela do que antes — a sua terra, que gira diante deles na dança lenta da corrente e se mostra com todas as suas cumeadas de montanha, suas paredes de rocha, suas escarpas e cabos, como uma dama cativante e poderosa. *Terra nuova*. Nenhuma ilusão, nenhum reflexo. Eles descobriram uma terra de verdade. E sempre de novo eles correm em direção à costa; e sempre de novo são obrigados a voltar devido a um labirinto de canais abertos e barreiras de gelo, e por causa do medo de que um golpe das camadas de gelo pudesse lhes bloquear o caminho de volta ao navio. Eles sentem sua própria impotência; sua raiva e seu desalento são mais fortes do que nunca quando a terra se desfaz na neblina e, por sete dias, se afasta de seus olhos. Será que a visão distante da costa teria sido apenas uma imagem fugidia na dança implacável da corrente? Transtornados, eles andam à solta naqueles dias, sem regras, sem ordem ao marchar e sem cautela, e nem mesmo Weyprecht os impede de fazê-lo, nem os tranquiliza quando eles voltam esgotados e desiludidos de uma parede branca. Mas dessa vez o inverno ártico é misericordioso com eles. O banco de gelo no qual estão congela no cinturão que envolve o arquipélago. A dança da correnteza começa a enregelar-se num vaivém diante da costa. Agora a própria terra é a âncora deles. E, mesmo que fique escuro no novo ano e as pressões hibernais do gelo e todos os pavores das trevas os ameaçarem outra vez, a terra ficará com eles e, a partir de agora, muda suas formas apenas de maneira hesitante; e muitas vezes jaz ali, longa, tranquila e amansada, tornando-se íntima deles.

No dia 1º de novembro pela manhã, a terra jazia às luzes da aurora, a noroeste de nós. A nitidez de suas feições rochosas anuncia agora, pela primeira vez, que ela pode ser alcançada sem colocar a volta ao navio em perigo devido a uma longa ausência. Todas as ponderações desapareceram; cheios de impetuosidade e alvoroço selvagem, nós escalamos e saltamos sobre o gelo amontoado em paredes em direção ao norte... em direção à terra, e quando já havíamos superado o pé de gelo, alcançando-a de fato, não vimos que eram apenas neve, rochas e escombros enregelados que nos envolviam, e que não poderia haver no mundo terra mais desolada do que a ilha que acabávamos de pisar; para nós ela era um paraíso, e por isso ela recebeu o nome de ilha Wilczek. Tão grande era nossa alegria por termos enfim alcançado a terra que dedicamos uma atenção que ela e seus fenômenos jamais teriam recebido. Olhávamos para dentro de cada fenda nas rochas, tocávamos cada bloco de pedra; ficávamos encantados com qualquer forma e contorno que cada rachadura apresentava em mil variações e por todo o lugar...

A vegetação era indescritivelmente escassa; parecia resumir-se a poucos líquens, e em nenhum lugar encontrávamos a esperada madeira de arribação para as máquinas. Também havíamos esperado por rastros de renas ou raposas; mas todas as nossas investigações foram em vão, a terra parecia não ter criatura viva... Há algo de sublime na solidão de uma terra ainda ignota, mesmo que esse sentimento seja criado apenas por nossa imaginação e pelo encanto do incomum, e a terra nívea do polo, em si, não pode ser mais poética do que a Jutlândia. Mas havíamos nos tornado assaz receptíveis para novas impressões, e a fumaça dourada que se elevava no horizonte meridional de um cascalho invisível, estendendo-se como uma cortina ondulante diante da brasa celeste da tarde, possuía para nós a mesma magia de uma paisagem do Ceilão.

Julius Payer

No dia 2 de novembro, eles novamente marcharam em cortejo organizado em direção à ilha Wilczek, na costa frontal do arquipélago; também dessa vez Payer está à frente de todos. Enfim!, ele é o comandante em terra e Weyprecht segue junto da tripulação, carregando a bandeira de seda enrolada. Então eles tomam posse festiva de sua nova descoberta em nome do imperador, içam a águia dupla entre colunas verde-escuras de dolerito e erguem uma pirâmide de pedra. Dentro dela guardam um documento que declara que Sua Majestade Apostólica Francisco José I, imperador da Áustria e rei da Hungria, é o primeiro senhor desse deserto coberto de geleiras de rochas cristalinas, e que termina com indicações escassas acerca de seu próprio futuro.

Agora estamos a três ou quatro milhas marítimas a sul-sudeste do ponto em que este documento foi depositado. Nosso destino depende completamente dos ventos, ao sabor dos quais o gelo se move...

Payer m. p., Weyprecht m. p.

13 O que tem de acontecer, acontece
Um livro de bordo

Sexta-feira, 14 de agosto de 1981.

O gelo jaz azul-claro na noite. No quarto dia depois de deixarem o fiorde do Advento, a 80 graus, 5 minutos e 98 segundos de latitude norte e 14 graus, 28 minutos e 19 segundos de longitude leste, os primeiros blocos de gelo colidem com o navio — um campo infindo de canais lisos como um espelho, lagos e poças rebentados em meio ao gelo. Nenhum empecilho. O Cradle navega a quinze nós por hora, empurra bancos de gelo menores para o lado, estilhaços inoportunos, cavalga sobre grandes torrões sem reduzir a velocidade, permanece por um instante inclinado sobre o gelo para em seguida romper trovejando a barreira e ter de novo água aberta sob a quilha. É assim que se lida com o Oceano Ártico no ano de 1981.

Naquela noite ensolarada, Josef Mazzini está bem à frente, na proa; em meio aos estrondos do navio rompendo o gelo, aferra-se à amurada e vê bem fundo, debaixo de si, até mesmo pesados blocos de gelo esvoaçarem como insetos brilhantes sob o impacto da quilha.

Sábado, 15 de agosto.

Dia e *noite* são nomes vazios para esses tempos. Não há noites. Há apenas as cores cambiantes e as luzes diferentemente fortes da claridade, apenas o sol que se desloca sobre o navio, sem jamais desaparecer no horizonte; apenas a hora e a data.

No salão dos oficiais do navio, há um mapa de parede, coberto por vidro, que mostra o Ártico; ao apertar de um botão, flamejam tubos de neon atrás das sombras azuladas das profundezas do mar gélido. A faixa na borda inferior do mapa traz, além de legendas, também uma tabela com indicações acerca da duração da noite polar e do período do sol da meia-noite, que aumentam a cada grau de latitude. Josef Mazzini interrompe seu passeio diário pelo navio no salão dos oficiais e contempla sua imagem refletida no vidro do mapa de parede: transversalmente sobre seu rosto, corre a linha dentada, em branco, que assinala a fronteira do gelo flutuante no verão; seus ombros carregam penínsulas e ilhas; sobre sua cabeça, a glória em neon do gelo inavegável; e diante de seu peito, como se fosse a placa de um preso, a tabela do nascer e do pôr do sol.

	TABLE ONE					
	Midnight sun			Polar night		
Latitude North	First night	Last night	Number of nights	First day	Last day	Number of days
76°	27 Apr.	15 Aug.	111	3 Nov.	8 Feb.	98
77°	24 Apr.	18 Aug.	117	31 Oct.	11 Feb.	104
78°	21 Apr.	21 Aug.	123	28 Oct.	14 Feb.	110
79°	18 Apr.	24 Aug.	129	25 Oct.	17 Feb.	116
80°	15 Apr.	27 Aug.	135	22 Oct.	20 Feb.	122
81°	12 Apr.	30 Aug.	141	19 Oct.	23 Feb.	128
...	...	...	...	...	...	...

— Nós estamos mais ou menos aqui. — Einar Hellskog, ao lado de Mazzini e da glacióloga de Massachusetts o terceiro *convidado* a bordo, um pintor de selos que, a serviço do correio norueguês, desenha paisagens árticas, aproxima-se do mapa de parede e mostra um ponto no azul, a nordeste da ilha Moffen. A silhueta da ilha toca a linha negra da latitude de 80 graus como um zero escrito cuidadosamente sobre a linha do caderno.

Domingo, 16 de agosto.

Bancos de nuvens e vento sul; neva. O Cradle atravessa o gelo flutuante cada vez mais denso e deixa atrás de si um canal borbulhante e sinuoso. O engenheiro naval Seip afirma que o motor queima doze toneladas de óleo diesel por dia; um consumo normal. O barulho do motor, um rebroar que diminui e aumenta conforme o poderio do gelo, é onipresente. Só acima, no cesto da gávea, tudo é mais silencioso. Envolto pelo jogo de luzes dos painéis, o *hóspede da gávea* está assentado em uma cancela envidraçada e climatizada e vê aquilo que as imagens de satélite há tempo confirmaram: o gelo aumenta.

Quando o capitão Andreasen ordena que parem as máquinas — e isso acontece muitas vezes naqueles dias —, tudo fica em tal silêncio que é possível ouvir um tilintar dentro da própria cabeça. Então são estendidos braços de gruas, afundadas no gelo boias para captar dados e enviados carros de câmaras de ar para medir a curvatura da superfície do Oceano Ártico. Os zoólogos abatem focas e pássaros a fim de provar a existência de gases industriais do sul no sangue dos animais polares, mesmo depois de uma longa escala na cadeia alimentar. Os geólogos retiram incansavelmente provas de solo do fundo do Oceano Ártico, e só com esforço conseguem esconder seu interesse diante da eventual existência de petróleo atrás da pureza da ciência. Na rede de arrasto se enroscam larvas e estrelas-do-mar. O que acontece é rotina. E assim não acontece nada. O tempo é uma poça na qual o passado irrompe em bolhas.

Foi há dois ou três dias que o Cradle esteve no fiorde Kongs, diante de Ny Ålesund? Que todos foram para a terra firme por horas e o pequeno povoado os recebeu com muito barulho? Que nas casas de madeira misturaram álcool puro dos galões de plástico com suco de frutas e beberam? Que um aparelho de fita cassete soou alto e a mulher de Massachusetts preferiu sair para o lamaçal lá fora a dançar com o bêbado Fyrand? Quando Fyrand também saiu pensaram que ele quisesse trazê-la de volta. Mas o oceanólogo voltou do canil com um cão groenlandês uivante, bateu em suas patas traseiras, apertou o animal contra si, *dançou* com ele e cuspiu aguardente entre seus beiços quando já não conseguia mais segurar o cão indomável. Foi Odmund Jansen, o *comandante em terra*, a maior autoridade a bordo ao lado do capitão Andreasen, que interrompeu tudo e ordenou a partida, quando um transtornado Fyrand lançou pragas sobre ele.

Josef Mazzini, há dois ou três dias, quer dizer, *no passado*, estava em pé diante dos 37 metros do mastro de ancoragem de Ny Ålesund, um obelisco com reforços de metal no qual Amundsen e Nobile haviam mandado amarrar seus dirigíveis Norge e Italia e que, assim como no passado, se elevava em direção ao céu ártico. Mazzini viu Malcolm Flaherty pendular nesse mastro em seu assento suspenso, mas também o Italia, que se levantou trágico e formidável, ouviu o "Soltar cordas!" e a voz da pintora de miniaturas Lucia, que contava histórias acerca das ombreiras bordadas em ouro do belo general Umberto Nobile. Não, Josef Mazzini não se recordou de nada. Ele viveu tudo de novo. Naquele mastro de ancoragem que enferrujava em 23 de maio de 1928, às 4 horas da manhã, à temperatura de menos 20 graus Celsius, começara a desventura de Nobile, o herói meigo e radiante da pintora de miniaturas Lucia Mazzini. "Soltar cordas!"

Assim como vinte anos antes, em seu voo ao polo com Roald Amundsen e Lincoln Ellsworth, Nobile também naquela ocasião alcançara o Polo Norte vinte horas depois de sua partida de Ny Ålesund, e havia pairado em êxtase sobre o ermo deserto de gelo e jogado ao chão a bandeira da Itália e uma cruz de madeira abençoada pelo papa. No voo de volta, porém, um Italia mais pesado devido a uma couraça de cristais de gelo viera afundando para enfim tombar sobre um banco de gelo. O general fora arremessado, junto com oito companheiros, de dentro de seu triunfo para o gelo flutuante. Ferido e sangrando, ele jazia ali. O dirigível aliviado em metade de seus passageiros voltara a alçar voo em direção ao céu de neve e desaparecera para sempre com o resto da tripulação.

A verdadeira queda de Nobile, uma queda através de todas as esferas da veneração, seria selada apenas depois de uma ação de salvamento com muitas perdas, em que morreram também Amundsen e cinco acompanhantes em um voo de busca totalmente vão. Após seu naufrágio, Umberto Nobile violara aquele código de honra que regulamenta o decurso de um declínio. E isso o mundo não lhe perdoara.

Inicialmente, ao encalhar, o general permitira que dois de seus capitães de corveta, Mariano e Zappi, junto com o oceanógrafo sueco Finn Malmgreen, abandonassem o grupo de náufragos, em parte já incapaz de caminhar adiante, e procurassem alcançar Spitsbergen por *conta própria*.

Passaram-se semanas.

Quando um piloto sueco chamado Lundborg pousara, enfim, com seu hidroavião sobre a banquisa onde estava Nobile, foi novamente o general que permitira que ele próprio fosse o primeiro a ser salvo. Levando nos braços seu cãozinho fox terrier Titina, ele subira ao avião, que oferecia lugar para apenas um passageiro ao lado do piloto, e em pouco tempo estava na segurança do navio de salvamento italiano Città di Milano. Um comandante que permite seu próprio resgate antes de todos os outros! Também a isso a voz de Lucia não havia calado. Mas era longa a ladainha das justificativas.

Demorou mais quatro semanas até que os súditos do general que haviam ficado sobre o banco de gelo fossem livrados de seu desespero, pois o piloto Lundborg não conseguira impedir um pouso forçado em seu segundo voo de salvamento e caíra ele mesmo em desgraça. Entrementes, mais de 1.500 salvadores, com 16 navios, 21 aviões e 11 seções de trenó, já se encontravam a caminho do banco de gelo ao sabor da corrente marítima. Dezessete homens morreram na tentativa. Só a tripulação do quebra-gelo soviético Krassin conseguira enfim, 47 dias depois da queda do Italia, se aproximar dos náufragos já quase mortos de tão esgotados através do denso gelo flutuante e resgatá-los. O que veio a público em seguida fora o final horrível de uma viagem consagrada à grandeza da Itália. Os marinheiros do Krassin também haviam encontrado, bem longe dali e perdidos, os renegados capitães de corveta — Mariano, transtornado, próximo a morrer de fome e vestido de forma precária; e Zappi, ao contrário, ainda surpreendentemente forte, quase bem-alimentado e envolvido nas peles de Mariano e Malmgreen. Malmgreen não estava mais junto deles. Mariano calava a respeito ou falava de forma confusa. Mas Zappi repetia, jurava que o oceanógrafo sueco em algum momento caíra ao chão e ali ficara; Malmgreen teria exigido que o deixassem para trás e oferecido aos que seguiriam adiante seu equipamento, que se tornara inútil para ele, e Zappi não fizera nada a não ser aceitar essa oferta e as peles e provisões de Malmgreen.

 O público da tragédia mostrava-se horrorizado com tais discursos. Os repórteres se apressavam em concluir cadeias de indícios e suspeitavam cada vez mais que o bem-alimentado Zappi havia impelido o oceanógrafo de Uppsala à morte, ou até mesmo o houvesse assassinado para se alimentar de seu cadáver. Zappi negava; mais tarde, quando voltou a si, Mariano também negara. A suspeita, porém, continuara viva — até porque a primeira declaração compreensível que Mariano fizera aos protocolos do escrivão do diário de bordo do Krassin havia sido: "Eu permiti que o capitão Zappi comesse minhas carnes após minha morte." Mas por sorte a verdade ficou para sempre enterrada no gelo. Heróis que se devoram mutuamente! Isso não poderia ser a verdade, isso tinha de ser um boato, inventado pelos inimigos da Itália.

E então a voz de Lucia silenciara. Josef Mazzini viu de novo as casas de Ny Ålesund através das barras do mastro de ancoragem, e Fyrand, que arrastava um cão de trenó de volta ao canil, caminhou pesadamente em direção a ele e gritou: "Almirante Odmund Jansen chama para o culto noturno a bordo! Cães nas correntes! Idiotas ao trabalho! Disciplina, sir! Mas claro, sir! Skål, sir!" Fyrand ficou em pé a poucos passos do mastro de ancoragem e parou de gritar.

— *Signore Mazzini! Cavaliere!* Viu como se lida com um genuíno descendente das parelhas de cães de Roald Amundsen? A gente dança foxtrote com ele ao som da previsão do tempo da Rádio Svalbard.

Segunda-feira, 17 de agosto.

Phippsøya, Martensøya, Parryøya — calvos maciços de rocha no oceano; línguas de neve entre os precipícios. Costas negras. O Cradle cruza diante das ilhas mais setentrionais de Svalbard. O ocupante da gávea perscruta a berrante paisagem de ruínas da banquisa em busca de uma passagem. Na parte da tarde, o gelo torna-se tão incrível que Andreasen deixa seu navio bater em vão contra as barreiras. Ao trovão não segue nenhuma rachadura. Nada de passagem. A voz lacônica do capitão alcança todos os andares do navio por meio dos alto-falantes de bordo: eles mudarão a rota, curso sudoeste, para em seguida seguir em direção sudeste e voltar à latitude de 80 graus; através do estreito de Hinlopen alcançarão novamente o mar aberto e circunavegarão a terra do Nordeste; depois, voltarão ao curso norte. *Thanks.*

No salão dos oficiais, eles prosseguem com um jogo de baralho interrompido durante o comunicado.

Terça-feira, 18 de agosto.

Ausência de vento. O estreito de Hinlopen entre Spitsbergen ocidental e a terra do Nordeste é azul-noturno e tranquilo. Tempo aberto. Pouco gelo. Os geólogos estão em briga com os zoólogos em busca dos melhores lugares de ancoragem, de *regiões de pesquisa*. O curso, queixam-se os zoólogos, segue sempre os desejos dos senhores descobridores de petróleo; provas de lodo, ao que parece, são mais importantes do que bandos de pássaros e locais de nidificação. Odmund Jansen tenta conciliar.

No Almirante Tegetthoff, naquele mesmo dia, o dia do nascimento do imperador, haviam içado as bandeiras e dado, aos gritos, vivas à distante majestade.

— Imite, então, aqueles marinheiros — diz Fyrand, quando Mazzini lhe conta isso. — Peça a Hellskog que pinte a águia dupla em seu lenço e poste-se com ele sobre a ponte.

Quarta-feira, 19 de agosto.

O imperador tinha um dia de idade; era uma criança ao peito, gorda e berrante. E já existia uma terra pronta para ele no Oceano Ártico. O Cradle viaja devagar. A estibordo, a costa de Spitsbergen ocidental; a bombordo, a costa da terra do Nordeste. Sondagens de profundidade. Provas de solo. Caçadas a pássaros.

Por volta do meio-dia, Kjetil Fyrand leva Mazzini ao convés e aponta para uma montanha ameaçadora na costa de Spitsbergen ocidental:

— Bem aqui à nossa frente, *signore*, está o cabo Payer... Eu o dou de presente a ti.

Junto à amurada, Fyrand conta que, no verão passado, visitou aquele cabo austríaco na companhia do mineiro Israel Boyle. A pé, uma marcha de quase 200 quilômetros de distância de Longyearbyen através das geleiras de Negri, Sonklar e Hann. Passear por geleiras é, segundo ele, comparável ao surfe sobre avalanches ou ao voo livre de asa-delta em determinadas circunstâncias; depois de cada nevasca, o andarilho toma a forma de uma bola de bilhar ou de uma bolinha de fliperama sobre as geleiras rompidas por incontáveis rachaduras e gretas, uma bola que pode de repente desaparecer levada pela neve às profundidades. Em todo caso, uma ideia consoladora, sobreviver aos séculos na condição de vítima congelada em uma greta que refulge em turquesa e azul-argênteo. E no ano 2300 a sensação: um andarilho é encontrado em bom estado de conservação.

— Por quanto tempo vocês caminharam?
— Nove dias.
— Ida e volta?
— Ida e volta, dezenove dias.
— Com toda a bagagem?
— Ela foi levada pelos cães.

Quinta-feira, 20 de agosto.

A quarenta, cinquenta metros acima da rebentação se levantam as encostas da terra do Nordeste — paredes de gelo inclinadas em turquesa refulgente. Das gretas, caem sobre as quinas das geleiras cascatas de água em degelo, e algumas se transformam em véus antes mesmo de alcançarem o mar. Arco-íris aparecem e empalidecem sobre as quedas d'água, e bandos de pássaros esvoaçam através do esplendor.

O pintor de selos Hellskog está sentado e olha fixamente, desenha e olha fixamente. Um vagalhão, grande como uma catedral, levantaria caso aquela geleira *parisse*, e então um esplendente e vagaroso iceberg giraria nas águas ainda mais furiosas.

Mas naquela quinta-feira não acontece nada disso.

Se não existissem a rebentação e o barulho das máquinas, por certo também poderiam ser ouvidos os gemidos da geleira, que empurra sua massa monstruosa centímetro por centímetro em direção ao oceano.

Mas naquela quinta-feira não se ouve nada a não ser a bagunça familiar do oceano e dos motores.

À noite, o filme *A condessa descalça* é exibido no salão dos oficiais do navio. Nos papéis principais: Humphrey Bogart, como um diretor envelhecido, judicioso e inveterado fumante; e Ava Gardner, como uma dançarina madrilenha que é arrancada de sua miséria para os estúdios de cinema. No glamour de Hollywood, a dançarina se eleva à figura doce-triste de uma estrela, mas permanece infeliz e ao final se casa com um conde italiano que foi emasculado por uma bomba durante a Segunda Guerra Mundial (a madrilenha descobre tudo apenas depois do casamento; risos no salão dos oficiais do navio), e é morta com um tiro por seu esposo mutilado em uma noite de chuva. Então o conde manda cinzelar na pedra tumular de sua condessa conforme ele diz, o *nada espirituoso lema do brasão* de sua família: *Che sarà, sarà*.

Naquela quinta-feira, Josef Mazzini subscreve às anotações de seu diário — são estrofes de chamadas pouco legíveis dedicadas às belezas da geleira de Bråsvell — o lema do brasão do conde: *O que tem de acontecer, acontece*. Os lemas sobre as pedras musgosas no pátio traseiro da casa da viúva Soucek também não eram melhores.

Sexta-feira, 21 de agosto.
Curso nordeste. Rajadas de vento violentas pela manhã. Em seguida, ausência de ventos e gelo flutuante. Depois de demoradas manobras no gelo denso, o Cradle volta a atravessar a latitude norte de 80 graus. A terra do Nordeste permanece próxima. Diante do cabo Laura, as correntes da âncora rascam a amurada.

Sábado, 22 de agosto.
O dia da mensagem de radiofone. Um pesquisador de pássaros japonês sente-se saturado. Ele passou seis semanas numa tenda na ilha Kvitøya e quer ser tirado de lá. Eles se ocuparão disso, é o que o capitão Andreasen manda transmitir; além do mais, tinham mesmo de fazer uma escala em Kvitøya.

Curso leste. Bancos de neblina e icebergs altos como torres. Diante dos guarda-chuvas dos radares da ponte, tensão.

No final da tarde, diante da costa de Kvitøya é largado entre os bancos de gelo um bote inflável com cinco homens a bordo, Fyrand e Mazzini entre eles. Molhado até os ossos pela espuma, Josef Mazzini alcança uma praia triste — pedregulhos e madeira solta, fragmentos de um esqueleto gigantesco de baleia e líquens; bandos de pássaros sobre recifes cobertos de excrementos. Entre despojos do mar e equipamentos está Naomi Uemura, o ornitólogo, que faz mesuras.

Sozinho? Seis semanas sozinho naquele abandono?, pergunta Mazzini ao japonês. Não sempre, responde Uemura, não todo o tempo. Uma equipe de filmagem sueca também esteve ali; Jan Troell, o diretor, uma pessoa extremamente carinhosa, rodou na ilha um filme épico sobre o voo polar do piloto de balões Salomon Andrée. O senhor Troell, diz o japonês, demonstrou muita consideração com os pássaros.

Após os serviços de manutenção em uma estação meteorológica automática — pouco mais de uma hora de trabalho para a tripulação — a espuma volta a golpear o bote inflável. O ornitólogo de Nagoia fala e fala sobre rotas de pássaros migradores, combates por territórios, lugares para nidificar. Kvitøya afunda de volta à neblina.

Em agosto de 1930, a tripulação do Bratvaag, um navio norueguês de caça a focas, encontrara naquela ilha os cadáveres do balonista Salomon Andrée e de seus companheiros Strindberg e Fraenkel; durante 33 anos os três pilotos haviam sido dados como *desaparecidos*. Os diários de Andrée, até mesmo as placas fotográficas iluminadas (elas mostravam os condenados à morte diante de seu balão caído), estavam intactos, e as roupas de lã do engenheiro sueco, inadequadas ao clima ártico, ainda tinham as dobras coladas pelo vômito quando ele fora encontrado.

— Não entendo o senhor — e Josef Mazzini interrompe o pesquisador de pássaros que, falando de asas que pairam e asas que batem, sobe pela escada de cordas do Cradle, — não entendo o senhor. Cale-se de uma vez por todas.

Andrée fora alertado, haviam implorado para ele desistir de seu *voo ao Polo Norte*, planejado durante muito tempo e tantas vezes adiado. A pressão do gás de seu balão cairia rapidamente sob as condições meteorológicas do Ártico, a membrana de seda congelaria e a loucura terminaria na banquisa. Mas não, alguma coisa *tinha* de adejar no Polo Norte, alguma coisa tinha de estalar e bater ao vento da solidão completa, uma bandeira!, e, por menor que fosse, a bandeira sueca tinha de ornar o polo. Através de todos os séculos vindouros os livros de história teriam de tocar realejo: Salomon Andrée. Engenheiro sueco. Salomon Andrée, o conquistador do Polo Norte. Salomon Andrée, o primeiro.

Em 11 de julho de 1897, Salomon Andrée e seus crédulos e devotados companheiros subiram num balão costurado em Paris, saindo das planícies de Spitsbergen para o voo em direção ao polo. Ainda na noite daquele mesmo dia adejaram para fora do cesto pombos-correio com mensagens confiantes que chegaram a algum lugar. E já no quarto dia depois da ascensão cumpriu-se também a última das más profecias, e o balão, indirigível já havia tempo, afundou na banquisa além dos 83 graus de latitude norte, infinitamente longe do polo, infinitamente longe dos homens.

Depois de sete dias de perplexidade, nos quais eles aprisionaram seu infortúnio em chapas fotográficas, os náufragos decidiram ir em busca da terra firme mais próxima; seu objetivo era a terra mais abandonada do planeta, a Terra de Francisco José.

Como cães, os balonistas se atrelaram aos trenós que haviam levado junto para um caso de emergência e maltrataram-se a si mesmos sobre o gelo cada vez mais sobressalente e duro. Em um barco a vela, navegaram canais e corredores; muitas vezes sucumbiam aos esforços e mesmo assim arrastavam sua carga em direção a lugar nenhum porque os movimentos do gelo os expulsavam e os impeliam para fora de seu caminho. Depois de um mês de torturas, o arquipélago de Svalbard por fim estava mais perto deles do que a Terra de Francisco José, e eles mudaram o curso de sua marcha, extenuando-se em direção a Spitsbergen para alcançar, no outono tardio, a ilha Kvitøya. Mas lá apenas a morte os esperava. Strindberg morreu. Em seguida, Fraenkel, após ser mutilado por um urso polar, e por último Salomon Andrée. Salomon Andrée, o último. 33 anos mais tarde, investigariam suas roupas imundas e descobririam que o conquistador fracassado do Polo Norte provavelmente morrera por ter consumido carne de urso contaminada. "É bem estranho pairar sobre o Oceano Ártico", leram os administradores do espólio nos diários de Salomon Andrée. "Somos os primeiros a voar por aqui em um balão. Quando alguém será capaz de fazer o mesmo? Será que os homens nos considerarão loucos ou seguirão nosso exemplo? Não posso negar que nós três somos dominados por um sentimento de orgulho. ~~Nós~~ Eu ~~achamos~~ acho que podemos morrer tranquilos depois de termos alcançado o que alcançamos."

Ao que tudo indica foi num daqueles instantes fugidios e grandiosos da diferenciação entre realidade e loucura que Salomon Andrée riscou esse *Nós achamos*, substituindo-o por um *Eu acho*. E foi bom assim.

Depois da ascensão e do desaparecimento do engenheiro sueco, o Polo Norte permaneceu intocado por mais de uma década; uma década em que uma longa série de *exploradores polares* seguiu o engenheiro em seu caminho ao gelo em nome da ciência ou de uma pátria qualquer, para depois desaparecer... Os companheiros do duque Amadeo degli Abruzzi são um exemplo. Sua primeira expedição ao Ártico, em março do ano de 1900, depois de passar um inverno na Terra de Francisco José, havia alcançado a inusitada latitude norte de 86 graus e 34 minutos, superando assim o recorde latitudinal de Fridtjof Nansen em 36 quilômetros. Um terço da tripulação do duque morreu nas tempestades de gelo dessa latitude triunfal. Ainda em agosto de 1900, Amadeo, seu inabalável capitão Cagni e o restante da tripulação voltaram à Itália com seu recorde e uma lista de mortos e desaparecidos.

Quando finalmente, em 21 de abril de 1908, Frederic Albert Cook, um médico de Nova Iorque, e, em 6 de abril de 1909, também seu concorrente, o oficial do exército Robert Edwin Peary, da Pensilvânia, depois de marchas vigorosas e viagens em trenós puxados por cães que duraram meses, enfim puseram os pés sobre o gelo do Polo Norte (ou sobre aquilo que julgaram ser o Polo Norte), não foi alcançado muito mais do que o fato de o polo, na condição de ponto de fuga das vaidades, começar a perder sua importância. O mais Alto Norte fora *conquistado*. E à conquista seguiu-se o constrangimento; seguiu-se uma briga furiosa pela honra de ter sido o primeiro.

Cook dividira o triunfo com seus acompanhantes, os esquimós groenlandeses Awelah e Etukishuk; na marcha de volta do polo, ele fora desviado pelos movimentos do gelo em direção oeste e, apenas após uma odisseia de um ano, voltara do lugar selvagem. Mas entrementes também Peary, acompanhado de quatro esquimós e de seu serviçal negro Matt Henson, tomara postos no deserto de bancos de gelo amontoados, que segundo seus cálculos tinha de ser o arredor mais imediato do polo. Peary, que não havia admitido nenhum acompanhante branco nessa investida, para não ter de dividir sua vitória com *homens de igual valor*, tivera sorte com os movimentos do gelo em sua marcha de volta e assim pôde aparecer ao público mundial mais ou menos ao mesmo tempo que Frederic Cook para apresentar a *sua* vitória — e a rixa pela honra começou.

Robert Edwin Peary investiu tudo para ficar sozinho com a fama, escreveu colunas renhidas no *New York Times* e chamou Cook de vigarista digno de pena, dizendo que ele apenas se escondera na selva durante um ano para em seguida voltar com uma mentira desmedida.

Cook não seria nada mais do que um charlatão, um impostor, um lunático, tudo, absolutamente tudo, menos o conquistador do polo.

Frederic Albert Cook repudiou todas as acusações dizendo que eram balbucios cegos e expôs seus pontos de vista no *New York Herald*; ele continuaria inabalável na reivindicação de ter estado um ano antes de Peary no norte mais extremo do planeta. Peary seria, segundo ele, um perdedor indigno, um fanático, um caluniador... E assim a coisa prosseguiu. Comissões e grupos de simpatizantes cruzavam armas, novas inimizades surgiam e os jornais prorrogaram a batalha durante anos. Por mais que tenha sido feita a pergunta acerca da credibilidade dos dois conquistadores, e por mais numerosas que tenham sido as instâncias que a discutiram, ela permaneceu sem resposta. A confusão dos autores de enciclopédias e cronistas continuou. Conforme o grupo e o freguês, ora era Peary, ora voltava a ser Cook o dono da vitória, e sempre que um era estabelecido faziam observações simpáticas ao outro, transformando assim os dois inimigos em gêmeos siameses da cosmografia.

Quando, à noite, Josef Mazzini adentra o salão dos oficiais, Naomi Uemura está sentado, de barba feita, sorridente e com gel fresco no cabelo, à *mesa da ciência*, que é separada das mesas de Andreasen e da mesa da tripulação por um arbusto de filodendro levantado junto à armação de bambu. Odmund Jansen está em pé, de copo erguido, diante do arbusto limítrofe entre as mesas, fazendo um brinde à saúde do ornitólogo em nome de toda a equipe do navio. Uemura, diz ele, com seu trabalho solitário em Kvitøya, teria honrado seu xará, que ainda no ano de 1978 alcançara o Polo Norte pelas próprias forças, assim como Peary, Cook e todos os outros; ele, o pouco esforçado Jansen, faz votos de que os especialistas na área reconheçam as conquistas do colega japonês e bebe à saúde dele na condição de amigo obstinado dos pássaros de Kvitøya.

Deste e do outro lado do filodendro soam aplausos.

Domingo, 23 de agosto.

Curso nordeste. Denso gelo flutuante. Mais cem milhas marítimas até a Terra de Francisco José. Tempo aberto e vento norte. Após o meio-dia, barreiras de gelo fazem pressão. Nenhuma passagem. Curso sudoeste. Em volta, o horizonte. Nenhuma terra. Josef Mazzini passa as lentas horas da tarde lendo o diário de Johann Haller:

23 de agosto de 1872, sexta-feira: neve e vento. Presos ao gelo. Removi com pás a neve do convés.

23 de agosto de 1873, sábado: neblina e vento oeste. Temperatura de zero grau. Bati um pão de açúcar.

23 de agosto de 1874, domingo: tempo aberto e vento. Deixamos Matotschkin e velejamos em nossos pequenos barcos ao longo da costa. De noite caiu uma pequena tempestade; nos perdemos uns dos outros. Meu bote seguiu adiante até de manhã cedo, então o prendemos e descemos para a terra. Encontramos madeira utilizável e fizemos uma grande fogueira, preparamos um café da manhã e secamos nossas roupas.

Segunda-feira, 24 de agosto.

Outra vez diante de Kvitøya. O décimo quinto dia a bordo; dia de visita. Pela primeira vez desde que deixaram o porto em Longyearbyen, Kåre Andreasen veste o uniforme de capitão. Às 2 horas da tarde, o helicóptero do governador pousa na plataforma de aterrissagem do Cradle. O governador Ivar Thorsen e Ole Fagerlien, vindos de Oslo, passam em revista as fileiras da tripulação. Batidas no ombro e apertos de mão.

— E o senhor? — volta-se Ole Fagerlien a Mazzini. — Está conseguindo evoluir em seu trabalho?

— O gelo é demasiado denso — diz Mazzini.

— Mas o que o senhor esperava? — diz Fagerlien, já seguindo adiante.

À noite, conversas e ceia festiva no salão dos oficiais. O som de uma *big band* vem das caixas de som estéreo. Protestos quando, depois de uma música de Glenn Miller, Fyrand coloca *Mama Rose*, de Archie Shepp, e aumenta o volume. Fyrand prageja, chamando os autores dos apartes de cuzões, e em seguida põe uma fita cassete com o som de uma marcha. Tarde da noite, dois discursos curtos e mais uma vez brindes.

Terça-feira, 25 de agosto.

Caçada ao urso. Durante a manhã, três zoólogos sobem ao helicóptero do governador, sobrevoam o gelo bem baixo e atingem com fuzis de balas anestesiantes quatro ursos polares que fugiam em pânico. Os zoólogos quebram um dente da mandíbula de cada um dos ursos narcotizados, gravam plaquetas de metal em suas orelhas usando torqueses, e com tinta vermelha borrifam grandes sinais sobre suas peles branco-amareladas. Em seguida, uma câmara de vídeo grava o paulatino despertar dos animais — as tentativas lerdas dos ursos de se levantar para escapar à anestesia, seus passos cambaleantes, sua fragilidade, a força e a elegância de seus movimentos, que voltam quase sem que se perceba, e por fim sua beleza marcada pela tinta vermelha. As grandes nódoas de sangue sobre a leiva do Ártico empalidecem rapidamente nos torvelinhos de cristal de gelo, que se elevam chicoteados pelas pás rotoras do helicóptero.

Durante o tempo que dura a caça, o Cradle segue adiante no gelo apenas três milhas marítimas a nordeste. No final da terceira milha acontece um incidente: a violência da subida contra uma barreira de gelo joga o despreparado pintor de selos com tal ímpeto contra a amurada do navio, que abre uma ferida em sua cabeça, ele cai e não mais se levanta. O médico de bordo, Holt, insiste em um transporte rápido ao hospital de Longyearbyen. À 1 hora da tarde, os caçadores estão de volta; o governador Thorsen e Ole Fagerlien se despedem. Apoiado em

Fyrand e Holt, o rosto sem sangue coberto pela metade com bandagens, o pintor de selos embarca no helicóptero, que em seguida levanta voo suavemente, fica durante algum tempo pairando no céu de neve, torna-se um ponto negro e sibilante para enfim desaparecer. Silêncio embaraçado no salão dos oficiais. Andreasen está em pé sobre a ponte; tirou seu uniforme e voltou a vestir o jeans e uma camisa de flanela recém-passada. Curso nordeste. Viagem lenta, assaz lenta.

Quarta-feira, 26 de agosto.
O gelo foi medido. O Cradle está ancorado. Durante a tarde, Josef Mazzini fica sentado junto à amurada na cadeira do pintor de selos, presa com cordas ao convés; os óculos especiais para a neve o protegem da visão de uma distância esplendente. Hellskog passou dias inteiros naquela cadeira desenhando os contornos do deserto gélido com dedos inteiriçados. Mazzini sente falta dele; ele mostrou ao pintor fotocópias das ilustrações de Julius Payer, ilustrações que haviam sido feitas a 30 e 40 graus abaixo de zero. Hellskog demonstrou admiração pelo traço fino; a partir de menos 15 graus, disse o pintor, ele seria capaz de pensar em tudo menos em desenhar.

Quinta-feira, 27 de agosto.
Silêncio. Nenhum ruído de motor, nem mesmo o rascar das correntes da âncora. Movimentos de derrapagem que mal podem ser percebidos.
Os zoólogos ficam deitados durante horas em vigia sobre um bote inflável disfarçado com uma lona branca até que conseguem abater, a grande distância, duas focas de colar — *Phocae hispidae*. Josef Mazzini, convidado para a caça, naquele dia está em pé sobre um banco de gelo diante dos cadáveres. Como joias, as vísceras rebentam para fora das barrigas dos animais; fumegante, o esplendor colorido da morte se espraia sobre o gelo, transformando-se

em cristais. Quando as cores empalidecem, Josef Mazzini acredita que é nojo o que se levanta dentro dele; mas na verdade é apenas a umidade e um frio que toma conta de tudo e o agarra e sacode. Então os cadáveres cobertos de sangue, e também as vísceras, são empacotados em sacos plásticos; material para os laboratórios em Oslo. Segue-se uma conversa detalhada e em voz alta no salão dos oficiais. Falam de tiros de mestre salvadores, ursos que atacam e tocaias hibernais.

Sexta-feira, 28 de agosto.
Curso leste e nordeste. Tempo nublado. Fyrand está em pé, praguejante, sob um braço de grua e parece dirigir com invocações os movimentos pendulares de uma boia de corrente presa a uma corda. Como um malho, a boia bate várias vezes no casco do navio.

Sábado, 29 de agosto.
Um dia no Oceano Ártico, bem próximo dos 81 graus de latitude norte. Um dia sem ocorrências. O fato de o sol naquela região oceânica estar agora há mais de quatro meses voltando a desaparecer no horizonte mal parece importar a alguém a bordo. Josef Mazzini vivencia o declínio — é um mero desaparecer em bancos de nuvens, uma casualidade sem aura refulgente nem arcos de luz purpúreos — como o reinício de uma mecânica celeste da qual se sente falta há tempo; enfim a alternância entre dia e noite volta a acontecer. Mas não, aquilo não é noite, é apenas um crepúsculo prateado ao qual não se segue nenhuma escuridão.

Domingo, 30 de agosto.
Ausência de vento e neblina. Gelo pesado. É o aniversário da descoberta da Terra de Francisco José. Um sol branco em meio à fumaça. Nada acontece.

Era por volta do meio-dia, quando estávamos apoiados à amurada do convés e fixávamos os olhos na neblina fugidia, através da qual vez em vez a luz do sol rompia caminho até nós, quando uma parede de vapores passou por nós e revelou de repente as encostas ásperas de uma rocha, bem longe, a noroeste, que em poucos minutos se desenvolveu, a ponto de se transformar na visão de uma refulgente terra alpina!

Josef Mazzini festeja uma recordação. Mas é claro, diz Fyrand, nesse aborrecimento por certo podemos beber à saúde de qualquer coisa. Não, não é *isso* que seu protegido quer dizer. Mas então os dois ficam em pé junto à proa com uma garrafa de aquavita e berram três hurras pelo frio afora; um júbilo que soa fino perante os gemidos dos bancos de gelo rascando o casco do navio. De repente, varre sobre o barulho de sua viagem também o lamento da sirene, uma brincadeira de Andreasen dirigida às duas figuras junto à proa, e a poucos passos de distância poderiam ser vistas apenas suas bocas abertas, mas seus hurras não poderiam ser ouvidos. Agora, no entanto, eles também já estão calados.

Horas mais tarde, Josef Mazzini está de novo sentado, disfarçado, na cadeira de Hellskog junto à amurada. Ele não sabe por quanto tempo ficou sentado assim e, cada vez mais cansado, quantas vezes mergulhara na visão do vazio e voltara a ser assustado pela vigília. Então, vagarosa, infinitamente vagarosa e negra como uma onda de piche que carrega geleiras e campos de neve congelada como se fossem coroas de espuma, uma terra se eleva no horizonte. Sua terra. Cumes e cristas de montanhas esvoaçam e, juntando-se, sempre voltam a se organizar; colunas de basalto, declives de pedregulhos. *Os vales são ornados por pastagens e animados por renas que se demoram no deleite imperturbado de sua proteção, distantes de todos os inimigos.* A terra gira, some em meio às nuvens, volta e nenhuma rebentação bate contra as rochas, o oceano é liso como um espelho e carrega a imagem de uma costa rasgada; nada de gelo.

Mas, a bordo do Cradle, tudo fica em silêncio. Ali ninguém grita "Terra!", ali nenhum ocupante da gávea e nenhum membro da tripulação triunfam. Ali existe apenas o bramir da viagem. Ali alguém descobriu a terra que pertence, toda ela, apenas a ele.

Segunda-feira, 31 de agosto.

Nevascas e vento sudeste. Por volta do meio-dia, nove minutos angulares além dos 81 graus de latitude norte, o gelo flutuante se fecha em uma barreira que corre de oeste para leste; infindo é o gelo que no mapa de parede do salão dos oficiais é chamado de *unnavigable*. Agora infindo.

Josef Mazzini adormeceu sobre o que estava lendo e, quando Fyrand bate na porta da cabine, acorda assustado, golpeando à sua volta. Sem esperar resposta, Fyrand abre a porta bruscamente e, ainda na soleira, repete a decisão de Jansen e do capitão:

— Vamos voltar. Não vamos conseguir passar. Você não verá sua Terra de Francisco José cara a cara. Merda. Está me ouvindo? Nós vamos voltar!

E então a manobra de retorno; um processo isento de qualquer festejo e lamento. O que havia a ser medido, foi medido; o que havia a ser feito em termos de trabalho, foi feito. Norte e nordeste não ofereciam passagem. Era de se esperar. Então, pois, curso sul. Curso Longyearbyen.

Sul. Sudeste. Sul. Perfeita monotonia. Fecho o diário de bordo. Os dias da volta não têm importância. O Cradle ultrapassa o estreito de Eriksen, as águas costeiras da terra de Kong Karl, o canal de Freeman entre Barentsøya e Edgeøya, cai cinco graus de latitude em um leque de cursos sul, surge a estibordo o cabo sul de Spitsbergen e desaparece, e então mais uma vez curso noroeste. Em 3 de setembro, o Cradle adentra o fiorde do Advento. É uma manhã, bem cedo. Agora Josef Mazzini pertence àqueles que navegaram ao redor de Spitsbergen. Elling Carlsen, o mestre do gelo e arpoador, havia sido honrado com a ordem de Olaf por tal viagem. Mas a ideia de que no porto de Longyearbyen poderia haver uma ordem pronta para ele, deitada sobre um travesseiro de seda, era simplesmente ridícula. Também era ridícula a ideia de um júbilo intenso no píer. Cabos batem sobre a ponte de desembarque. Então o barulho dos motores cessa. No cais alguém levanta a mão. É Hellskog. Neva. É essa a face do final de uma viagem de trabalho.

Resta dizer ainda que Josef Mazzini, nos dias da viagem de retorno, apenas foi visto raramente junto à amurada. Como alguém que se prepara para sua dispensa, para a grande liberdade, ele permanecia sentado no salão dos oficiais e em sua cabine, ocupado com escritos acerca da história dos polos que apanhou emprestado da parca biblioteca de bordo, e copiava, aleatória e incessantemente, trechos dos livros; um secretário da recordação. Escrevia contra o aborrecimento? Queria coletar *todas* as imagens do Norte e através da escrita fazer delas suas próprias imagens? O caderno fino de capa dura azul, que ele enchera de rabiscos, agora está diante de mim; Kjetil Fyrand o enviou, junto com as outras anotações e bens do desaparecido, a Anna Koreth. Claro, não é a letra de Josef Mazzini que registra o título na capa dessa coletânea desastrosa de citações: *O Grande Prego* — foi assim que esquimós groenlandeses chamaram o Polo Norte. Não é a letra de Josef Mazzini. Fui eu que escrevi. Eu. Também dei nome aos outros cadernos de Mazzini. *Campi deserti. Terra nuova.* Eu procedi, com as anotações, como todo o descobridor procede com sua terra, com enseadas, cabos e estreitos sem nome — eu os batizei. Nada deve ficar sem nome.

14 Terceira digressão
O Grande Prego — fragmentos do mito
e do iluminismo

Chegaste até os celeiros da neve e viste as câmaras de granizo que reservei para os tempos de aflição, para o dia da batalha e da guerra? Onde fica o caminho ao lugar onde a luz se divide e o vento leste se espalha sobre a terra?

Atingiste as fontes do mar e caminhaste pelas profundezas do oceano? As portas do mundo dos mortos se abriram para ti, viste os portões das trevas. Prestaste atenção às vastas superfícies da terra? Responde, caso saibas a resposta completa!

Claro, existe um achadouro para a prata, um repouso para o ouro que apuramos. O ferro é conquistado à terra, pedregulhos são derretidos em cobre. Impomos um fim da escuridão, investigamos as pedras da escuridão e das trevas até o ângulo mais extremo. Lá, galerias são cavadas por um povo estranho: esquecidos pendem nas cordas sem usar os pés; eles oscilam distantes dos homens. Lá é a pátria da safira e do pó de ouro. Mas nenhuma ave de rapina conhece o caminho até lá, nenhum olho de falcão conseguiu vislumbrá-lo. Os orgulhosos animais selvagens não o pisaram e nenhum leão caminha sobre ele.

Nos seixos colocamos a mão, cavamos as montanhas a partir do pé, acabando com elas, e abrimos poços nas rochas, e o olho enxerga tesouros preciosos. Regatos vazantes nós represamos, e o que está escondido trazemos à luz. Mas a sabedoria — onde a encontramos, onde é o sítio do conhecimento?

TERCEIRA DIGRESSÃO

Nenhum homem conhece a camada em que está deitado. Não a encontramos na terra dos vivos. O mar original diz: "Em mim ela não se encontra", e o oceano diz: "Estou vazio."

O livro de Jó

Caso a expansão violenta do Oceano Atlântico não o tornasse impossível, poderíamos navegar o trecho que vai da Ibéria até a Índia ao longo do mesmo grau de latitude.

Eratóstenes
Século III a.C.

Mas haverá de chegar um tempo, em anos tardios, em que o oceano libertará as cadeias das coisas, em que a terra imensurável irá jazer aberta diante de nós, em que os navegadores descobrirão novos mundos, e então Tule não será mais a extremidade de todas as terras.

Lucius Annaeus Sêneca
Século I

Os invernos no Norte são uma atribulação, um castigo, uma praga. O ar é tenaz por causa do frio e murcha os rostos, os olhos lacrimejam, os narizes escorrem e a pele arrebenta. Lá a terra é como vidro refulgente e o vento como vespas ferroando. Aquele que é arrastado ao Norte sofre tanto por causa do frio que anseia entrar no fogo do inferno.

Qazwînî
Século XII

O Norte é rico em povos de estranheza monstruosa e sem cultura humana.

Saxo Grammaticus
Século XII

Nesses grandes mares não se navega por causa dos magnetos.
Lenda de um mapa bussolar do Oceano Ártico
Século XV

As condições de luz no verão devem favorecer uma viagem ao Oceano Ártico de maneira incomum, pois navegar ali— segundo o que se alega — é tão perigoso e tão difícil, ou mesmo totalmente impossível; pois, quando deixamos para trás o pequeno trecho do caminho até lá, que é proclamado tão penoso, uma distância de duas ou três milhas marítimas antes de chegar ao polo, e a mesma distância para o caminho de volta, por certo o clima dos mares e terras de lá deve ser tão temperado como o das regiões daqui.

Robert Thorne
Século XVI

O oceano do Norte é um vasto campo no qual a fama da Rússia, unida a proveitos sem igual, pode ser aumentada... O oceano está a uma distância de quinhentas a setecentas verstas da costa da Sibéria e, nos meses de verão, livre das massas de gelo que poderiam atrapalhar o caminho dos navios e colocar os navegadores sob a ameaça de ficarem presos no mar congelado. A preocupação com os homens, em todo caso, deve ser sempre bem mais premente do que a preocupação com os meios aplicados. Mas o que queremos é comparar com o proveito e a fama da pátria. Por causa de um simples pedaço de terra conquistado ou exclusivamente por ambição, os povos enviam milhares, até mesmo exércitos inteiros à morte. No Oceano Ártico, onde se trata da aquisição de terras desabitadas em outras regiões do mundo, da multiplicação dos caminhos marítimos, da essência do comércio e do poder à maior fama, teríamos então de lamentar a perda de apenas uma centena de homens?

Mikhail Vassilievitch Lomonossov
Século XVIII

TERCEIRA DIGRESSÃO

Em razão de minha própria experiência e das informações trazidas por capitães holandeses, pode-se admitir com toda a certeza que a passagem Norte do Oceano Ártico é impossível.

Vassili Jakovlevitch Jijagov
Século XVIII

Uns não quiseram tentar nada porque acreditaram que nada teria proveito e essa viagem de navio seria impossível; outros insistiam no preconceito de que a viagem ao noroeste deveria ser a preferencial; terceiros se inclinaram mais à minha concepção — viajar ao norte entre Spitsbergen e Novaia Zemlia. Esta opinião, enfim, passou a ter prioridade junto à sociedade real, ou seja, de que deveríamos escolher dois navios junto à Sua Majestade Real e então viajar diretamente ao Polo Norte. Acredito que, se fosse encontrado agora um mar mais ou menos livre de gelo, todas as dificuldades desapareceriam e a decisão de navegar ao estreito, ao Japão, etc. não precisaria ser adiada; e mesmo que o mar estivesse congelado essa viagem não seria inútil, pois teriam proveito as observações astronômicas, físicas e outras que poderiam ser feitas.

Samuel Engel
Século XVIII

Concordei com a opinião de muitos e de sábios naturalistas de que o mar em volta do Polo Norte não poderia estar congelado, de que no interior do cinturão de gelo, que segundo se sabe o envolve, tinha de haver uma superfície aberta de expansão diferenciada, e quis aumentar as provas... Minhas experiências anteriores me levaram à conclusão de que eu seria capaz de levar um navio até mais ou menos o paralelo 80 de latitude norte no cinturão de gelo, e a partir dali levar um bote sobre o gelo até o mar aberto que eu esperava encontrar além. Eu estava feliz pela possibilidade de encontrar esse mar aberto, e por isso também pensei em mandar lançar logo meu bote ao mar e cortar o oceano em direção ao norte. Para o transporte sobre o gelo, confiei sobretudo nos cães dos esquimós.

Isaac Israel Heyes
Século XIX

Mister Hayes! Do mesmo modo o senhor poderia tentar viajar sobre os telhados da cidade de Nova York.

Henry Dodge
Século XIX

Nossa esperança de encontrar uma superfície de gelo lisa e sem cerdas, que fosse limitada apenas pelo horizonte, jamais se concretizou.

William Edward Parry
Século XIX

Mas em pensamentos direcionávamos nossos botes ao norte, ultrapassávamos paralelo por paralelo e fazíamos descobertas que abalavam o mundo.

Emil Israel Bessels
Século XIX

Chegamos a 83 graus, 24 minutos e 3 segundos, uma latitude mais distante do que qualquer humano mortal antes de nós conseguiu alcançar, e vimos uma terra que ninguém jamais conheceu. Expusemos ao frio vento norte a gloriosa bandeira estrelada.

David Legge Brainard
Século XIX

TERCEIRA DIGRESSÃO

Por certo, hibernar sobre o gelo do Ártico é divertido quando se lê sobre isso em casa, junto ao fogo da lareira. Mas passar por isso de fato é uma provação que pode fazer um homem envelhecer de modo bem prematuro.

George Washington De Long
Século XIX

O Polo Norte é inalcançável!

George Stronge Nares
Século XIX

"Até aqui, e não adiante". Não foram poucos os exploradores do polo que já disseram isso, e seu sucessor ultrapassou com tranquilidade as muralhas de gelo que o predecessor havia declarado terem sido "construídas para a eternidade". O polo não é nem absolutamente praticável, nem absolutamente impraticável. Em toda a região polar haverão de existir sempre longos trechos que, conforme as condições do gelo durante os anos e décadas, serão ora uma coisa ora outra...

Mas o polo em si é indiferente para a ciência. Ter chegado às proximidades dele pode servir no máximo à satisfação do orgulho...

Face ao interesse cada vez mais vivo pela pesquisa ártica e à disposição de encontrar sempre, com apoio dos governos e instituições privadas, meios para novas expedições, é desejável que sejam estabelecidos os princípios segundo os quais essas expedições devam ser enviadas, a fim de configurar os proveitos que trazem para a ciência, de acordo com os grandes sacrifícios empregados, e de conter aquele caráter aventuresco que por certo estimula o interesse do grande público, mas que à ciência pode apenas ser prejudicial.

Carl Weyprecht
Século XIX

Sentindo-nos honrados bem acima de nosso merecimento, nós entendemos (depois de nossa volta do Norte) que alcançamos o mais alto que a terra é capaz de oferecer: o reconhecimento de nossos concidadãos... No que diz respeito à descoberta de uma terra até então desconhecida, eu pessoalmente não lhe dou mais nenhum valor hoje em dia.

Julius Payer
Século XIX

Por certo não saímos afora a fim de encontrar o ponto matemático que marca o fim setentrional do eixo terrestre — pois alcançar esse ponto tem, em si, pouco valor —, mas sim para fazer investigações na parte imensa e desconhecida da terra que envolve o polo, e essas investigações haverão de ter quase a mesma e grande importância científica, pouco importando se a viagem ultrapasse o polo matemático ou fique um trecho distante dele... Mas temos de alcançar o polo para acabar de uma vez por todas com essa obsessão.

Fridtjof Nansen
Virada do século

Os estranhos procuram pelo Grande Prego que foi posto no gelo do Norte e está perdido. Quem seguir os que o procuram e encontrar o Grande Prego, terá ferro para lanças e machados.

Os esquimós de Annotoak
Século XX

A maior parte das pessoas pensa em "aventura" quando se fala a palavra "descoberta". Por isso quero estabelecer a diferença entre essas duas expressões a partir do ponto de vista do descobridor. Para o descobridor, a aventura é apenas uma interrupção malvinda de um trabalho sério. Ele não procura a sensação da adrenalina, mas sim fatos que até então eram desconhecidos. Muitas vezes sua viagem de descobrimento não é nada a não ser uma corrida contra o tempo para escapar da morte pela fome. Para ele uma aventura é uma mera falha em seus cálculos que o "teste" dos fatos revelou. Ou é uma prova de que ninguém jamais poderá considerar todas as possibilidades... Todo descobridor vive aventuras. Elas o estimulam e ele gosta de se lembrar delas. Mas ele jamais as procura.

Roald Amundsen
Século XX

Faces e orelhas congeladas e sangrentas são os pequenos aspectos desagradáveis que fazem parte de uma grande aventura. Dor e desconforto são inevitáveis; mas, vistos em relação com o todo, têm pouca importância.

Robert Edwin Peary
Século XX

A vida no gelo? Duvido que algum dia homens se sentiram tão sozinhos e abandonados como nós. Não sou capaz de descrever o vazio de nossa existência.

Frederic Albert Cook
Século XX

O Polo Norte geográfico é o ponto matemático que perpassa o eixo imaginário da rotação terrestre, sobre o qual os meridianos se unem, sobre o qual passa a existir apenas a direção sul, onde o vento vem apenas do sul e sopra para o sul e a bússola aponta sempre para o sul, onde a força centrífuga da Terra acaba e as constelações não nascem e não se põem mais.

Definição geográfica
Por volta de 1980

15 Anotações da terra de Uz

Klotz está cada vez mais calado. Ninguém o consola mais. Ele quer ir para casa. Ele tem de ir para casa.

Mas a terra! Ora, eles descobriram uma terra, belas cadeias de montanhas! Agora eles têm uma terra.

A terra? Ah, aquela terra! As montanhas não têm florestas de abetos, nenhum pinheiro, nenhum pinheiro-bravo sequer, nada! E os vales são cobertos de gelo. Klotz quer ir para casa. Para casa.

É numa tarde escura e torturantemente fria de dezembro de 1873 que o caçador Alexander Klotz — ele acaba de voltar junto com Payer e Haller de uma de suas excursões à costa — joga seu casacão de pele coberto de gelo ao chão, joga tudo ao chão, as luvas, o capuz de peles, a proteção de couro que leva no rosto, e em seguida veste suas roupas de verão. Lá, para onde vai agora, ele não precisa de um pesado casacão de peles. Os invernos em Sankt Leonhard, os invernos no vale Passíria são ricos em neve mas amenos.

Klotz tira tudo de sua cabine, mas deixa deitado ali o saco de linho com seus pertences. Só leva consigo o que é mais valioso — o relógio de cilindro que ele ganhou na última disputa de tiro em honra ao nascimento de Sua Majestade, as cédulas que Payer lhe dera sempre que ele se mostrava importante em seus serviços ao senhor primeiro-tenente, e por fim um terço de madeira. Em seguida, Klotz aparece diante de seus companheiros, grande e sério, e dá a mão a cada um deles: "Té logo!"

— Klotz! Você está variando? — pergunta Haller.

— Té, Haller — diz Klotz e sobe ao convés. Quem o segue, vê que está em pé junto à amurada, uma espingarda sobre os ombros, imóvel como uma imagem; ele não responde e olha para a escuridão, olha sobre o gelo em direção ao horizonte.

Talvez seja melhor deixar Klotz assim. Ele voltará a si mais cedo ou mais tarde. O melhor mesmo é deixá-lo ali.

— Ele só está de porre — diz o foguista Pospischill — é só um porre; ele acabou com sua ração de rum inteirinha.

Está bem. Deixem-no agora. Ele já virá sozinho para baixo. Deixem-no.

Mas, quando Weyprecht, duas horas depois, volta do salão dos oficiais — onde os senhores discutiram de novo o futuro da expedição sem perceber nada da loucura de Klotz —, manda buscar o caçador; Johann Haller obedece e sobe ao convés. Klotz já não está mais parado junto à amurada; o tirolês simplesmente sumiu. Não foi, pois, uma loucura. Não estava de porre. Foi uma despedida. O caçador e batedor de cães Alexander Klotz voltou para casa.

Agora o tempo corre rápido como nunca. Agora, que não pode ser perdido nenhum minuto, o tempo de repente voa. E eles correm atrás do tempo perdido, correm atrás de Klotz, que em poucas horas morrerá congelado caso não seja encontrado. O maldito tirolês! Sair em roupas de verão com um frio daqueles! Em quatro divisões, em direção aos quatro pontos cardeais, eles correm pelo gelo afora; o ar penetra em seus pescoços como uma faca. Não parar nunca! Mais rápido! Kloootz! Que morra congelado, o animal, já que quer morrer congelado! Ele já se foi. Ele já se foi há tempo, com certeza.

Mas eles o encontram. Depois de cinco horas, enfim, eles o encontram: vagaroso e cheio de dignidade, sem nada sobre a cabeça, as feições quase totalmente cobertas de gelo. Alexander Klotz caminha em direção ao sul.

Eles o detêm, falam com ele; gritam com ele. Mas ele não diz uma só palavra. Conduzem-no preso de volta ao navio. Ele deixa tudo acontecer. Na sala da tripulação, degelam o fugitivo, quebram suas roupas afastando-as de seu corpo, mergulham seus pés e mãos congelados em água com ácido clorídrico, esfregam-no com neve, que é dura como pó de vidro, fazem-no ingerir aguardente e praguejam desnorteados. Klotz deixa tudo acontecer e permanece mudo. Então eles o deitam em seu beliche, cobrem-no, ficam de guarda. Agora ele está deitado lá, de olhos fixos, não toma mais parte em suas vidas e recebe cada olhar sem dizer palavra; apenas deitado e de olhos fixos. Agora eles têm um demente a bordo.

Passarão semanas e Alexander Klotz continuará petrificado. Às vezes, quando as pressões do gelo hibernal os visitarem, quando os doentes de escorbuto chorarem em febre e a tempestade de gelo os fizer lembrar do fim dos tempos, eles chegarão a sentir inveja do caçador, que está mergulhado em si mesmo e parece não se dar mais conta de nada. E ainda assim aquele inverno será menos furioso e terrível do que o anterior. Ali, nas proximidades da terra, sob a proteção de sua terra, as pressões do gelo são menos violentas, o vazio é menor, e eles têm, além disso, a esperança de investigar a terra na próxima primavera e então enfim voltar para casa, e, se for preciso, voltar a pé sobre o gelo. Mesmo que agora dezenove deles apresentem os sinais do escorbuto, com certeza voltarão para casa. Bom que o maquinista Krisch nada sabe sobre o que disse o médico da expedição Kepes à mesa dos oficiais; ainda que o maquinista mantenha alguma força, e de vez em quando consiga fazer seus serviços, já não existe mais a menor chance de que ele escape; seus pulmões estão, segundo o médico, incuravelmente corroídos. Krisch está perto da morte como nenhum outro a bordo.

Depois de um silêncio à mesa, perguntaram o que aconteceria se Krisch adoecesse de vez e não pudesse mais seguir adiante quando o

Tegetthoff tivesse de ser deixado para trás e a retirada para a Europa tivesse de ser feita a pé. A pé sobre aquele gelo! O que deveria ser feito com Krisch nesse caso?

— Nesse caso — disse Weyprecht — nós o carregaremos.

Krisch se esforça. Krisch luta. Até a primavera ele estará recuperado e poderá carregar de novo todas as cargas. Payer tem de lhe prometer que o levará junto consigo nas viagens de trenó da próxima primavera. Krisch caminhará através da neve congelada sobre regiões jamais pisadas por um homem. Payer lhe promete. Meticuloso, assim escreve um descobridor que serve à pátria e à ciência, Krisch anota todos os dias a intensidade do vento, a direção em que o vento sopra e a temperatura; ainda. Mas já em dezembro a morte começa a levá-lo pela mão e seu diário torna-se cada vez mais o protocolo de uma agonia.

Em 15 de dezembro, ausência de vento, temperaturas negativas de 28,6 a 31,2 graus Réaumur (menos 39 graus Celsius), tempo bom e sereno, o mercúrio congelou, a tripulação constrói um palácio de neve, incontáveis auroras polares no céu do sul. Continuo tendo dores imensas e também tenho insônia, consigo dormir apenas duas a três horas por dia com interrupções, dia a dia fico mais fraco.

Em 21 de dezembro, vento sul e sudoeste... Às 11 horas, leitura da Bíblia sag., inspeção das cabines da tripulação, temperatura subindo. Minha doença piorou de novo, sofro dores terríveis no lado direito do peito. Em 23 de dezembro, vento oeste e sudoeste... céu encoberto, nevascas leves, a tripulação decora o palácio de neve. Observações magnéticas... a meu sofrer juntou-se uma febre, que leva embora todo o meu apetite e não posso ingerir nada a não ser sopa, me sinto muito fraco, meus pés mal conseguem me carregar.

Otto Krisch

Em 24 de dezembro, eles estão em seu palácio de neve em volta de uma árvore de Natal que montaram com vigas de madeira e enfeitaram com lâmpadas de óleo de fígado de bacalhau; e dessa vez o oficial Eduard Orel tem de ler a Bíblia sagrada para eles, porque Weyprecht está com febre e tem dificuldades de falar. Mas o comandante está em pé no meio deles, apoiado no primeiro-tenente, e ouve a mensagem do evangelho.

Então um anjo do senhor veio até eles e o esplendor do Todo--poderoso os envolveu e eles sentiram medo. Mas o anjo lhes disse: "Não tenhais medo! Pois vede, eu vos anuncio uma grande alegria, que será partilhada por todo o povo: vos foi gerado na cidade de Davi um salvador, ele é messias e senhor. E isso deverá vos servir de sinal: encontrareis uma criança envolvida em panos e deitada em uma manjedoura." E de repente surgiu sobre o anjo uma grande multidão do exército celeste, que louvou a Deus com as palavras: "Honra a Deus nas alturas e paz na terra aos homens de boa vontade."

É tranquilizador o fato de que no dia seguinte, o dia de Natal, Weyprecht volte a tomar a Bíblia nas mãos para ler para eles. Ainda pela manhã o marinheiro Lettis contou na sala da tripulação que vira o comandante limpar o sangue em volta de sua boca depois de tossir. Isso não é verdade, disseram a Lettis, você está mentindo.

A verdade é que o comandante hoje lê mais devagar do que das outras vezes; faz pausas nas quais se ouve sua respiração.

Em 26 de dezembro, vento nordeste, depois nada de ventos... tempo bom e sereno, aurora polar em forma de arco no leste — pressão de gelo audível a maior distância... À minha enfermidade, une-se uma ainda muito pior pois, segundo o diagnóstico do doutor Kepes, podem ser percebidos sintomas de escorbuto. As gengivas estão inchadas e carregadas de sangue, manchas vermelhas são visíveis nos pés e nas mãos, dores nos joelhos e nos punhos, e febre contínua.

Em 27 de dezembro, ausência de vento, tempo aberto e sereno (...) Belo crepúsculo, meu estado de saúde não mudou, dores agudas nas extremidades inferiores; prosseguem as observações na casa magnética.

Em 28 de dezembro, ausência de vento (...) Às 10 horas da manhã, a lua se levanta. Às 11 horas, leitura da Bíblia sag., em seguida inspeção nas cabines da tripulação. Por volta de meia-noite, gelo barulhento duradouro a sudeste, ao longe. Meu estado de saúde não mudou.

Em 29 de dezembro, vento sul, depois ausência de ventos (...) levemente nublado, anel grande e pálido em volta da lua, à noite cai neve em forma de pó (...) dores agudas nos pés.

Em 30 de dezembro, vento oeste e sudoeste, depois ausência de vento (...) neve úmida e leve por algum tempo, luas paralelas claras e laterais, e semicírculo pálido no zênite (...) Meu estado de saúde não mudou.

Em 31 de dezembro, vento leste 3 - 4 e leste e nordeste 2 - 3 (...) rajadas de neve úmidas e leves, anel cinza-nublado em volta da lua com cruz e rastros de luas paralelas. Hoje é festejada a passagem de ano, demos boas-vindas ao ano de 1874, também fiquei até as 10 horas da noite à mesa, depois fui descansar.

Em 1º de janeiro de 1874, vento sul 6 - 7 e sul e sudeste 5 (...) tempo encoberto, neve e rajadas de neve ininterruptas. À hora do almoço pouco consolo, tudo dorme, só eu tenho a cabeça leve, porque ontem não tomei vinho por causa da febre. Arenques e sardinhas são trinchados. A temperatura sobe de hora em hora.

Em 2 de janeiro, vento sul e sudoeste 5 - 6 (...) tempo encoberto, neve e rajadas de neve (...) a lua brilha opaca por entre os véus de névoa, meu estado de saúde não mudou, além de dores agudas nos joelhos, ataques de febre diários.

Em 3 de janeiro, vento sudeste 2 - 3 e sul sudeste 5 - 6 (...) tempo encoberto e, excepcionalmente, focos de neblina misturados à neve fina e aguada (...) botes cobertos por rajadas de neve (...) 540 dias no mar, ou melhor, no gelo.

Em consequência de dores agudas, hoje tenho de ficar de cama.

Em 9 de janeiro, ausência de ventos (...) mínima: 31,1 graus Réaumur negativos (menos 38,9 graus Celsius), bastante sereno, várias auroras polares pálidas são visíveis (...) A febre durou a noite inteira e eu não pude fechar os olhos.

Em 11 de janeiro, vento norte e noroeste e norte (...) mínima: 35,1 graus Réaumur negativos (menos 34,9 graus Celsius), bem sereno, céu estrelado, por volta das 3 horas nasce a lua, último quarto. Auroras boreais de cor verde-pálida nos quadrantes III e IV, crepúsculo fraco no horizonte sul (...) Meu estado de saúde melhorou um pouco, a febre foi bem fraca.

Em 12 de janeiro, vento oeste e noroeste... mínima: 35,6 graus Réaumur negativos (menos 44,4 graus Celsius), tempo aberto e sereno, frio sensível, auroras boreais sobre o zênite... sinto apenas dores agudas nos pés e uma fraqueza inominável.

Otto Krisch

Em 15 de janeiro de 1874, dois meses antes de sua morte, o maquinista escreve apenas números em seu diário — a temperatura e a intensidade do vento — e nenhuma palavra sobre seu estado, sobre suas sensações, e também mais nada a respeito de nuvens e auroras boreais. É sua última anotação. Só mais uma vez, em fevereiro, quando a força de sua doença cede um pouco por algumas horas, Krisch acrescentará os dias que ficaram para trás e colará um pedaço de papel em uma das folhas do caderno — o fragmento de uma ordem dada por Weyprecht para o caso de terem de *abandonar o navio*. Otto Krisch, é o que diz na ordem, formará, com Brosch, Zaninovich, Stiglich, Sussich, Pospischill, Lukinovich e Marola, a tripulação do terceiro bote de salvamento depois do abandono do Tegetthoff. Otto Krisch voltará para casa no terceiro bote de salvamento. Mas à ordem colada seguem apenas linhas em branco, segue o tempo das páginas em branco.

Enquanto o maquinista se consome em sua luta contra a morte e volta sempre a mergulhar na inconsciência e em ataques de delírio, acontece o que ninguém mais esperava: o caçador Klotz volta de seu estado de petrificação; não, não lentamente e aos poucos, mas subitamente e de maneira tão natural como alguém que acorda, desfaz-se de seus sonhos, levanta e vai para o trabalho como faz em todas as outras manhãs. Alexander Klotz levanta-se de sua cama em um dos primeiros dias de fevereiro, o arco do crepúsculo sobre o horizonte agora já é claro e grande, veste-se sob o espanto calado de seus companheiros, pega uma espingarda, toma posição diante do comandante e se apresenta para a guarda no convés. Klotz, que ficara deitado em seu beliche por tanto tempo, mudo e como se fosse sua própria estátua, quer voltar ao serviço; ele passou seu inverno em Sankt Leonhard; agora voltará do vale Passíria.

Alexander Klotz continua sendo o que era antes. Não é alegre, mas é o que era antes. Naqueles dias vê-se o mestre do gelo Carlsen rindo pela primeira vez, vê-se que está entusiasmado:

— Olhe para Klotz. Olhe para ele! Está parado aí como santo Olavo; ele é como santo Olavo! — Também o patrono da Noruega retornara ao mundo depois de longos tempos de ponderação e silêncio... havia mantido um tribunal sangrento entre seus inimigos e continuado sua obra de conversão. E Carlsen acreditava também que sabia por que Klotz agora voltava como um homem íntegro para o meio deles: a alma do maquinista Krisch deixou sua casca mortal com frequência cada vez maior nos últimos dias, a fim de sondar o caminho para a eternidade; nessas caminhadas de sondagem ela por certo havia encontrado a alma do passírio e a persuadido a voltar. E assim a rigidez do caçador se dissolveu.

Em 24 de fevereiro, depois de 125 dias de trevas, o sol volta a aparecer. Eu me calo acerca da festa. Mais importante é que, naquela terça-feira sem nuvens, Weyprecht manda anunciar à tripulação o veredicto sobre o futuro da expedição. O comandante ordena que todos os homens se desloquem para o convés, e Orel lê um *documento* assinado pelos oficiais: *Os participantes da expedição austro-húngara ao Polo Norte manifestam a decisão de abandonar o navio no final de maio e voltar à Europa. Mas, uma vez que antes desse momento ainda serão feitas duas, talvez três viagens de trenó para investigar a Terra do Imperador Francisco José, é necessário revestir esse projeto e as esperanças unidas a ele em formas bem determinadas, para tornar empresas arriscadas tanto para os que ficam para trás quanto para os que viajam tão pouco preocupantes quanto possível. Essas formas são as seguintes: para os que viajarem de trenó, será deixado um aparelho de salvamento, composto de todos os meios dos quais eles dispõem; e o depósito desses objetos em terra será consumado já no primeiro dia de sua viagem. As viagens começarão entre 10 e 20 de março, durarão de seis a sete semanas, e suas direções serão divididas na medida do possível: ao longo da costa da terra em direção ao norte; em direção ao oeste; e em direção ao interior da terra. O encerramento ocorrerá com a escalada da principal montanha.*

A sequência e a duração dessas viagens permanecem indeterminadas — mesmo no momento das respectivas partidas — e reservadas exclusivamente à hora e ao lugar em que tiverem de ser decididas. E isso é mencionado para evitar tanto preocupações quanto viagens de procura enganadoras. Caso os viajantes não mais encontrarem o navio em sua viagem definitiva de volta, eles tentarão voltar sozinhos à Europa, e só em caso de absoluta necessidade pleitearão um terceiro inverno no Oceano Ártico, para o qual o material a ser levado à terra em parte oferecerá os meios. É natural que essas viagens não serão estendidas a ponto de não permitir à tripulação o necessário tempo de descanso antes da viagem de volta à Europa, e que o término das mesma acontecerá já no princípio de maio.

A viagem de volta à Europa. Eles falam de sua retirada iminente como de uma viagem de Viena a Budapeste; como se a viagem de volta estivesse definida e não dependesse da tortura de uma marcha ao longo de meses através do deserto gelado. Entre eles e o mundo habitado há milhares de quilômetros quadrados de banquisa e bancos de gelo amontoados. Mas eles falam como se não soubessem que a maior parte de seus antecessores sucumbira em tais retiradas... morrendo congelados, de fome, de cansaço e de escorbuto. Mas eles por certo têm de falar assim. E a atenção e o cuidado deles servem também para o preparo de outra faina, menos perigosa: o adentramento e a medição de sua terra, que ficou perto deles durante toda a noite polar. Mesmo que o escorbuto os atormente, agora se oferecem mais marinheiros do que Payer precisaria para acompanhar o senhor primeiro-tenente em sua primeira viagem de trenó; eles discursam junto à mesa dos oficiais, descrevem aos senhores sua resistência e força, subestimam suas doenças. Quem no dia anterior ainda estava deitado por causa da febre, hoje já quer arrastar um trenó de vários quintais de peso através do gelo quebradiço; não, não apenas por causa da honra, o que pode importar a honra depois de duas noites polares? Mas a monotonia da vida a bordo torna-se a cada dia mais difícil de suportar. E prêmios também haviam sido prometidos.

Nos primeiros dias de março, Payer decide levar consigo os marinheiros Lukinovich, Catarinich e Lettis, o foguista Pospischill e os dois passírios Haller e Klotz. Sim, também Klotz irá junto; nas montanhas e geleiras não pode haver acompanhante mais experiente que ele. Os sete, acompanhados dos três cães mais fortes, Torossy, Sumbu e Gillis, puxarão um grande trenó em direção ao norte e medirão e batizarão as geleiras, cabos e montanhas. Em 9 de março eles estão prontos. No dia seguinte partirão.

— O maquinista está prestes a morrer — diz Haller. — Será que podemos partir quando alguém está prestes a morrer? — O comandante em terra, porém, já pôs uma bandeira no trenó. Nada mais consegue pará-lo.

Em 9 de março, Krisch estava deitado imóvel e em estado de agonia em sua cama de enfermo. Lukinovich estivera de guarda junto a ele e, como acreditava que Krisch morreria em pouco tempo, começou, a fim de abrir os portões da eternidade ao ainda vivo mas inconsciente Krisch, a gritar em voz alta durante uma hora à maneira fanática de sua pátria sulina: "Gesù, Giuseppe, Maria vi dono il cuor e l'anima mia!" Nós estávamos presentes e, ocupados em nossas cabines, não ousávamos interromper aquela ação cujo efeito, embora motivado pela devoção, era apenas horror (...) Na manhã de 10 de março, deixamos o navio (...) Aquele "Enfim" havia me excitado tanto depois de anos de espera que não consegui dormir na noite anterior; tanto os que partiam quanto os que ficavam foram tomados por tal excitação que parecia que estávamos prestes a conquistar o Peru ou Ofir, e não terras frias e cobertas de neve. Com alegria indescritível começamos a dura e automática atividade diária de puxar trenó.

Julius Payer

11 de março, terça-feira: tempo nublado e vento. Temperatura de menos 19 graus Réaumur. A viagem com o trenó é triste.

Johann Haller

O trenó que eles levam pesa sete quintais. Seu trabalho não é simplesmente puxar, mas sim arrancar e arrastar a carga, um exercício exaustivo para se acostumarem à tortura que os espera na retirada à Europa. Repetidamente eles são obrigados a descarregar seu carro — a máquina de cozinhar, a tenda, os barris de petróleo, as provisões, tudo tem de ser levado adiante, peça por peça, a fim de conseguirem subir com o trenó vazio pelas banquetas de gelo, os *hummocks*. Às vezes, eles abrem caminho com pás e picaretas. O gelo é como pedra. Depois o descanso da tarde, que eles passam encolhidos atrás de recifes de gelo ou rochas; e, quando algum deles se inclina ainda mais, afundando na neve, querendo ficar deitado, Payer ameaça deixá--lo para trás. O medo então é sempre maior que o cansaço. A duração daquela viagem de trenó está planejada para apenas seis dias, e eles têm de trilhar todo o caminho que puder ser vencido nesse tempo, escalar cada montanha que puder ser escalada e fazer tudo aquilo que descobridores e agrimensores podem fazer em seis dias sem morrer com a atividade. Durante a noite eles se enterram no gelo, levantam a tenda sobre a cova e tempestades de neve cobrem seu abrigo. Deitados bem próximos uns aos outros, ficam dentro de seu saco de dormir coletivo, feito de pele de búfalo, e praguejam e lamentam até Payer gritar com eles. Ao se levantarem pela manhã, acreditam que irão quebrar em pedaços; a pele de búfalo está dura como uma tábua e a tenda parece uma caverna brilhante por causa da condensação e do congelamento do ar que eles respiram.

Enquanto desmontávamos a tenda assolada pela tempestade, cada objeto que caía ao chão era imediatamente coberto pelas ondas intermitentes de neve. Aliás, não há prova mais dura de firmeza em viagens árticas do que vencer tais rajadas de neve e, ao mesmo tempo, prosseguir a marcha sob temperaturas baixas. Os dedos de alguns de meus acompanhantes que ainda não estavam acostumados à rudeza terrível de tais condições climáticas logo congelavam, porque eles, sem pensar no que faziam, tentavam terminar de abotoar seus guarda-ventos e proteções de nariz e de fechar seus casacos. Nossas botas de lona ficavam duras como pedras; todos sapateavam para evitar que congelassem... Cobertos de neve e encolhidos, homens e cães seguiam adiante, os cães de cabeça baixa e cauda encolhida, enregelados por causa da neve, apenas os olhos ainda livres (...) Esse caminhar contra o vento, sentido mais duramente pelos que vão à frente, deixava quase todos de nariz congelado... Um montinho de gente sob uma temperatura tão baixa proporciona um quadro dos mais peculiares. Eles seguem em marcha, o hálito brota fumegando de suas bocas, uma capa de névoa de finas agulhas de gelo os envolve e encobre a ponto de torná-los quase invisíveis; também a neve sobre a qual eles caminham faz subir o calor do vapor que ela recebe do mar abaixo dela. Os incontáveis cristais de gelo que tomam conta do ar e amortecem a claridade do dia até torná-lo um crepúsculo pardo-amarelado fazem um ruído interminável e sussurrante; o pó de neve que cai deles, que paira na condição de vapor congelado, é o motivo daquela sensação de umidade penetrante, que no forte frio torna-se tanto mais perceptível, e é sempre renovado pelos vapores de água que brotam dos trechos de mar aberto...

As pálpebras congelam até mesmo quando o vento não sopra, e temos a toda hora de livrá-las do gelo para que não se fechem. Só a barba está menos coberta de gelo do que de costume, porque o hálito expelido nos sussurros cai imediatamente como neve congelada (...) Mas a sensação de frio aperta mais depois de algum tempo de descanso sem movimentos, devido ao esfriamento da sola dos pés, provavelmente também devido às ramificações finais de nervos existentes em grande quantidade. Abatimento nervoso, apatia e modorra são as consequências, e isso esclarece a relação comum entre descansar e congelar. Para uma viagem em grupo que tem um encargo físico pesado sob uma temperatura muito baixa, a primeira condição é ficar parado o mínimo possível; e o resfriamento intensivo das solas dos pés durante o descanso da tarde deve ser também a razão pela qual marchas vespertinas esgotam de tal maneira o ímpeto. O frio excessivo muda as excreções corporais, bem como adensa o sangue, enquanto a excreção acrescida de ácido carbônico aumenta a necessidade de alimento. A secreção de suor cessa totalmente, a da mucosa do nariz e a conjuntiva do olho, ao contrário, aumentam sempre, a da urina assume uma cor quase vermelho-viva e a necessidade de urinar é maior; no princípio, o corpo é assolado pela prisão de ventre, que dura cinco ou até mesmo oito dias, para depois se transformar em diarreia. Uma constatação também interessante é o embranquecimento da barba sob essas influências.

Julius Payer

O primeiro-tenente torna-se sinistro para os viajantes de trenó durante aqueles dias. Ele, como qualquer outro, sofre sob a faina, sob os 50 graus negativos, sob o congelamento e o doloroso aquecimento de membros enregelados. Mas ele não se cansa de prosseguir com entusiasmo o mensuramento e o batismo incansável da terra: aqui um *cabo Tegetthoff*, lá o *fiorde Nordenskjöld*, o *fiorde Tirolês*, aqui as *ilhas de Hall* e *de McClintock*, e mais distante as *montanhas de Wüllerstorff* e a *geleira de Sonklar*... Payer obriga seus caçadores a escalar com ele paredes de rocha quando os outros descansam, desenha e escreve com dedos congelados quando a tripulação fica deitada apática na tenda, e avalia sua pele estourada, as destruições de seu próprio corpo, como danos causados pelo gelo numa máquina; é uma pessoa na condição de cobaia, que não sente nada, absolutamente nada a não ser entusiasmo. O comandante em terra tange seus companheiros, furioso, fanático, tange-os sempre adiante — e, mesmo assim, naqueles dias eles não conseguem ultrapassar as ilhas e costas ao sul do arquipélago. Bramindo, a terra lhes oferece resistência; contra aquelas tempestades, toda a fúria, todo o entusiasmo nada consegue.

Torres de basalto, gelo quebradiço, montanhas berrantes e mortas, despenhadeiros, cumes, declives, falésias e nem um musgo sequer, nenhum arbusto. Apenas pedras e gelo. E aquele bramir. Aquelas tempestades. Nosso senhor Jesus Cristo! Se isso é um paraíso, como será o inferno?

A Terra de Francisco José mostra toda a seriedade da natureza do Alto Ártico; sobretudo no início da primavera ela parece nua de toda e qualquer espécie de vida. Por todos os lados, geleiras monstruosas, cujas massas se elevavam audazes em íngremes montanhas cônicas, pousavam, da solidão das cordilheiras, seus olhos sobre nós. Tudo estava envolvido em branco ofuscante; as fileiras de colunas dos andares simétricos das montanhas fixavam seus olhos em nós como se fossem cristalizadas (...)

Sem rivalidade, quase todas bem altas, as montanhas se elevavam sobre as diversas regiões: na região central, até 2 ou 3 mil pés; no sudoeste, até cerca de 5 mil (...) A espécie de rocha dominante é a rocha massiva cristalífera, que os suecos chamam de hyperstenit, *mas que é idêntica ao dolerito da Groenlândia. Esse dolerito da Terra de Francisco José é semigranulado, verde-escuro e formado de plagioclásio, augita, olivina, ferro titânico e clorito de ferro. O plagioclásio forma a massa principal, ainda que sua quantidade supere a da augita apenas por pouco. Os cristais do plagioclásio em geral têm 1 milímetro de comprimento, podendo chegar a 3 milímetros. Por vezes são constituídos por lamelas finas, por vezes grossas, as poucas inclusões não permitem a constatação de nada que chame a atenção. A augita é esverdeada-acinzentada, não evidencia contornos cristalíferos, mas sim forma grânulos, que geralmente têm um centímetro de comprimento e a mesma largura. Inclusões formadas pelos minerais restantes são frequentes, e o mesmo acontece com poros de vapor pequenos e alongados. A olivina forma grânulos que são menores do que os da augita, e só por vezes deixa reconhecer um contorno cristalífero. Esses grânulos são frequentemente envolvidos por uma casca formada por um mineral denso e amarelo-amarronzado (clorito de ferro); muitas vezes são perpassados por fissuras tortuosas também cheias daquele material amarronzado. No que diz respeito a inclusões, a olivina é assaz pobre. O ferro titânico aparece em folículas alongadas, ou preenche lacunas dos minerais restantes.*

Esse dolerito mostra, em todas as partes, semelhança com alguns doleritos de Spitsbergen (...) Com isso estaria praticamente provada a concordância geológica das novas terras com Spitsbergen (...) Portanto, a natureza não pode se ornar lá em cima com as cores das plantas; ela pode se impor apenas com a rigidez e, no verão, por meio de sua luz ininterrupta. Assim como há terras que são sufocadas com o exagero com que a natureza as abençoou, a ponto de impossibilitar a civilização, lá o extremo oposto jazia diante de nós; negligência total, escassez inabitável.

Julius Payer

No quarto dia de sua viagem de trenó, é sexta-feira, dia 13 de março de 1874, a temperatura cai a menos 45 graus Celsius; no dia seguinte, a menos 51 graus. O rum que Payer manda distribuir para consolar seus acompanhantes é denso como óleo de fígado de bacalhau e tão frio que eles, ao bebê-lo, têm a sensação de que os dentes vão explodir na boca. O foguista Pospischill não pode puxar mais; suas duas mãos estão congeladas e ele cospe sangue. Lettis e Haller pediram a Klotz para cortar suas botas de lona dos pés inchados; agora eles mancam por aí com os pés envolvidos em pele de rena. Lukinovich prageja ao puxar o trenó. Catarinich está cego por causa da neve; suas cavidades visuais são feridas lacrimejantes; o esforço lhe arranca sangue dos poros, que congela em crostas negras sobre a pele. O rosto de Payer está deformado por eczemas purulentos. Agora basta. Eles têm de voltar. Pospischill é o que mais sofre; ele geme de dor e teme que o doutor ampute suas mãos congeladas. Na manhã do dia 15 de março, Payer dá ao foguista uma bússola e lhe ordena que volte ao navio antes de todos. Talvez Kepes ainda consiga salvar as mãos do foguista.

Quando Pospischill alcança o Tegetthoff ao anoitecer, não consegue mais falar; de sua boca sai apenas um balbucio e sangue. Weyprecht interroga-o, sacode-o, interroga-o. O foguista apenas gagueja. Weyprecht toma-o pelo braço, toma o homem inteiro como se quisesse erigir uma placa de sinalização, gira-o semi-inconsciente na direção da qual ele veio e grita repetidas vezes "Onde?". A certa altura, o braço aponta para noroeste, em direção ao vapor do gelo. Weyprecht não leva consigo nem sequer uma espingarda. Sem casacão de pele, ele sai correndo. Os oficiais Brosch e Orel correm desembestadamente atrás dele com oito marinheiros. Orel leva um casacão de pele para o comandante; mas não conseguem alcançá-lo. Eles veem-no parar distante de vez em quando e escutam-no chamar por Payer; mas não conseguem alcançá-lo. Quase três horas agem assim até que Weyprecht obtém resposta: "Carl! Aqui!" É a primeira vez naqueles anos de gelo que o comandante é chamado por seu prenome. Isso não voltará a acontecer.

É uma procissão cambaleante e sombria que volta ao navio. Catarinich tem de ser amparado e Lettis puxado em cima do trenó. Mas no Tegetthoff nenhum consolo espera por eles. Quando sobem pela rampa de gelo, uma brincadeira de dias passados, escutam os gritos de dor de Pospischill e também o médico berrando sem parar: "Está ouvindo? Não irá perder suas mãos, não irá perdê-las! Está ouvindo?" Mas, de repente, a dor do foguista perde toda sua importância e eles ouvem apenas o maquinista. Como alguém que está morrendo consegue gritar assim? A noite inteira e ainda durante todo o dia seguinte, Otto Krisch geme e grita o rebotalho de sua vida de 29 anos para fora de si.

Faz-se silêncio quando, ao fim da tarde, o barulho do moribundo cessa subitamente.

16 de março de 1874, segunda-feira: tempo aberto e vento. Temperatura de 29 graus Réaumur negativos (menos 36,2 graus Celsius). Foram feitos os preparativos para a segunda viagem de trenó. À tarde, às quatro e meia, nosso maquinista Otto Krisch faleceu! Que Deus lhe conceda o descanso eterno!

Johann Haller

Nos 847 dias que se passaram entre a partida da expedição austro-húngara ao Polo Norte e seu retorno a Viena, o caçador Johann Haller usa apenas duas vezes o ponto de exclamação em suas anotações no diário; e as duas vezes no dia da morte do maquinista. Interpontuação do luto ou do horror — não me atrevo a julgar isso; apenas preservo e transmito esses sinais tão naturais quanto filigranicamente colocados como fósseis de um sentimento irreproduzível.

O espaço no interior do navio é bastante parco para permitir que um cadáver possa ser suportado dentro dele durante o tempo em que deveria ficar no ataúde; Krisch tem de ir ao convés. Mas ele não deve ficar despido, não deve ficar desprotegido. Ainda na hora da morte do maquinista, o carpinteiro Antonio Vecerina, curvado pelo escorbuto, pelo reumatismo e pela febre, começa os trabalhos em um esquife de madeira de pinho; serra, martela e sofre em sua obra. Os outros velam o morto. A tripulação, os oficiais, também os doentes acamados, todos estão em pé em volta do corpo do maquinista; empurram-se em volta das feições deformadas, e Weyprecht, conforme a dignidade do instante, reza em latim a prece aos mortos.

Libera me Domine, de morte aeterna in die illa tremenda, quando caeli movendi sunt et terra, dum veneris judicare saeculum per ignem (Salvai-me, senhor, da morte eterna no dia do pavor, em que céu e terra tremem, quando Vós vierdes para julgar a raça humana através do fogo)... *Requiem aeternam dona ei, Domine, et lux perpetua luceat ei* (Senhor, concedei-lhe o descanso eterno e que a luz perpétua o ilumine). Durante mais de uma hora eles rezam — invocam o Todo-poderoso também em italiano, alemão e croata. Em seguida, Klotz e Haller lavam o cadáver do maquinista e vestem-no. Krisch será devida e cuidadosamente sepultado na costa da nova terra, e não entregue ao Oceano Ártico como um marinheiro qualquer. O marujo Antonio Lukinovich doa uma camisa mortuária; é uma camisa de linho reforçada e belamente bordada, que ele intencionava usar no dia do retorno a Brazza, sua cidade natal, e em cuja bainha ele agora costura uma relíquia, um dente canino, que, segundo um comerciante de artigos religiosos de Trieste, fora tirado da boca de santo Estêvão, morto por apedrejamento, e que possuía a força de ajudar uma pobre alma a encontrar o paraíso. O contrameste Lusina dá um terço de alabastro, o qual Lorenzo Marola, que entende muito de decoração, deita em volta das mãos azuis do maquinista. É sempre Marola quem enfeita também a árvore de Natal, a mesa do Ano Novo e da Páscoa. Eles preparam uma procissão de enterro, uma festividade; não um despojamento. Alexander Klotz passa a noite inteira sentado diante de uma placa de madeira e desenha uma inscrição grosseira que pretende pregar à cruz da cova de Krisch:

O homem em seu esplendor
não logra êxito
mas tem de abandonar o mundo como o gado.

— Você não vai botá um troço desses na cova dele — assim Haller interrompe o trabalho circunspecto do companheiro.
— E por que não?
— Você até pode lê, mas escrevê você não deve.

O caixão com o cadáver enfeitado do maquinista passa dois dias sobre um estrado no convés. Apesar de um toldo de proteção que cobre a popa, crescem sobre o andaime do morto figuras de cristal de gelo bizarras e quebradiças, que mudam, explodem e readquirem suas formas de maneira imprevisível. O mestre do gelo Carlsen sempre volta a estar em pé diante do estrado com o caixão, mergulha na visão das figuras de cristal e tenta ler no jogo de suas metamorfoses as armadilhas e obstáculos que estavam reservados à alma do maquinista em seu caminho à eternidade. Cristais de gelo florescentes, diz Carlsen, são testemunhas do purgatório e do retardamento da bem-aventurança; só o gelo refulgente e claro como o vidro é sinal e forro da salvação. No dia 19 de março, eles quebram a capa de gelo que envolve o esquife e desembarcam Otto Krisch.

Um cortejo triste deixou o navio. No meio, o esquife, coberto com uma cruz e bandeiras, descansava sobre um trenó e era puxado às elevações costeiras mais próximas da ilha Wilczek. Silenciosos e lutando contra violentas rajadas de neve, nos deslocamos através da desolada campina nevada; depois de uma hora e meia de peregrinação, alcançamos a elevação da ilha Wilczek. Ali, entre colunas de basalto, uma fenda acolheu o invólucro terreno, e nela se destacava uma simples cruz de madeira — um jazigo triste do descanso eterno em meio a todos os símbolos da morte e do isolamento, longe de todos os homens, inalcançável para a piedade humana e ainda assim mais digno do que um sarcófago em meio a solidão improfanável. Nós nos ajoelhamos em volta do sepulcro, e com dificuldade o cobrimos com pedras quebradas; o vento o envolveu com neve. Rezamos em voz alta ao finado (...) Então surgiu diante de nós a dúvida... se conseguiríamos voltar à pátria, ou se o Oceano Ártico seria também a jazida inexplorável de nosso fim.

Julius Payer

Quando o fim está tão presente, aí mesmo é que não se pode perder mais nenhum dia com o luto, com o desalento ou com esboços angustiantes do futuro; agora, cada hora tem de ser dedicada à preparação da segunda viagem de trenó, à grande viagem em direção ao extremo norte da Terra. Assim quer Payer. E Weyprecht concorda. Mesmo que todos eles venham a sucumbir e nenhum país e nenhuma academia tomem conhecimento algum dia da descoberta deles, pelo menos para si mesmos eles têm de garantir a certeza da expansão, da

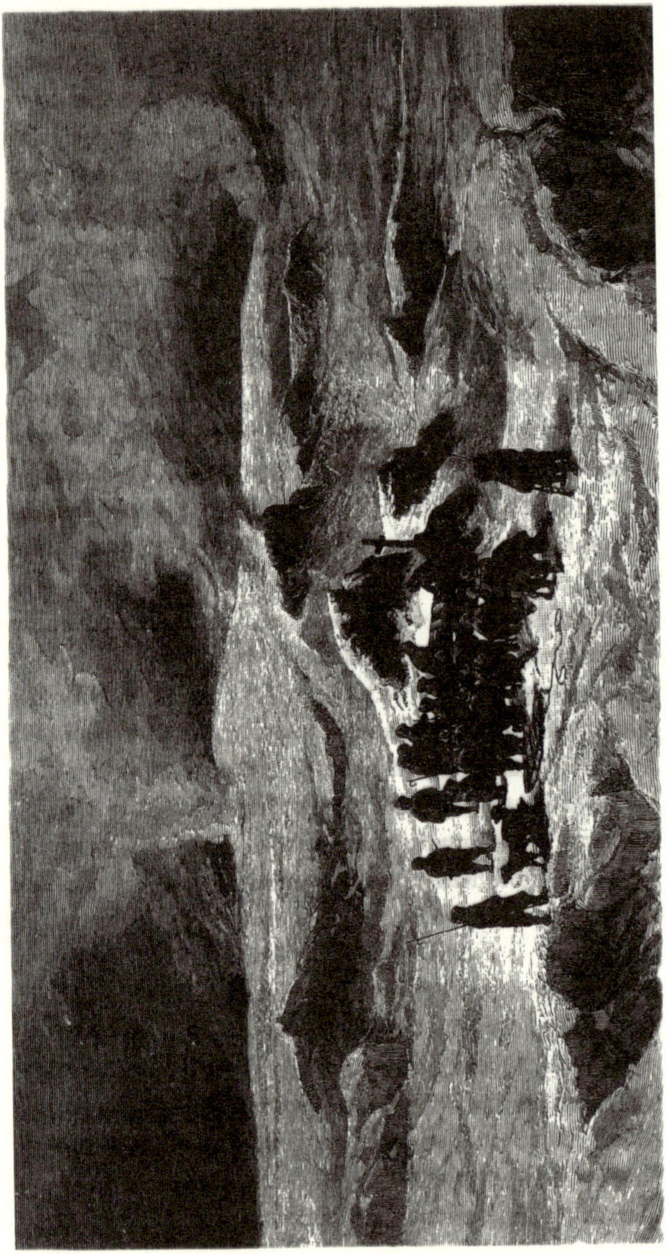

importância cosmográfica da Terra de Francisco José. Assim quer Payer. E Weyprecht concorda com ele.

Agora eles amarram ao trenó de carga dezesseis quintais de provisões e equipamentos; eles caminharão durante um mês. Os caçadores tiroleses e Lukinovich vão junto pela segunda vez; Sussich, Zaninovich e o segundo oficial Orel são novos no grupo. Payer prometeu mil florins em prata a seus acompanhantes para o caso de alcançarem a latitude norte de 81 graus, e 2.500 se alcançarem o paralelo 82. As muitas ilhas de seu arquipélago já não parecem mais ser suficientes ao comandante em terra como prêmio para os anos de privações; Payer agora quer também um novo recorde de latitude. Na sala da tripulação circula o boato de que o senhor primeiro-tenente não apenas quer ultrapassar o paralelo 82, mas conquistar também o Polo Norte.

Partimos na manhã de 26 de março, a 17 graus Réaumur abaixo de zero e rajadas de neve do noroeste (...) Já a apenas mil passos de distância do navio, as rajadas de neve aumentaram tanto que não éramos capazes de reconhecer nosso companheiro mais próximo e caminhávamos em círculos. Uma vez que era impossível prosseguir com êxito a viagem antes que a tempestade amainasse, o retorno ao navio sem dúvida teria sido a decisão mais simples e acertada. Mesmo assim preferimos levantar a tenda, coberta desde o navio, atrás de um atol de gelo e passar 24 horas dentro dela (...) Em 27 de março, prosseguimos viagem sob fracas rajadas de neve e tão céleres que poderíamos esconder dos que ficaram no navio nossa derrota do dia anterior. Quando alcançamos a ponta sudeste da ilha Wilczek e o navio sumiu aos nossos olhos, a temperatura caiu e as rajadas de neve voltaram a aumentar tanto que Sussich teve as duas mãos congeladas e nós fomos obrigados a esfregá-las com neve durante um hora. Depois que retomamos a caminhada, caímos todos no perigo de congelar nossos rostos porque andávamos contra um vento dos mais violentos. O trenó sobrecarregado nos obrigava a tais esforços que, pela primeira vez, ficamos banhados em suor.

Julius Payer

E assim os agrimensores se torturam mais uma vez e repetem todas as fainas da primeira viagem de trenó; arrastam sua carga ao longo de linhas costeiras de ilhas sempre novas, atravessam estreitos marítimos congelados, sobem cadeias montanhosas, mapeiam a terra; e tudo acontece numa ausência de vida gelada e varrida pela neve, que só é quebrada por ursos perambulantes. Segundo por segundo de latitude os agrimensores se extenuam em direção ao extremo norte. Eles medem e batizam; e sofrem. Apenas Payer parece suportar com entusiasmo também essa nova tortura.

Há poucas coisas mais empolgantes do que o descobrimento de novas terras. Incansável, o visível excita a capacidade de criação sobre a realidade, e a fantasia está sempre ocupada em entender as lacunas do invisível. Por mais que o próximo passo destrua os enganos, ela logo os renova... Esse estímulo só diminui quando se peregrina diariamente sobre desertos de neve infindos, cujos limites estão tão longe a ponto de não mudarem rápido o suficiente, e o adivinhar do que virá não dá espaço ao jogo.

Julius Payer

Mas, com o que quer que seja que o comandante jogue e o que quer que seja que ele vivencie, os súditos vivenciam de maneira diferente. Apenas Payer tem a liberdade de largar a qualquer hora as correias presas ao trenó, apontar para um cabo escondido na névoa distante e assinalá-lo como o próximo ponto de encontro, para em seguida caminhar sozinho e sem carga sobre o gelo. Quem é capaz de saber se aquela terra seria bela e empolgante para um servo livre do martírio de puxar o trenó, e que além disso peregrinasse por ela sob a proteção de uma vestimenta de penas leve e calorosa como a que o senhor primeiro-tenente veste sob seu casacão de pele? Mas, se em anos futuros ainda se falar daquela viagem, daquela provação, então por certo não se dirá nada acerca de *Zaninovich, o descobridor*, ou de *Giacomo Sussich, o famoso explorador de trenó* — de quem tanto sabe-se também, mesmo sendo mero carregador de mantimentos obrigado à obediência —, mas sempre falarão apenas sobre *Payer; Payer e Weyprecht*. Qual servo um dia desejaria salvar seu nome em um livro de história ou até mesmo deixar rastros no mapa-múndi? Seria Giacomo Sussich, por exemplo, capaz de alimentar a ideia de batizar de *Monte Volosca* uma chapada da nova terra só porque sua mãe caridosa e republicana o deu à luz em Volosca; ou Zaninovich batizaria um cabo sem nome de *Lesina* só porque sua amada esperava por ele em Lesina? O primeiro-tenente, naturalmente, pode lidar de maneira bem diferente com nomes e batismos, como um senhor, como um descobridor completo. Só porque o comandante em terra foi instruído à condição de tenente de infantaria na academia militar de Viena Neustadt, agora uma ilha inteira, que jaz como um mexilhão monstruoso no *estreito Áustria*, recebe o nome de *ilha de Viena Neustadt*. Payer espalha seus nomes como sentenças de desterro sobre o arquipélago, investiga em suas recordações e sempre encontra novas cidades e amigos que ele quer eternizar no gelo, e não esquece jamais de também prestar homenagem a seu monarca, à arte e à ciência: o nome de *cabo Grillparzer* ele dá a uma rude torre de rochas, e *cabo Catedral de Krems* a outra. A ladainha dos belos nomes fica cada dia mais longa — *ilha Klagenfurt, terra do príncipe herdeiro Rodolfo, ilha do Arquiduque Rainer, cabo Fiume, cabo Trieste, cabo Buda Peste, cabo Tirol* e assim por diante... Porém, os acompanhantes de Payer ficam cada dia mais fracos. Os súditos não podem seguir o batista com a mesma força com que ele realiza sua missão.

Depois da primeira semana puxando o trenó, Antonio Lukinovich acredita estar em sua última viagem, e reza muito e alto, até que Payer chama sua atenção: se o marujo tem de rezar enquanto puxa o trenó, então que o faça em silêncio e para si mesmo, a fim de poupar suas forças.

Em 3 de abril, é sexta-feira santa. Lukinovich se rebela. Naquele dia, diz ele, o céu escureceu sobre Jerusalém e o salvador entregou seu espírito pregado à cruz; naquele dia, todo o trabalho deveria descansar e ser consagrado apenas ao martírio do salvador. Nada de puxar trenó; nada de marchas violentas.

— Avante — diz Payer —, não vamos perder um dia sequer.

— Um pecado — diz Lukinovich —, um sacrilégio; o prêmio pela marcha daquele dia são os trinta dinheiros de Judas.

— Cale a boca — diz Payer.

Sábado de Aleluia, 4 de abril.

Densas rajadas de neve. Por fim uma tempestade de neve obriga os agrimensores a passar a tarde na tenda. Isso é um sinal, diz Lukinovich, agora seremos obrigados a respeitar o dia de repouso. Eles esperam e aninham-se uns aos outros; o cão de trenó Sumbu salta de repente e corre atrás de uma vítima invisível, salta para o branco uivante e desaparece nele para sempre. Isso é um sinal, diz Lukinovich, Deus nos abençoe e proteja.

Domingo de Páscoa, 5 de abril.

O bramir torna-se mais fraco. Finalmente podem seguir adiante. Nenhum deles ousa exigir o descanso do feriado junto ao comandante. Eles já não têm festas. A salvação deles está apenas na direção norte da marcha. Eduard Orel, conforme as ordens de Payer, tem de aproveitar cada oportunidade para determinar novamente a posição deles — e enfim os cálculos do segundo oficial apresentam o resultado há tempo alcançado: eles atravessaram os 81 graus de latitude norte. Payer manda embandeirar o trenó. Eles abatem dois ursos naquele domingo; impossível carregar tal peso a mais no trenó. Eles preparam um depósito de carne que deverá ajudá-los na viagem de retorno ao navio.

Agora, carne de urso é preferencialmente o nosso alimento; nós a comemos conforme a vontade, crua ou cozida. Mal cozida, sobretudo quando de ursos velhos, ela era ainda pior do que crua; uma verdadeira delícia para gaivotas, mas pouco apropriada para a dieta de demônios nos dias de jejum do inferno. Os outros habitantes do polo também não satisfazem o fino paladar; com raras exceções, seus produtos são rudes, amargos e gordurosos para a refeição dos homens. São aprovados apenas em função da necessidade. As praias desérticas dos habitantes do polo são a verdadeira pátria da fome.

Julius Payer

Segunda-feira depois da Páscoa, 6 de abril.

O dia está tão sombrio e coberto de neblina que os agrimensores começam a discutir por causa de uma cúpula branco-prateada, que jaz distante, à frente deles. Um interpreta a aparição de luz como um banco de nuvens iluminado pelo sol, outro como uma língua de terra; é névoa congelada, não, o cilindro de uma tempestade de neve ou talvez o iceberg mais terrível de todos aqueles tempos. Eles vão ao encontro dele. É apenas uma ilha. Novamente uma ilha.

Então caminhamos sobre suas costas cobertas de gelo; cheios de tensa esperança pisamos seu cume; um deserto indescritível se mostrava em direção ao norte, mais desolador vê-lo do que ver qualquer outro que já fora encontrado na região Ártica.

Julius Payer

> *Quarta-feira, 8 de abril.*
> *Com grandes esforços levamos o trenó adiante; aqui e ali tivemos de escavar uma ruela e muitas vezes corremos perigo de despedaçá-lo. Constantemente nos movimentávamos em ziguezague e em jardins labirínticos, em virtude da situação confusa do gelo e da pouca confiabilidade da bússola naquelas altas latitudes.*
>
> Julius Payer

Sexta-feira, 10 de abril.

Esgotados, os agrimensores acampam ao pé de uma ameia de rochas, numa ilha que Payer batiza de *ilha de Hohenlohe*. Falta muito ainda para terminar o arquipélago. Ao norte, além de um estreito que eles conseguem ver de seu refúgio, eleva-se uma formidável geleira. Como deve ser grande uma ilha capaz de carregar geleiras como aquela! Nós temos de ir para lá, diz Payer. Se eles pudessem seguir sempre adiante por toda a eternidade, veriam, talvez, apenas sempre uma costa, sempre uma ilha, mais uma cadeia de montanhas... Sussich e Lukinovich já não podem mais. Mas nada nem ninguém seria capaz de fazer o senhor primeiro-tenente voltar agora. O senhor primeiro-tenente quer medir a terra até o final, ele quer ver tudo, ele *tem* de ver tudo; e ele ultrapassará a latitude norte de 82 graus, e talvez também a de 83 graus, e a seguinte. E para isso não precisa de nenhum manco, de nenhum febril e de nenhum covarde.

> *O senhor primeiro-tenente decidiu romper em direção ao norte acompanhado de apenas uma pequena parte dos viajantes de trenó. À parte restante, que já estava enfraquecida por causa das fainas enfrentadas até então, foi ordenado ficar no cabo Schrötter, na ilha de Hohenlohe, e eu fui destinado comandante dessa divisão pelo senhor*

primeiro-tenente. O trenó e a tenda foram cortados em dois e as provisões divididas. Eu empacotei as coisas e o senhor primeiro-tenente partiu. Foi-me ordenado esperar aqui até seu retorno, o que acontecerá provavelmente em sete dias. Uma separação arrepiante...

Johann Haller

Esperar sete dias!

Uma segunda e ainda mais amedrontadora ordem de Payer. Johann Haller nem chega a anotar; é a prescrição para uma emergência: caso o primeiro-tenente, Klotz, Orel e Zaninovich não voltassem de sua excursão ao norte em quinze dias, então os que estavam esperando na ilha de Hohenlohe ficavam obrigados a não procurar pelos desaparecidos, acontecesse o que acontecesse, e a marchar de volta ao Almirante Tegetthoff sem perda de tempo e sozinhos. Talvez Haller sonegue essa ordem a seu diário porque ele sabe, tão bem quanto Payer e os outros, que nenhum deles jamais conseguiria sair daquele labirinto de gelo em direção ao navio sem o oficial de navegação Orel.

É natural, anotará Payer dias mais tarde, *que os marujos estejam totalmente familiarizados com aquelas bússolas que são usadas no oceano. Mas a bússola que eu coloquei à disposição deles era bem pequena, e eles trocavam a posição da declinação (...) Quando lhes perguntei que direção deveriam tomar para encontrar o navio, para meu horror eles apontaram na direção do estreito de Rawlinson em vez de apontarem para o estreito Áustria.*

A trilha estava boa naqueles dias. Depois de quatro horas de descanso e da separação dos dois marujos infelizes e seu protetor Haller, a ilha de Hohenlohe fica logo para trás. Como sempre e como se por medo da rigidez enganadora da cobertura de gelo do mar, os cães puxam com toda a força para a costa mais próxima, para a geleira ao norte; o sangue de suas patas rasgadas deixa uma estampa avermelhada sobre o gelo, que é recortada pelos patins do trenó — um salpico vermelho no paralelo negro das calhas abertas pelos patins. Naquele dia de abril, a rota dos viajantes do norte é como um tapete que se desenrola em direção ao infinito. A trilha é boa.

Quando nos aproximamos das montanhas ao sul da terra do Príncipe Herdeiro Rodolfo, acabamos sob incontáveis icebergs de 100 e até 200 metros de altura, cujos corpos não cessavam de crepitar e estalar aos raios do sol. Como uma muralha monstruosa, a geleira de Middendorff se esticava imensa em direção ao norte. Berços profundos de neve e fendas abertas no mar, consequências de seus desmoronamentos e tombos, preenchiam as lacunas espaciais. Cada vez com mais frequencia o gelo se quebrava debaixo de nossos pés e nossas botas de lona e roupas ficavam molhadas por causa da água do mar. Mas a visão daqueles desfiladeiros através dos colossos gigantescos de fragmentos de geleira nem por isso deixava de ser tanto mais cativante, a ponto de voltarmos nossa atenção quase que exclusivamente para o alto de suas figuras refulgentes, caminhando perdidos por muito tempo entre as pirâmides, chapadas e falésias. Apenas quando mandei Klotz escalar um dos icebergs e marcar com os rastros de seus pés a direção de uma parte escalável da geleira de Middendorff, nós chegamos a uma região mais livre e, emparelhando-nos para atravessar fendas cobertas de neve e transformadas em pontes, superamos a colina da geleira. Sua parte inferior se abria em largas fendas (...) De resto, porém, a geleira parecia plana, livre de fendas e, mesmo que sua inclinação fosse de vários graus, era transponível em direção ao norte sem que para isso fossem necessários esforços desmesurados, de modo que puxamos o trenó todos juntos e com toda a nossa força.

Julius Payer

Mas agora é Klotz quem não pode mais seguir adiante. O passírio já há tempo não calça mais botas, apenas envolve os pés com pele; esses farrapos ele agora afasta e mostra ao primeiro-tenente seus pés ensanguentados e purulentos; onde um dia havia unhas agora há apenas carne crua e putrefata. Com pés assim, diz Klotz, carregar somente o próprio peso já é uma dor imensa; qualquer outra carga e também puxar o trenó passa a ser insuportável.

Payer está furioso. Grita com o passírio porque ele não confessou tais feridas antes da partida da ilha de Hohenlohe, ali eles ainda teriam tempo de trocar de atividade com Haller. Não queria causar nenhum desgosto ao senhor primeiro-tenente, diz Klotz, e combinara tudo com Haller — este não teria temido tanto quanto ele o fato de ficar para trás, sozinho na ilha, com os pés feridos e dois marujos italianos enfermos não teria grandes esperanças de escapar vivo de lá.

— Você vai voltar até eles — diz Payer.

— Voltar? — pergunta Klotz. — Voltar? Sozinho?

— Mas Payer... — Orel tenta fazer uma objeção.

— Não quero ouvir nada — diz Payer.

E Klotz já não diz mais nada.

Carregando um saco e levando o revólver, ele se foi; e logo desapareceu de nossos olhos no labirinto de icebergs.

Nós, contudo, havíamos voltado a carregar o trenó, jungido os cães e tomado nas mãos as correias presas ao veículo; mas, quase no mesmo instante em que nos púnhamos em movimento, a cobertura de neve se abriu abaixo do trenó e Zaninovich, os cães e o trenó despencaram sem fazer ruído; de uma profundidade desconhecida ouvíamos gemidos de homens e cães (...) Essas foram para mim as impressões mais perceptíveis do curto instante em que eu, o mais avançado, fui arrancado à corda. Cambaleando de volta, vislumbrando o precipício sombrio atrás de mim, não duvidei um momento sequer de que também eu despencaria; uma providência maravilhosa, porém, parou o trenó a cerca de 30 metros de profundidade, entre as formações de gelo da fenda na geleira (...) Quando o trenó havia ficado preso eu estava deitado imóvel sobre a barriga, apertado pela corda retesada firmemente a ponto de cortar a neve à beira da fenda... e Zaninovich, quando gritei para baixo dizendo que queria cortar a corda que eu puxava, implorou para que eu não fizesse isso porque o trenó despencaria e o mataria. Por algum tempo fiquei assim deitado e imaginava o que deveria ser feito, tudo cintilava diante de meus olhos. A lembrança de como no passado havia despencado, junto com meu condutor Pinggera, por uma parede de gelo de 800 pés de altura na cadeia montanhosa de Ortler, na Lombardia, e de ter conseguido escapar, deu-me confiança de ousar, em vista das circunstâncias, uma desesperada tentativa de salvamento. Cortei então as correias presas ao trenó no alto de meu peito. O trenó deu um curto solavanco nas profundezas e ficou preso onde estava. Eu me levantei, tirei minhas botas de lona e saltei sobre a fenda de cerca de 10 pés de largura. Durante o ato eu havia visto Zaninovich e os cães, e gritei ao primeiro, dizendo que iria voltar à ilha de Hohenlohe a fim de providenciar pessoas e cordas para salvá-lo; e isso sem dúvida daria certo, contanto que ele fosse capaz de se manter quatro horas sem congelar. Ainda ouvi sua resposta: "Fate, signore, fate pure!" (Fazei-o, senhor, fazei-o!).

Julius Payer

Payer sai em carreira desabalada. Orel só consegue segui-lo com dificuldade, fica cada vez mais para trás e perde o corredor de vista. Com o olhar fixo ao rastro do trenó já meio apagado deixado pela manhã, Payer corre em busca dos outros. Orel há tempo já não pode ser visto. Zaninovich está sentado nas profundezas. E Klotz está em algum lugar.

Agora todos estão sozinhos.

A vanguarda da expedição austro-húngara ao Polo Norte é um monte de gente em pânico, espalhado no gelo, no qual os pavores daquela terra penetram como a tempestade num telhado aberto para em seguida rebentá-lo de todo. E quem captou a pior perturbação foi o *comandante em terra*.

Além da preferência pessoal por Zaninovich, tomou conta de mim, em face da minha larga experiência com cordilheiras, a censura à viagem imprudente a geleiras, e eu não pude me acalmar (...) Abrasadoramente aquecido e banhado em suor, tirei minhas roupas de pena e joguei-as para longe, junto com minhas botas, luvas e xale, e corri adiante de meias sobre a neve profunda.

Julius Payer

Zaninovich no sulco da geleira; se ele agora tivesse as vestimentas de pena que seu senhor jogou fora e não apenas o esfarrapado casacão de pele, talvez lhe restassem mais do que três ou quatro horas antes de morrer congelado... Eu sempre me perguntei como Weyprecht encararia esse infortúnio, e como esse dia teria corrido sob seu comando; será que sob suas ordens Haller e os marujos esgotados também teriam ficado para trás, numa ilha qualquer? Será que ele também insistiria em pisar a qualquer preço aquela geleira coberta de sulcos apenas para alcançar alguns minutos a mais de latitude? E será que Klotz, depois de terem lhe chamado a atenção, agora peregrinaria sobre o gelo, sozinho e humilhado? Meu relatório é também um ato de ajuizar acerca do passado, um ato de considerar, de pesar, de supor, de jogar com as possibilidades. Pois a grandeza e a tragédia, também o caráter ridículo daquilo que foi, podem ser medidos naquilo que poderia ter sido... Mas, no que diz respeito ao simples decorrer possível daquele dia desafortunado, eu me decidi a abrir mão de suposições: eu não quero *projetar* o que Weyprecht teria feito no lugar de Payer.

E assim volto ao lugar anterior e imagino apenas a situação de Zaninovich, que, na escuridão azul da fenda na geleira, aperta-se aos cães e já pensa que não tem nada a esperar a não ser a morte. A milhas de distância dali, vejo também Payer e Orel correndo desarmados; suas espingardas jazem no interior da geleira, junto às parelhas de cães e a todos os outros mantimentos de sobrevivência. E então eu vejo Klotz; ele se aproxima da ilha de Hohenlohe com tais dores e tão devagar que Payer o alcança. Klotz fica parado e olha o esbaforido sem fazer uma pergunta sequer. Arquejante, envolvido na névoa branca de seu esforço e com longas pausas, Payer informa a situação. Klotz parece não compreender seu superior, que luta por ar diante dele como se estivesse vestido de vapores congelados. Ele apenas fica parado e de olhos fixos. E, de repente, cai de joelhos e chora.

(...) pois em sua ingenuidade ele assumiu sobre seus ombros a culpa pelo acontecido. Ele estava tão perturbado que tive de fazê-lo prometer que não causaria nenhum mal a si próprio; e, deixando-o com sua solidão, corri em direção à ilha.

Julius Payer

O que foi transmitido não contém nenhuma informação a mais acerca dos sentimentos de Alexander Klotz, mas presumo que o caçador, mesmo anos depois de seu retorno do gelo, permaneceu convencido de ter superado naquele dia o maior abandono de sua vida.

Quando Klotz finalmente alcança o acampamento na ilha de Hohenlohe, ele está vazio. Haller, Payer e Orel, e mesmo os dois marujos, há tempo já estão a caminho da geleira a fim de socorrer Zaninovich.

Klotz espera dez, doze, catorze horas sob a proteção do cabo. Senta-se na tenda, caminha ao redor dela trezentas vezes ou mais, apesar de suas dores, sapateia contra o frio e fixa os olhos na direção de onde a qualquer momento alguém teria de voltar, e por fim acredita que nenhum deles jamais voltará a encontrar o caminho até ali; ele ficará só para sempre. Talvez o passírio já tivesse começado a morrer e se preparado para um outro mundo quando, de repente, alguém levanta o tabique da tenda, que está duro e pesado como uma porta por causa do gelo, e pergunta: "Klotz, tá dormindo, Klotz?"

Haller encontrara o caminho mesmo sob as rajadas de neve. Ele retornou com os dois marujos; eles vêm buscá-lo; eles o libertarão daquele gelo terrível.

Não, diz Haller, não viemos te buscar; fomos mandados de volta; temos de ficar aqui, temos de esperar. Zaninovich está salvo, diz Haller, mas depois do salvamento o primeiro-tenente não quis perder mais tempo e seguiu logo em direção ao norte, e ordenou que os três de Hohenlohe voltassem para a ilha.

Na tenda faz frio e está escuro como nas profundezas da terra. Agora Haller é o líder deles; agora é ele quem determina o que deve ser feito, o que tem de acontecer. Eles acendem luzes de óleo de fígado de bacalhau e nelas esquentam as mãos.

Haller repete e discute aquele dia com os outros como se fosse uma lição; o que aconteceu não cessa de inquietá-lo: o senhor primeiro-tenente teria cometido um erro. O senhor primeiro-tenente teria cometido um erro sobre uma geleira e se desesperou depois disso.

Apenas quando Haller anota os acontecimentos do dia em seu diário consegue ver que as coisas voltaram ao normal e se reordenaram, inclusive no que diz respeito ao comandante; só então ele sente o quanto está cansado.

O senhor primeiro-tenente galgou uma geleira com seus acompanhantes. Depois de curta viagem, porém, o marujo Zaninovich caiu, junto com os cães e o trenó, em uma fenda da geleira. O senhor primeiro-tenente só conseguiu se salvar cortando a correia que o prendia ao trenó. A mim foi ordenado que me apressasse junto com o senhor primeiro-tenente e minha divisão até a fenda da geleira, e levasse uma grossa corda a fim de salvar os acidentados.

Sou enviado geleira abaixo preso à corda e lá encontro o marujo e os cães ainda vivos. Prendi a corda a eles, um após o outro, e mandei que os puxassem para cima. O trenó ficou inteiro e também foi puxado. Por fim, prendi a corda também a mim e mandei que me puxassem para fora da fenda da geleira. E assim tudo correu bem e sem danos. O senhor primeiro-tenente pôde seguir viagem, e eu voltei à terra junto com minha divisão e fiquei esperando, cheio de dores, pela volta do senhor primeiro-tenente.

Johann Haller

Domingo, 12 de abril.

Por volta do meio-dia o sonho de Payer se realiza: a posição fixada por Orel parece confirmar que agora também a latitude norte de 82 graus já se encontra atrás deles; eles ultrapassaram o paralelo 82. E seguem adiante. Seguem sempre adiante. Ao anoitecer, todavia, a terra de repente termina. Novamente, ao fundo e abaixo deles, jaz o mar, jaz uma listra negra de água costeira aberta. Agora o horizonte enfim está vazio.

Mas não, diz Payer, a faixa escura e rasgada ao norte não é um banco de neve, devem ser montanhas, *orlas alpinas azuladas*.

Bem, então são orlas alpinas azuladas, línguas de terra, continentes — pouco importa. O que quer que signifique aquela imagem escura ao norte, terra ou ilusão, está a uma distância inalcançável, além da água aberta; e eles não têm um bote. Agora finalmente têm de voltar, e também seu comandante já não pode fazer mais nada a não ser arremessar nomes em direção à imagem sombreada: *terra de Petermann, cabo Viena* e assim por diante; e não pode mais saber se o que ele batiza são rochas ou nuvens. Passará mais de uma década até o dia em que Fridtjof Nansen e seu companheiro Hjalmar Johansen reconhecerão que, naquela costa, há apenas vazio onde Payer viu montanhas, que aquela imagem setentrional foi uma ilusão, um banco de vapor, uma imagem refletida, uma alucinação, tudo menos terra.

Mas qual é o significado de uma verdade que está no futuro?

Com orgulhosa excitação nós plantamos, pela primeira vez, a bandeira do império austro-húngaro no Alto Norte; tínhamos a consciência de tê-la levado tão longe quanto nossas forças haviam permitido. Dolorosamente, sentimos a incapacidade de não poder pisar as terras que víamos diante de nós (...) O documento seguinte nós guardamos numa garrafa e colocamos junto a um recife.

Os participantes da expedição austro-húngara ao Polo Norte alcançaram aqui, a 82 graus e 5 minutos, seu ponto mais setentrional, e isso depois de uma marcha de dezessete dias a partir do navio preso ao gelo a 79 graus e 51 minutos de latitude norte. Eles observaram águas abertas de pouca extensão ao longo da costa. Elas estavam orladas de gelo, o qual alcançava até as massas de terra em direção norte e noroeste, cuja distância média parecia ser de 60 a 70 milhas, mas cuja composição e cuja estrutura não podem ser averiguadas. Imediatamente após o retorno ao navio e o devido repouso, toda a tripulação deixará a embarcação e voltará para o Império Austro-húngaro. A situação irremediável do navio e dos casos de doença os obriga a isso.

Cabo Fligely, em 12 de abril de 1874.
Antonio Zaninovich, marujo.
Eduard Orel, segundo oficial.
Julius Payer, comandante.

Ainda no entardecer do dia 12 de abril de 1874, a vanguarda da expedição austro-húngara ao Polo Norte começa a voltar. O que se segue é a consolidação final da mais pura faina. Entre eles e o Almirante Tegetthoff existem agora trezentos quilômetros. Trezentos quilômetros de medo de também encontrar o gelo da costa sul já quebrado e o caminho de volta ao navio interrompido. Doze dias passarão sem levar o medo consigo. A primeira estação de sua marcha forçada é o acampamento na ilha de Hohenlohe.

Os que ficaram para trás mal podiam ser reconhecidos. Enegrecidos pelo cozimento do óleo de fígado de bacalhau, fracos, vitimados pela diarreia, assolados pelo tédio, eles rastejaram tão alegres quanto desamparados para fora da tenda enegrecida.
Julius Payer

Quantas vezes agora impera a ausência de nuvens; em alguns dias são horas inteiras sem nuvens. A terra é tão ofuscante, como se ela se negasse a aceitar mesmo um raio de luz, refletindo todos os raios como se tivesse de mandar a imagem do sol, raio por raio, de volta a um céu já radiante. Como a luz pode doer tanto. Orel é quem mais sofre devido à cegueira provocada pela neve, e só pode puxar o trenó de olhos fechados, caindo muitas vezes.

O caminho deles é profundo e muitas vezes movediço. Onde há dias ainda havia uma dura trilha de neve, eles agora afundam até a cintura, e de pouco em pouco um deles quebra o gelo e fica se debatendo num buraco de água. Mas eles não podem descansar, não podem secar as roupas molhadas; e os casacões de pele se empedram ao vento. O comandante se decidira a voltar bem tarde, talvez tarde demais. E, por mais árduos que sejam seus dias — são seis horas de descanso noturno, às vezes apenas quatro —, têm de ser suficientes. Então eles têm de levantar e seguir em frente, antes que o caminho se quebre sob seus pés e se transforme em água.

Quando, porém, alcançam as praias sulinas do arquipélago em 19 de abril, estende-se à sua frente apenas aquela imagem que eles tanto temiam: onde há semanas tudo ainda jazia solidificado e a arquitetura do gelo se perdia em formas sobressalentes, agora o mar brame, negro. As águas costeiras estão abertas.

Muralhas de gelo pressionado para o alto envolvem essa água que, movida por ventos violentos, balança em altas cristas de onda; a trinta passos, as águas voadoras de sua ressaca chicoteiam a praia congelada... Pedaços de gelo se movem ao sabor do vento, despreocupados como se brincassem, como se sua errância tivesse de nos alegrar, como se nada tivesse mudado na calada da noite para aquele punhado de gente, que na verdade se encontrava diante de um abismo intransponível.

Julius Payer

Lá fora, em algum lugar lá fora, e por certo ainda preso ao gelo que além das águas abertas continua amontoado como sempre, tem de estar o Tegetthoff. Mas também aquele horizonte é vazio, apenas denteado por estilhaços, como um muro coberto por cacos de vidro. Nada de navio.

Ao longo de três dias eles procuram por uma ponte de gelo entre sua terra e o local onde eles presumem que esteja seu navio. Os tiroleses estão sempre à frente, ao longo da praia e sobre as geleiras; não, aquilo já não é mais um caminhar, eles se arrastam, simplesmente rastejam. Mas o caminho, que eles testam com seus longos cajados antes de fazer sinais aos outros para que se aproximem, é mais seguro do que o caminho do comandante. Klotz e Haller também encontram, em meio às enseadas, um atalho sinuoso e firme sobre uma geleira rasgada e entre os pontos quebrados do mar de gelo tocado pela neve.

Repetidas vezes fomos obrigados a descansar. Lukinovich e até mesmo o resistente Zaninovich foram tomados por desmaios passageiros, consequência do esforço extremo.

Julius Payer

Quando o comandante em terra, em uma marcha de reconhecimento, escala um cone de rocha na costa na noite de 22 para 23 de abril — a noite é sem nuvens e profundamente vermelha —, ele enfim volta a ver uma planície cintilante à sua frente, enfim a cobertura de gelo do oceano, poderosa e fechada, estendida entre a praia e o infinito, e, dentro dela, distante e diminuto como um inseto, o navio; finos como cabelos, os mastros. O navio.

O retorno da vanguarda não é uma festa. É demasiado grande o mutismo e o esgotamento dos que já eram tidos como perdidos; demasiado angustiante também a visão daquelas figuras consumidas e esfarrapadas que entram a bordo como uma viva profecia daquilo que agora espera por todos eles.

Há semanas Weyprecht manda preparar a retirada à Europa, manda separar rigorosamente o dispensável do indispensável: pertencem pessoais e, sobretudo, qualquer objeto cujo proveito para o bem comum não for comprovado, têm de ser deixados no norte. Quem, naqueles dias, acreditava em segredo que o primeiro-tenente ainda encontraria outra saída... ou que talvez a Virgem Maria no último instante dividiria o gelo congelado em volta do navio, proporcionando águas abertas a eles, não apenas lagos, estreitos e poças, farrapos inavegáveis de mar como os que agora borbulham diante da costa da nova terra... Quem, pois, até aqueles dias ainda esperou um milagre é obrigado, pela determinação com que Weyprecht ordena os preparativos para a partida, a reconhecer que esperou em vão, que só lhe resta uma única saída: a marcha sobre o gelo. Eles falaram tanto tempo sobre isso e mesmo assim agora é tão estranho e amedrontador o fato de terem de deixar o Almirante Tegetthoff, sua moradia, sua proteção, seu refúgio, e abandoná-lo ao naufrágio. Um terceiro inverno, diz Weyprecht, nos mataria. O comandante sobre as águas e sobre o gelo calcula a força da tripulação, o peso de seus mantimentos e a intransitabilidade da rota, e testa todas as variáveis de sua previsão. Mas o que quer que 23 homens queiram arrastar consigo em equipamentos e provisões ao lado dos três pesados botes de salvamento não será suficiente para lhes garantir a sobrevivência por mais de três meses. Nesses três meses eles têm de arrastar seus botes à força até o mar aberto, centenas de quilômetros sobre um gelo cheio de rachaduras, barreiras, e por vezes alto como casas, a fim de alcançar Novaia Zemlia velejando e remando. E mesmo que tivessem êxito, poderiam apenas ter esperanças se encontrassem diante da costa daquele arquipélago desabitado uma escuna de um comerciante de peles ou de óleo de fígado de bacalhau, alguém que ainda não tivesse fugido do inverno e os aceitasse a bordo. Pois pelas próprias forças eles jamais alcançarão a Europa; a costa russa, talvez. Mas não, também aquela costa é inalcançável; contra as tempestades do mar Branco até mesmo um poderoso navio de três mastros teria de lutar para seguir adiante. Não, no mar Branco botes de salvamento não serão capazes de salvar ninguém.

Nas últimas semanas antes da partida, as conversas na mesa dos oficiais e na sala da tripulação são apenas tentativas de, por meio da fala, minimizar o fato de que as perspectivas de escapar a pé do Ártico são reduzidas; assaz reduzidas. E jamais a tripulação de um navio conseguiu sobreviver a uma retirada dessas e chegar ao final com todos os participantes vivos. Mesmo assim, eles abandonam quase aliviados as terras frias do imperador para se ocuparem com seus preparativos. Apenas Payer se separa com dificuldades da descoberta. Mal se passou uma semana do fim da grande viagem de trenó e Lukinovich continua deitado em seu beliche, incapaz de prestar serviços, e tem de ser tratado; e o primeiro-tenente insiste em pisar mais uma vez, uma última vez, a sua terra nas cadeias de montanhas a oeste. Em 29 de abril, Payer sai para a *terceira viagem de trenó*, acompanhado apenas por Haller e por Brosch, o primeiro oficial. Já no terceiro dia

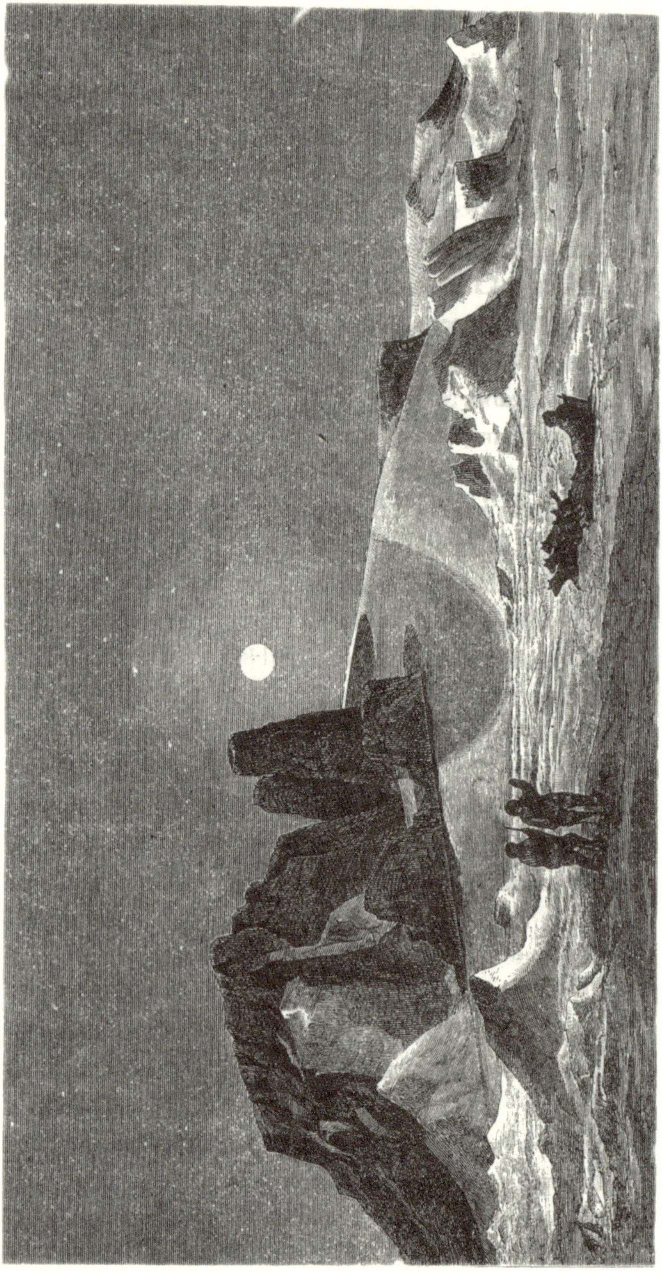

de viagem, porém, Brosch não consegue mais continuar, e logo depois o mesmo ocorre com Haller. O último cume, o comandante em terra escala sozinho. Voltam em seguida; em 3 de maio estão mais uma vez a bordo do Tegetthoff. Quatrocentas e cinquenta milhas, mais de 800 quilômetros segundo os cálculos de Payer, ele já havia percorrido até então sobre a Terra de Francisco José. Agora basta, diz Weyprecht, diz o comandante sobre as águas e sobre o gelo, basta de viagens de descoberta. E o comandante em terra se sujeita.

Toda a preocupação havia passado; poderíamos voltar com honra, pois as observações e descobertas feitas eram inarredáveis, e a retirada vindoura não traria nenhum mal maior do que a morte.
Julius Payer

Em 15 de maio, cinco dias antes da partida, as observações astronômicas, meteorológicas e oceanográficas são suspensas e os diários científicos, também o diário de bordo, concluídos. Weyprecht manda armazenar as anotações mais importantes em latas e distribuí--las entre os botes de salvamento; os marujos batizam aquela carga de *frutti*, e ela tem de ser protegida e transportada com tanto cuidado como se fosse uma carga de alimentos.

Contra a vontade, mas obediente, Johann Haller conduz os cães Zemlia e Gillis ao gelo e os mata a tiros: Zemlia, porque estava muito fraca para puxar os trenós; e Gillis, porque os arreios o bestializaram.

Quando Weyprecht faz a tripulação se aproximar da cova do maquinista Krisch para a despedida, Elling Carlsen não está com eles. O mestre do gelo embebedou-se tanto com o álcool da coleção zoológica que agora é apenas uma carga inútil, a ponto de ficar deitado sobre sua cama como um morto. Os marujos levam à terra os quadros emoldurados de suas famílias e amadas e pregam-nos a uma rocha; em seus anos a bordo, aquela galeria de quadros ornou a sala da tripulação. E caso o Tegetthoff abandonado for, enfim, amassado pelo gelo e naufragar, e também a retirada não levar a lugar algum a não ser ao fundo do mar, então aquela rocha dos quadros será o único sinal de que se preservou o que havia a ser preservado.

16 *O tempo das páginas vazias*

Não existem anotações nem depoimentos de testemunhas sobre como Josef Mazzini passou as horas da manhã do dia 6 de setembro de 1981 — talvez ele estivesse parado num dos píeres do porto de Longyearbyen e acompanhasse a ancoragem do Cradle. A queda das cordas. O borbulhar da esteira deixada pelo navio. E então a cena curta do desaparecimento: no decorrer de poucos minutos, o navio se decompôs no torvelinho aquoso de uma rajada de neve pré-hibernal. E a esteira deixada pelo navio? Será que a esteira do navio era manchada de branco? Cacos de gelo flutuante já ali, no fiorde?

Na tarde daquele 6 de setembro, o tempo clareou bem cedo, é o que informam os diários meteorológicos do oeste de Spitsbergen. Vento norte e nordeste. O Cradle já devia estar bem longe. Eu sei que Hellskog, o pintor de selos, havia voltado a bordo em Longyearbyen e imagino que ele tivesse tomado lugar de novo em sua cadeira amarrada junto à amurada e prosseguido no trabalho de transportar as proporções da paisagem polar para suas folhas. Que cores ele usava? Índigo e preto-marfim para as muralhas das costas íngremes; muralhas de fortalezas? Branco-zinco para um campo de neve cheio de rachaduras? E qual tonalidade para o gelo velho entre os refúgios das rochas antiquíssimas?

Mas agora nada de cores. Nada de quadros. Nada de suposições. Certo é que o Cradle, depois do final da missão no Alto Ártico, ainda deitara âncora durante dois dias no fiorde do Advento, para então sair do porto em direção à costa norueguesa setentrional, deixando o arquipélago de Spitsbergen por aquele ano. Também é certo que, antes de tudo, Josef Mazzini ficou para trás, na cidade mineira, e que pressionou o oceanógrafo Kjetil Fyrand a ensiná-lo a lidar com as parelhas de cães.

Nos serões de Anna Koreth ainda seriam feitas conjecturas tão desinteressadas quanto improváveis, mesmo meses depois do desaparecimento de Mazzini (um jogo de perguntas repetido regularmente em honra da anfitriã), acerca do porquê de *Josef*, depois do final de seu cruzeiro, não ter tomado nenhuma atitude para voltar à Viena antes da chegada do inverno ártico, e, possesso pela ideia de uma viagem de trenó, ficara em Spitsbergen. Ainda que eu continue visitando os serões na Rauhensteingasse, parei de tomar parte nas conversas acerca dos planos e intenções duvidosas do desaparecido; o que quer que tenha sido suposto naquele círculo ficaria, quisessem eles ou não, improvado e sem garantias. Pois Josef Mazzini suspendera as anotações em seu diário no dia em que voltara da banquisa a Longyearbyen a bordo do Cradle e lá ocupara novamente seu alojamento. *O Grande Prego...* O caderno ainda cheio de rabiscos de transcrições feitas a bordo constituiria suas últimas anotações; às citações, seguiram-se apenas alguns apontamentos de cálculos — por exemplo, uma relação dos custos de hospedagem e manutenção na hospedaria da sociedade carvoeira —, colunas de números e, em seguida, páginas vazias. Eu digo: quem encontrou seu lugar já não faz mais anotações em seu diário de viagem. Era meados de setembro, os dias passavam rápido e depois de uma grande nevasca começaram, repentina e malevolamente, o ruído do inverno e os gemidos dos trenós a motor; então Fyrand levou seu protegido Mazzini para a primeira lição no canil. O caminho até o canil estava coberto por neve molhada que ia até os joelhos. Fyrand carregava os arreios caninos em um novelo confuso sobre os ombros; Mazzini, um saco fumegante de restos de carne ainda morna conseguida na cozinha da sociedade carvoeira.

A lição sobre como conduzir uma parelha de cães era fácil de ser compreendida e difícil de ser seguida. Em sua primeira hora de aula, Josef Mazzini aprendeu que o mais importante, antes de tudo, era entusiasmar os cães.

Cães de trenó tinham sempre um objetivo: quando corriam sobre uma planície, era sempre a elevação mais próxima, uma muralha de rochas, uma colina, às vezes apenas uma coluna de fumaça que subia vagarosamente; quando corriam sobre o gelo do mar, era sempre a costa; na escuridão, era a lua, e caso a noite não tivesse lua as parelhas se atiravam em direção a uma estrela. Um condutor de trenó, aprendeu Mazzini, ou tinha de ser capaz de usar todos esses objetivos para si ou de dissuadir os cães sem fazer uso da brida nem do chicote, apenas através de chamados e gritos rítmicos, e de obrigá-los a correr numa direção determinada, que ele mesmo estipulava; um condutor de trenó tinha de ser capaz de fazer as parelhas de cães se tornarem a expressão urgente e ladrante de sua própria vontade. Mas naquele dia, quando Mazzini tentou executar sua primeira lição e colocar os arreios de couro em Ubi, o líder das parelhas de Fyrand, o animal se abaixou meneando a cabeça e de repente estava pronto para saltar; abriu a boca e rosnou tão ameaçadoramente em direção a seu inexperiente domador, que Mazzini se enrijeceu em sua posição, agachado, até que Fyrand bateu sobre os olhos do cão com uma luva, encerrando assim a lição.

A teimosia, sim, até mesmo a obstinação com que Josef Mazzini tentava dominar as parelhas de cães nas semanas seguintes, parece que foi um dos poucos aspectos atraentes da presença do italiano na cidade mineira. O que quer que eu descobrisse mais tarde acerca destas últimas semanas de Mazzini, a referência a seus exercícios tenazes com as parelhas de cães não faltou em nenhum depoimento.

Até mesmo o governador Thorsen e testemunhas desinteressadas, como Joar Hoel, o dentista de Longyearbyen, recordavam-se dessas cenas de adestramento. Com certeza seu tempo não era dedicado apenas aos cães. O dossiê de minha reconstrução contém também informações sobre viagens de Mazzini aos fiordes e suas marchas de dias de duração sobre as geleiras. Nele está a passagem do fiorde do Gelo no bote de Malcolm Flaherty; sete horas de águas difíceis, mal protegido da espuma das ondas, o perigo de ir a pique e certamente também o medo; além disso, dois dias de espera por um mar mais suave e as cristas das ondas no retorno. Nele está a lembrança de uma visita de Mazzini a Krister Røsholm, o mestre das minas da sociedade carvoeira; na administração da Kulkompani não haveria serviço para ele, informara Røsholm a seu visitante; talvez mais tarde; talvez nas minas. Ele pensaria a respeito disso; havia anotado "motorista de caminhão" em sua caderneta. E há também a marcha sobre a geleira de Svea; uma faina de seis dias, suportada na companhia de Fyrand e do mineiro Israel Boyle: os estalos da armação da tenda na tempestade do nordeste; o caminhar fatigante com ferros de escalar; a geleira de centenas de quilômetros quadrados e cheia de sulcos profundos em suas costas — fendas, rachaduras e poços reluzentes, uma paisagem onírica de gelo azul e negro, tudo como o comandante em terra descrevera. Sonora a respiração e sonoros os passos que levavam a um reluzente labirinto cada vez mais fundo, e o oceanógrafo sempre à frente, os olhos invisíveis atrás de proteções de chifre. O oceanógrafo falou do correr pesado e inexorável daquela torrente de gelo, e do derretimento, alimentação e crescimento de sua geleira, como do pulso de um animal formidável. Paro por aqui e digo que o esforço desta e de outras peregrinações não foi nada se comparado com a última investida de Mazzini, nada se comparado ao adestramento dos cães. Mas, na verdade, até mesmo no balcão do bar pouco se falava sobre o que quer que Mazzini tenha feito ou deixado de fazer. O italiano estava ali. Ele ficara ali. E sua existência parecia se tornar a cada dia mais modesta e sem rastros, apenas uma prova para a força daquela esteira que tem sua origem no vazio, na atemporalidade e na paz do deserto, e que agarra suas vítimas sem qualquer critério e as arranca até mesmo da tranquilidade de uma vida ordenada para levá-las ao silêncio, ao frio, ao gelo.

Kjetil Fyrand era um professor persistente. Por mais recalcitrante que tenha se mostrado no princípio às insistências de Mazzini, querendo que ele o familiarizasse com suas parelhas, tanto maior parecia se tornar aos poucos seu fascínio em ensinar a seus cães, quando seguiam os comandos de seu protegido, que eles também ainda obedeciam *a ele*. Esta talvez tenha sido a habilidade mais complicada entre todas que provara para testar a si mesmo e a obediência de seus cães.

Outubro foi tempestuoso e algo "metálico"; às vezes, as rajadas de neve pareciam um granizo doloroso feito de cromo, a terra e o céu pareciam de ferro. Sempre que as condições do tempo permitiam, Mazzini aparelhava os cães sob a supervisão de Fyrand. Então a matilha tinha de ficar deitada bem quieta na neve diante do trenó — três pares, um atrás do outro, Suli com Imiag, Spitz com Anore, Avanga com Kingo, e Ubi sozinho à frente de todos —, e tinha de ficar assim à espera daquele grito que enfim a libertaria do feitiço, deixando que eles se levantassem num salto. *Oiiya!* Então, tinha de seguir o baixo zumbido de cordas esticadas repentinamente, e o arranco brusco fazia os patins do trenó rasgarem o desenho deixado por 28 patas sobre a neve.

Quando Mazzini conduziu sozinho os cães pela primeira vez, Fyrand seguia as parelhas que se afastavam com um *scooter* e gritava instruções a seu protegido. No Trekkhundklubb da cidade mineira, uma associação pequena e sem regras que cultivava e cuidava com esmero e prazer da viagem com cães de trenó como a expressão mais completa da tradição ártica, haviam discutido repetidas vezes e em detalhes a inutilidade dos esforços pedagógicos do oceanógrafo. Mas Fyrand e seu protegido pareciam refutar, de lição em lição, todas as previsões feitas pela associação, na maior parte das vezes junto ao balcão do bar e sem grande seriedade. Josef Mazzini fazia progressos. Os cães lhe obedeciam. Eles eram teimosos e muitas vezes tão raivosos que mesmo durante os descansos mais curtos já caíam uns sobre os outros. Mas eles lhe obedeciam.

Um condutor de trenó, aprendeu Mazzini, tinha de manter sempre intacta na cabeça de seus cães a ilusão de ir adiante, sempre em linha reta; tinha de evitar mudanças abruptas de direção e procurar dar a volta em fendas e barreiras fazendo arcos grandes e suaves. Pois o preço de um conjunto de parelhas fazer reviravoltas repentinas, ou até mesmo retornar, era uma confusão irremediável. Cães de trenó jamais davam meia-volta; isso era contra sua marcha. Uma vez que eles haviam sido levados a puxar seu domador e suas cargas sobre o gelo, entendiam então ser um esforço sem sentido e uma punição imerecida arrastar o veículo em sentido contrário pelos rastros recém-gravados na neve. Por isso eles também lutavam com toda a força de sua confusão contra todas as correções precipitadas de uma viagem sem rumo. Nesses casos, guias se entrelaçavam em tranças difíceis de serem desenroladas, e nenhum comando alcançava mais a matilha a ladrar. Assim, o condutor do trenó tinha, ao mesmo tempo, de ficar totalmente junto de suas parelhas e estar bem adiante, tinha de ver o que era visível e o que era invisível, o decurso da rota coberta de neve, e adivinhar os obstáculos de uma paisagem escondida. Às vezes, porém, os cães farejavam caça mesmo fundo na neve, disparavam sem dar sinais e já não podiam mais ser dominados. A seu domador, que gritava em vão e estava amarrado a suas parelhas através de uma corda, muitas vezes não restava nada a fazer a não ser jogar a âncora no gelo, uma garra pesada, para evitar que os cães se arremessassem sobre a fenda de uma geleira, arrastando assim o trenó e *tudo* para as profundezas. Mas, o que quer que acontecesse e por mais alucinada que se tornasse a corrida dos cães, um condutor de trenó, dizia Fyrand, deveria cortar a guia apenas em caso de extrema necessidade. Pois a separação de suas parelhas, do equipamento e das armas poderia acabar matando-o mesmo em curta viagem.

Quando o oceanógrafo falava das leis e exigências de uma viagem com um trenó puxado por cães, ele se reportava muitas vezes a Jostein Aker, um ex-mineiro que deixara Longyearbyen havia anos e agora vivia numa solidão absoluta a mais de 160 quilômetros de marcha ao norte da cidade mineira. Aker talvez tenha sido o último habitante de Spitsbergen para o qual uma parelha de cães não era um brinquedo nem uma paixão, mas sim uma necessidade vital; o que Fyrand sabia sobre condução de uma parelha, Aker é que teria lhe ensinado.

Jostein Aker fora o último em muitos sentidos. Sua cabana de madeira de arribação ficava ao pé de um conjunto de rochas chamado cabo Tabor, no fiorde Wijde, e desaparecia durante os meses de inverno sob as tempestades de neve. Negro e reluzente, o cabo Tabor se levantava na praia do fiorde — uma formação rochosa do período pré-cambriano, quase tão velha quanto o mundo e sem um rastro de vida sequer. Não contadas as tripulações de helicóptero, que a cada par de meses pousavam para uma curta escala naquele abandono, o ermitão só recebia as visitas de Malcolm Flaherty e Fyrand. Os dois vinham ao cabo em todas as primaveras, depois de cinco a sete dias de marcha; e uma vez por ano o próprio Aker viajava a Longyearbyen e lá negociava suas peles capturadas com armadilhas de pedra e espingarda — focas, raposas polares brancas e azuis —, repunha seus estoques e seu equipamento, se embebedava no balcão do bar, falava muito, tornava-se ele mesmo o grande tema das conversas da cidade por alguns dias, e depois voltava com seus cães para a região erma. Muitos dos mineiros o consideravam louco. O governador Thorsen o chamara de anarquista no ano anterior, e Aker nada havia acrescentado nem replicado. Kjetil Fyrand falava muitas vezes do caçador.

Décadas atrás, ermitões como Jostein Aker ainda eram tão naturais entre os habitantes de Spitsbergen como eram agora os trabalhadores das minas de carvão e os pesquisadores do polo. Com a paulatina transformação dos desertos de gelo em parques nacionais, com a proibição da caça aos ursos e a proclamação de temporadas de caça, os caçadores haviam desaparecido. Apenas suas cabanas abandonadas, agora semiarruinadas e pesadas por causa do gelo, ainda se encontravam espalhadas por Spitsbergen — monumentos decadentes da retirada do mundo habitado.

Em 28 de outubro, o último segmento do sol se apagou sobre a latitude em que ficava Longyearbyen. As paisagens mais setentrionais de Svalbard já havia tempo jaziam na sombra. Na cidade mineira, os primeiros dos 110 dias da noite polar passavam sob um lusco-fusco azulado; torturantes eram os gemidos dos trenós a motor; raro, o silêncio. Kjetil Fyrand se retirava cada vez com mais frequencia a seu trabalho de inverno e deixava Mazzini sozinho com os cães. O oceanógrafo ordenava as medições do Oceano Ártico coletadas nos últimos meses e tirava delas as conclusões que esperavam dele em Oslo; e no princípio de novembro recomeçou os trabalhos de esmaltagem de peças de cobre para transformá-las em mosaicos, ornamentos de cores vivas. Nessas ocasiões, às vezes, Mazzini estava sentado junto a Fyrand e o ajudava, alcançando-lhe o que ele precisava e falando das mãos de Lucia, a pintora de miniaturas, que pintara sequências infindas de medalhões com paisagens minúsculas e sempre iguais.

Na segunda semana de novembro, Kjetil Fyrand voou para Oslo a fim de dar sua palestra anual no Instituto Polar. Passou três dias em Oslo e quatro em Tromsö. Quando voltou a Longyearbyen, o alojamento de Josef Mazzini estava arrumado e vazio. Os cães também haviam desaparecido.

O italiano? Mas ele ainda fora visto na sexta-feira, ou melhor, na quinta-feira, com as parelhas de cães. E em seguida também no posto dos correios... Mas não, isso já fazia mais tempo. Um *tour*? A respeito disso ninguém sabia nada. Boyle estivera várias vezes nas minas e várias vezes no bar e não se preocupara com ninguém. Flaherty estava em Ny Ålesund. Hein... O italiano não fizera compras na loja de Moens? Sim, claro, bujões de gás para fogareiro, conservas, o que de costume se comprava... Mas, e além disso? Procuraram por Josef Mazzini por muito tempo e nas regiões mais remotas — primeiro praguejando e só com trenós a motor, convencidos de que aquele idiota estava sentado numa cabana qualquer ou numa tenda sem perceber que obrigava uma tropa inteira de gente a uma faina maldita. Cada passo guinchava naquele frio. Mas era sempre apenas o próprio barulho, o barulho das equipes de salvamento; quando estacavam, tudo ficava em silêncio. A cabana Fredheim, um alojamento bom e seguro no fiorde do Templo, estação de viagens de treinamento com as parelhas de cães em tempos passados, jazia inutilizada e coberta de neve. Quando o helicóptero enfim levantou voo, ninguém mais praguejava. Porém, os voos de busca apenas confirmavam também que as grandes rotas não apresentavam rastros, que as geleiras estavam vazias. Então uma mudança brusca e violenta nas condições do tempo obrigou-os a esperar dois dias. Fyrand pensou em Jostein Aker; talvez Mazzini fosse louco o suficiente para tentar o caminho até o cabo Tabor. Quando o vento e as rajadas de neve amainaram, o oceanógrafo e os pilotos Berg e Kristiansen voaram para aquele último lugar. Escura, imprecisa, a terra afundou abaixo deles. Sobre os cumes e geleiras jazia uma neve inquieta. Nos fiordes, o gelo se fechava em uma couraça acinzentada. O tempo passava. Lugares remotos que no passado o oceanógrafo medira ao longo de dias com suas parelhas de cães agora deslizavam em poucos minutos debaixo deles, desvaneciam. Semanas eram horas. E horas não eram mais nada. E então uma sequência de esculturas prateadas e baças imitava em desenho as curvas suaves da costa; eram as pirâmides de madeira de arribação que os ermitões haviam erigido na praia em seus curtos verões. Então, pouco maior do que os marcos de madeira, uma cabana encolhida no gelo. Tudo sombrio e escuro sobre o cabo Tabor. Lá embaixo, alguém estava parado, olhava para cima e se protegia de braços erguidos dos véus de cristais levantados pelas chicoteadas das pás rotoras. Seis cães em longas correntes ganiam em direção ao monstro que descia sobre eles. O oceanógrafo correu através da zoeira e dos torvelinhos de neve doloridos em direção ao ermitão Jostein Aker, gritou-lhe um cumprimento, gritou perguntando se o outro estava com ele, se ele estava ali, agarrava-o pelos ombros. E Aker, que só agora reconhecia quem havia chegado, que estava surpreso, que nada entendia e se alegrava, gritou e riu de volta, de quem você está falando, eu estou sozinho, eu sempre estive sozinho.

17 *A retirada*

Ao anoitecer do dia 20 de maio de 1874, a expedição austro-húngara ao Polo Norte deixa seu último refúgio. Weyprecht ordena que as bandeiras da monarquia sejam pregadas nos topes do Almirante Tegetthoff. Enfeitado para o naufrágio, o navio de três mastros agora jaz sobre uma ressaca petrificada e semeada de imundícies. O comandante manda a tripulação tomar posição diante dele, todos prontos para a viagem, e gritar três hurras ao navio abandonado; é o agradecimento. Em seguida, dá sinal para a partida.

Sob a luz do sol da meia-noite, a tripulação e os oficiais arrastam, sobre patins de trenó, os três botes de salvamento carregados através dos bancos de gelo e dos atoleiros de neve vítreos e fundos; são maciços botes baleeiros noruegueses, todos com mastro e velas Lugger. Só aos solavancos, metro a metro, eles conseguem prosseguir. Muitas vezes afundam até a cintura antes de voltar a colocar os pés sobre gelo firme, e os botes afundam junto. Ao segurar as cordas com que os puxam, seus ombros e mãos ganham feridas e já nas primeiras horas alguns vomitam por causa do esforço. Eles têm de arrastar noventa quintais em equipamentos e provisões, e sempre três vezes têm de superar seu caminho e cada obstáculo, porque já o transporte de um único bote exige todas as suas forças. Assim eles se esfolam pela noite afora e arrastam bote a bote para longe do Tegetthoff. Depois de dez horas puxando e arrastando, porém, eles mal conseguem abrir um quilômetro entre si e o navio, e seu belo navio volta a atraí-los: como seria bom poder descansar agora nas cabines, bem mais quentes e por certo mais seguras do que nos apertados botes cobertos por toldos. O navio lhes faz muita falta. Mas Weyprecht diz não. Weyprecht não permite que ninguém volte a bordo. Nós estamos a caminho da Europa, diz ele, abandonamos o navio. E assim eles estão deitados sob o toldo depois da primeira e minúscula etapa de sua retirada, ridiculamente próximos de seu navio, torcidos, molhados, esgotados. E a Europa está infinitamente longe. Mesmo que conseguissem se deslocar em linha reta, como se seguissem um fio, até a costa norueguesa, sem ter de dar voltas que duram horas em torno de cada recife de gelo, de cada fenda — em linha reta, como se seguissem um fio! —, e não tivessem de deitar seus botes dez, quinze vezes por dia em canais e poças, dar três golpes de remo e em seguida puxá-los para cima de um novo banco de gelo... mesmo se pudessem *voar*, a tão ansiada costa ainda estaria a quase mil milhas de distância. Mas eles não podem voar.

Quem não suporta a verdade, agora pode se consolar mais uma vez com o fato de que o futuro haverá de ser mais reconfortante, que as próprias forças serão maiores, o gelo mais trafegável e a carga mais leve. Mas quem vivenciou a viagem de trenó através da terra nova e maldita sabe que cada tortura aumenta, apenas aumenta, sempre. A verdade é que o primeiro dia de sua retirada foi apenas um exemplo para as semanas e meses seguintes, apenas uma comparação para um tempo que lhes parece o resumo de todas as carências e desilusões de seus anos árticos. Depois de duas semanas, Weyprecht, Orel e dez marujos voltam ao navio distante apenas alguns quilômetros e buscam o último bote. Mas então eles também mal conseguem avançar, mesmo com a carga dividida em quatro botes, e muitas vezes ficam presos durante dias, encalhados na paisagem em escombros de gelo e esperam até que uma rachadura se alargue a ponto de virar canal, ou as ruínas afundem em virtude de uma temperatura mais amena e finalmente liberem o caminho. No Tegetthoff, jamais tiveram uma espera pior do que essa. Quando abrem o caminho à força de pás e picaretas, depois de uma semana de trabalhos de escavação, o mundo de cacos de repente se quebra, voltando a se unir logo após em novas muralhas, dessa vez intransponíveis. Então eles têm de dar meia-volta e procurar sua rota em outro lugar. E assim declinam seus alimentos e suas forças. Quando têm sorte na caça, comem carne de urso crua e gordura de foca. Mas eles mesmos são consumidos pelo gelo. E quando enfim um dia foi bom e eles acreditam ter se aproximado um pouco mais do sul, então o movimento do gelo polar os agarra e faz com que eles naveguem suavemente, bem suavemente, minuto de latitude por minuto de latitude, de volta ao norte. Depois de dois meses de labuta, eles não estão sequer a 15 quilômetros de seu ponto de partida, e as montanhas da Terra de Francisco José estão perto deles como nunca. Mas a confiança de Weyprecht parece inabalável. Nossa esperança, diz ele, está somente nessa marcha através do gelo, não há outra possibilidade de salvação; nós alcançaremos a costa de Novaia Zemlia e lá encontraremos um navio, talvez de mercadores de óleo de bacalhau; nós velejaremos para a Noruega; não andaremos, mas sim velejaremos. Ele tem sempre de repetir isso a eles. E quem entre os marujos resmungava e acreditava que aqueles maus tratos continuavam sendo em vão e ainda considerava mais auspicioso voltar ao Tegetthoff e esperar lá por um terceiro inverno caso fosse necessário, esperar por um mar misericordioso, por um milagre ou pelo menos pela morte em uma cabine seca... esse não resmunga mais depois de um desses discursos de Weyprecht, por um par de dias não resmunga mais... O que o comandante sobre as águas e sobre o gelo sente de fato ele não confia a ninguém; ele o escreve com lápis e bela letra em seu *diário da retirada* — um volumezinho fino e pouco maior do que um bolso de casaco, que será encontrado apenas uma década mais tarde entre os papéis de seu espólio:

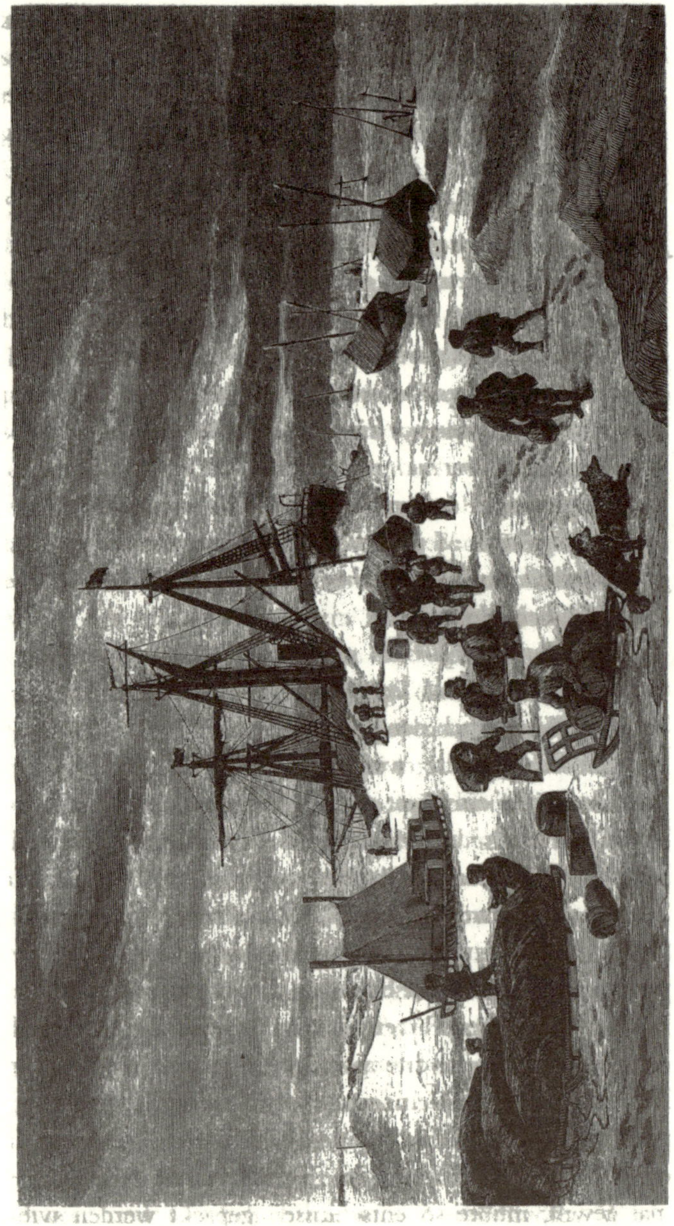

Cada dia perdido não é um prego, mas sim uma tábua inteira em nosso caixão... Puxar o trenó sobre os campos de gelo serve apenas para secar os olhos, pois as poucas milhas que ganhamos com isso não têm a menor importância para nosso objetivo. Mesmo a brisa mais leve nos empurra na direção que bem quer e mais longe do que o mais renhido trabalho diário... Eu mostro uma expressão indiferente para todos, mas sei muito bem que estaremos perdidos se não houver uma mudança completa nas condições do tempo... Muitas vezes fico surpreso comigo mesmo, com que paciência olho para o futuro; às vezes me parece que nem sequer estou envolvido. Minha decisão para o caso extremo está tomada, por isso estou bem tranquilo. Só o destino dos marujos é que me aperta o coração...

A *decisão para o caso extremo* os oficiais do Almirante Tegetthoff já haviam tomado juntos, a bordo do navio: caso também a retirada apenas levasse à desesperança, caso os mantimentos fossem consumidos e todas as forças tivessem se esgotado, todos dariam força a si mesmos e recomendariam o suicídio também à tripulação. Pois a morte por um tiro com certeza era mais misericordiosa do que a ruína paulatina e ultrajante, e sobretudo preferível àquele pavor que já acompanhara tantas vezes o declínio de expedições polares — as lutas animalescas por um farrapo de carne, o colapso da ordem humana e finalmente o canibalismo e a loucura. Não, uma expedição imperial-real ao Polo Norte não podia... não *devia* sucumbir como uma matilha de lobos famélicos. O fim, caso se tornasse certo, tinha de ser agarrado, de maneira tão decidida como em outros casos, apenas à fortuna. Mas quem entre eles já falaria agora acerca disso? Agora eles estão enterrados no gelo e mal têm alimentos que lhes permitam sobreviver por muito mais tempo, e Weyprecht anota em seu diário:

todos os meus pensamentos estão voltados para o fato de conseguir dispor os diários de maneira que sejam encontrados no próximo ano...

Mas o fim? Quando o fim se tornaria certo? Quem decidirá acerca disso? E será que eles já não mostraram há tempo, e sem que tivessem consciência disso, que também eles se agarram a cada minuto daquela vida terrível e única, e que no final cairão uns sobre os outros, todos contra todos? E cada um por si. Marola disputou com Lettis uma ração de gordura de foca, e Scarpa se bateu com Carlsen por algumas migalhas de tabaco. Mesmo no passado os marujos já haviam brigado uns com os outros, de vez em quando, por causa de uma insignificância qualquer, muitas vezes com alarde e raramente com violência. Mas é estranho agora também que o mestre do gelo esteja brigando, e mesmo os oficiais e comandantes não consigam mais esconder seus ódios e disputas. Payer sempre faz repreensões maldosas a Orel, e este finalmente grita de volta, seu porco, eu já não te aguento mais. E então chega a hora em que o comandante sobre as águas e sobre o gelo e o comandante em terra se encaram, frente a frente, como jamais alguém os havia visto se enfrentarem. Cuidadoso como sempre, aparentemente nada emocionado e talvez profundamente ferido, Weyprecht aponta também este resultado de seus anos de gelo:

Payer... está de novo tão carregado de ódio que estou preparado para um sério conflito a qualquer momento. Por causa de uma insignificância (...) ele me fez, diante das outras pessoas, insinuações que não pude deixar de censurar. Esclareci a ele que no futuro deveria tomar cuidado com tais expressões (...) Ele então teve um de seus ataques de raiva e disse que se lembrava muito bem de que eu há um ano o ameacei com o revólver, e me garantiu que se adiantaria a mim em relação a isso, chegando, inclusive, a me avisar, sem rodeios, que atentaria contra minha vida assim que visse que não poderia voltar para casa.

Caso a expedição Payer-Weyprecht tivesse naufragado, talvez um descobridor tardio dos restos dessas anotações da irreconciliabilidade as interpretasse como o princípio do fim, mas talvez também apenas

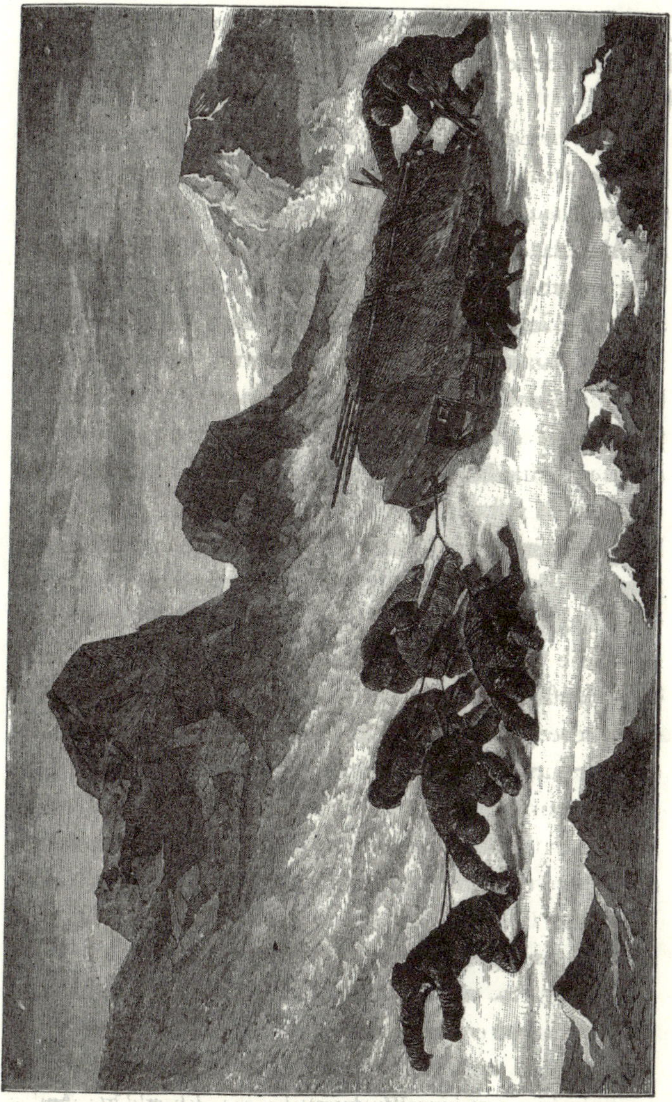

como uma prova do desamparo desesperado. Suposições a respeito disso são somente resultado do ócio, pois agora é agosto de 1874, o gelo enfim os liberta como se fossem um brinquedo que se tornou entediante, e não os obriga mais à exibição da banalidade de que, no fundo, o homem é o lobo do próprio homem.

O que passa a acontecer é aquela *mudança completa nas condições do tempo*, na qual ninguém mais acreditava e que já era tida como uma esperança improvável e desmedida; e ela se concretiza apenas porque o verão ártico de 1874 é ameno, como não foi e também não será durante vários anos: as rachaduras negras e canais aos poucos ficam mais largos e azuis, as poças se transformam em lagos. Paulatina e constantemente, como aglomerações de nuvens numa tarde tranquila, as ruínas do gelo se dividem afastando os blocos uns dos outros, barreiras se abrem, portões de eclusas. Onde havia ausência de movimentos e rigidez, agora há derretimento, corrente, evolução. As velas Lugger estão carregadas de vento. As sombras ligeiras e cintilantes das lufadas erram diante deles. Mas eles remam e velejam em direção sudeste. Cada vez mais raramente eles têm de puxar seus botes para o gelo e arrastá-los até o próximo trecho de águas abertas. Em seguida, já se estendem à frente deles apenas banquisas, totalmente planas, uma grande superfície, recortada por incontáveis lagos e rios, que se ergue e se abaixa como se respirasse pesada e ritmadamente. É a ressaca. Eles alcançaram a fronteira do gelo. Além daquela superfície rolante, bandos de pássaros levantam voo, e lá, sob um céu escuro, está o mar aberto.

15 de agosto, dia da assunção de Maria, foi o dia de nossa libertação, e, como se fôssemos a uma festa, enfeitamos nossos navios com bandeiras (...) Com três hurras saímos do gelo e a viagem no mar aberto começou. Seu decurso feliz dependia do tempo e do remar incansável; se acontecesse uma tempestade, os botes afundariam (...)

Com satisfação incomensurável, vimos que a bainha branca do gelo pouco a pouco se transformava em uma linha no horizonte, para em seguida desaparecer.

Julius Payer

A viagem no mar enlouquece os dois cães que restaram; eles mal podem ser dominados nos botes sobrecarregados e tentam abocanhar os remos e a espuma que se levanta acima das paredes de bordo. Torossy, que nascera no gelo, jamais viu ondas, e Jubinal por certo se esqueceu delas. Mas agora nada mais pode atrapalhar o trabalho contra a água pesada. Klotz é o contemplado. É ele quem tem de matar os cães a tiros.

Em 16 de agosto, um deles grita "Gelo!" e todos olham aterrorrizados ao sul. Mas então veem que são apenas as montanhas cobertas de neve de Novaia Zemlia, que lentamente se elevam sobre as ondas. Lá, em algum lugar naquela terra, certamente encontrarão um navio. Foi essa a promessa do comandante Weyprecht. E então remam na água confusa ao longo de uma costa tempestuosa, rígida de falésias. As enseadas estão vazias. Nada de gelo. Nada de navio.

Em 17 de agosto vem a neblina, e não percebem que ficou para trás o depósito de provisões montado por eles há dois anos junto aos Três Esquifes. Quando o tempo clareia e se dão conta de seu esquecimento, as ilhas Barents já não podem mais ser vistas no horizonte. Agora, porém, eles não podem dar mais sequer um golpe de remo em direção ao norte. O tempo passa. Pela primeira vez há meses eles veem o sol se pôr. Se ainda houver pescadores de salmão ou de bacalhau nas proximidades, logo estarão se preparando para a viagem de volta.

Em 18 de agosto, aniversário do imperador, o esgotamento os empurra à terra. Eles remaram durante três dias e três noites e agora se afundam em volta do fogo e bebem rum aguado à saúde

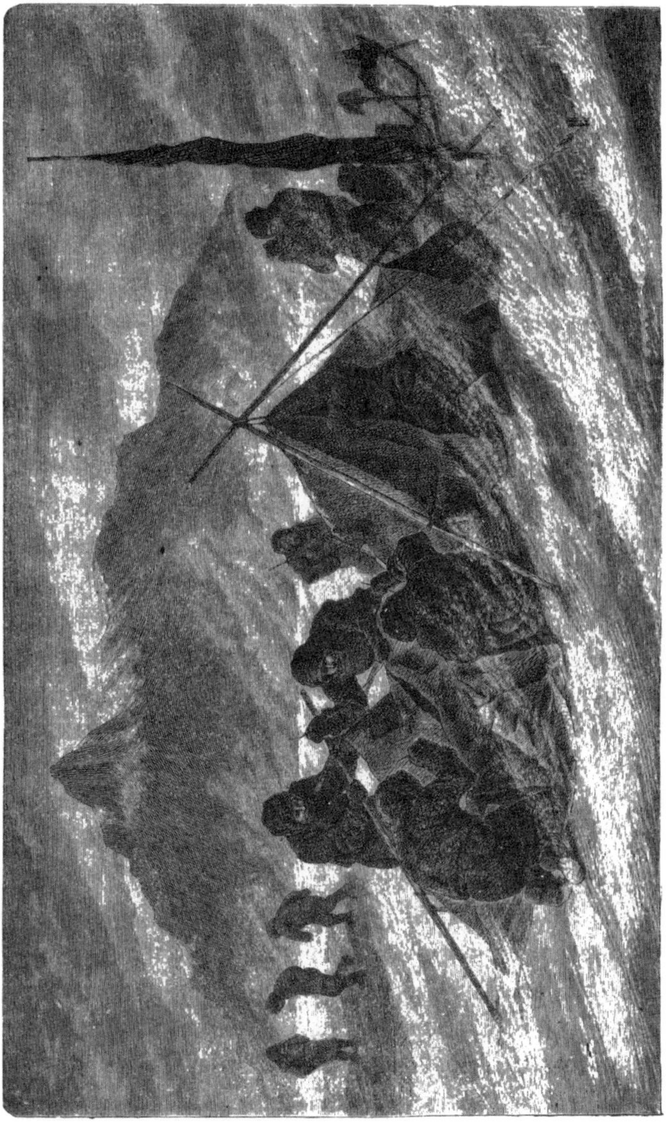

do imperador. Como aquela terra é suave e branda se comparada ao reino insular que eles descobriram para seu soberano. Nos declives de pedregulhos que fluem na direção deles atrás das nuvens, crescem capins baixos, musgos e, parcamente, até mesmo flores. *Não-te--esqueças-de-mim de rara beleza*, escreve Weyprecht em seu diário, *tão belas que chego a desconfiar que não são não-te-esqueças-de-mim.*

O sono deles é curto. Ameaçador e ruidoso, o trovão das geleiras ecoa nas paredes, agora incessantemente. É assim que se anuncia uma mudança brusca de tempo. Eles têm de seguir adiante.

A inacessibilidade da maior parte dos trechos costeiros de Novaia Zemlia nos obrigou a prosseguir a viagem sem paradas, ainda que nossos braços já estivessem rijos e inchados devido aos esforços em remar que já duravam tanto. Em vão procuramos um navio à nossa volta (...) não havia nada a ser visto a não ser a grandiosidade rude de uma terra montanhosa do Ártico (...) o que se seguiu foi um tempo tempestuoso que esgotou nossas forças e separou os botes que se enchiam de água, cujas tripulações não cessavam de voltar a esvaziá-los (...) remamos mecanicamente através da enchente infinita em direção ao centro do segredo do desfecho.

Julius Payer

Em 24 de agosto de 1874, são 7 horas da tarde, uma brisa leve ainda sopra do sudoeste. A tripulação das escunas russas de pesca de bacalhau *Vassili* e *Nikolai*, que estão ancoradas junto à baía das Dunas de Novaia Zemlia, vê quatro botes se aproximando e não ouve nenhum grito de júbilo, apenas os estalos dos remos, e reconhece as bandeiras. Eles sabem que aqueles são os perdidos dos quais agora se fala muito nos portos do Oceano Ártico. Alguns dos estranhos não conseguem mais subir sozinhos a escada de cordas do *Nikolai* e são ajudados. Quando Weyprecht entrega ao capitão Feodor Voronin um salvo-conduto do czar emitido em São Petersburgo, e Voronin lê alta e hesitantemente diante da mudez dos outros que o czar Alexandre II Nikolaievitch recomenda a expedição austro-húngara ao Polo Norte aos cuidados de seus súditos, os marujos russos destapam suas cabeças e caem sobre os joelhos diante dos estranhos esfaimados e desfigurados por úlceras e mossas causadas pelo frio.

18 *Eliminado do mundo — Um necrológio*

Em 11 de dezembro de 1982, uma sexta-feira na qual a noite polar jazia imensa e clara sobre a terra, apareceram dois cães em Longyearbyen. Eles arrastavam atrás de si arreios e guias esfarrapados, estavam tão transtornados e estranhos que Kjetil Fyrand hesitou um instante antes de perceber que aqueles lobos eram os cães de trenó Anore e Imiag. Eles devoraram a comida que Fyrand lhes jogou, mas se desviaram rosnando e exibindo as presas quando ele tentou libertá-los das cordas que ainda os mantinham presos um ao outro, e permaneceram tão inacessíveis, mordentes e raivosos que o oceanógrafo os matou a tiros quatro dias depois.

Aqueles vira-latas. Será que os latidos não acabariam nunca? E agora a dor, o solavanco com o qual um trem se punha em movimento. O muro de um cais passando. Uma plataforma. Um molhe. Passau. Mas o latir não para e golpeia de um céu que estava pregado em colunas de ferro fundido. Será que ninguém era capaz de castigar esses vira-latas? Por vezes bastava que Payer descrevesse algumas linhas enfurecidas com sua vara de aço no ar para tudo ficar em silêncio. Mas aqueles não eram os cães de Payer. Não podiam ser os cães de Payer. Klotz não matara os dois últimos que haviam sobrado, em cima de um banco de gelo que continuou boiando nas águas abertas? As águas abertas. E lá longe, aquilo eram montanhas? Uma costa? Terra! Weyprecht tentou se erguer.

Fique deitado, Carl, alguém agora dizia suavemente e se inclinava sobre ele, fique deitado; e ardente, queimando, ele voltava a se deitar em seu leito. Mas o que rolava e batia abaixo dele era a ressaca, e seu navio voava de velas enfunadas para longe. Agora a costa estava próxima, uma praia verde, atrás dela campos vazios, álamos desfolhados. E ele deitado na escuridão de sua cabine. Ele tinha de ir ao convés. *Divisão de estibordo, tomar rizes do mastro central! Tomar rizes pela primeira vez! Abordar! Bracejar velas ao vento! Baixar gávea, já!... Esticar velas!... Desatar rizes!...* Calma, alguém falava com ele das sombras, calma, aquiete-se. Então ficou tudo em silêncio. O nordeste batia na enxárcia sem fazer ruídos. Cães em lugar nenhum. Ele despertou quando o gelo gemeu de repente abaixo dele, meadas de trilhos, rodas, freios e uma voz distante gritando *Ratisbona!,* portas se abrem, uma cortina é fechada com cuidado e uma pista de luz é interrompida. Ratisbona. Mas a cidade estava muito longe da rota deles. Aquilo era Berlim, Breslau ou outra estação de sua viagem de Hamburgo de volta a Viena. No céu sobre o porto de Hamburgo, buquês de foguetes luminosos foram lançados e, na ponte de desembarque, fogos de artifício e as sirenes de neblina dos navios soavam como se fossem um único e formidável órgão quando o vapor dos correios aportou vindo de Vardö, trazendo os descobridores da última terra do mundo. Em seguida, o trajeto de carruagem através dos gritos de júbilo, bandeiras e discursos na estação ferroviária, e as plataformas ruidosas devido aos gritos de saudação. Não importava se eles haviam perdido seu navio e não trouxessem nada consigo a não ser a *nomenclatura de ilhas enterradas no gelo*. De estação em estação, novo entusiasmo, e lá fora agora também se levantava imensa gritaria, aquilo não podia ser Ratisbona. Mas por que as cortinas permaneciam fechadas, por que ele estava deitado em um vagão-sala, por que sozinho? Onde estavam os outros? Ele levantou a cabeça e agora só via o pai: digno e sério, o velho Weyprecht, advogado da corte palaciana e diretor de cargas condal de Erbach, vestindo um fraque negro, estava sentado em seu leito e dizia festivamente "nós estamos em Ratisbona, Carl..."

Mas como, se a notícia que esperava por ele em Vardö dizia que *nosso caríssimo pai nos deixou*; também Scarpa, Lusina e Orel haviam recebido suas notícias. Nos deixou. Nos abandonou. Morreu. Em Vardö, ele paga 1.200 rublos de prata ao capitão do *Nikolai* pela ação de salvamento. A paz impera, dizem a ele, Napoleão morreu. *Nosso caríssimo pai morreu.* Enfeitado com a Ordem de Olaf e sua peruca branca, o mestre do gelo deixa o vapor dos correios em Tromsö e, feliz com os carinhos de uma idosa que o abraça junto ao molhe, grita aos companheiros a mesma frase dos marinheiros com a qual tentara exorcizar tantas vezes o infortúnio dos anos que haviam passado tão juntos: *se Deus é por nós, ninguém pode ser contra nós.* E então o júbilo o leva embora. Nos deixou. Não, quem estava sentado em seu leito, logo ali, mesmo que carregasse em seu fraque uma Ordem do Grão-Ducado Hessen-Darmstadt e falasse com ele, não podia ser seu pai, pois ele descansava já havia tempo em König. Ele se voltou mais uma vez para o estranho e viu que era, sim, seu pai. Este, porém, permanecia calado e já não vestia mais fraque; algo brilhava em seu peito, não uma Ordem, mas algo que doía nos olhos e depois se desfazia no ardor da febre.

Seis anos depois de seu retorno do gelo, eis que vejo o tenente da Marinha Carl Weyprecht, agora com 42 anos, de novo diante de mim, vejo-o mergulhado em delírios, pálido à morte por causa da tuberculose, deitado no vagão-sala de um trem da Viação Férrea Imperatriz Elisabeth, e junto a seu leito um médico triste; é seu irmão, que veio de Michelstadt, no Odenwald, a Viena a fim de levar o moribundo de volta à pátria, o Grão-Ducado de Hessen, para a casa de sua mãe. O herói da expedição imperial-real ao Polo Norte não deve sucumbir no Império Austro-húngaro, não naquele país estrangeiro que ele chamara de *pátria*. É uma viagem tranquila. O irmão mantém guarda e está atento a tudo, pronto a apontar as últimas palavras, um testamento. Mas o que havia a ser dito, Weyprecht já dissera há anos e ainda em meio ao barulho das ovações para os descobridores que voltavam:

Eu jamais estive mareado, assim ele começara seu discurso sobre o Ártico e a situação da ciência na época, *mas quase fico mareado quando sou obrigado a ouvir a conversa fiada acerca de minhas realizações, acerca de minha imortalidade. Imortal! E, além disso, minha tosse...* Ora, a pesquisa ártica se deteriorara a ponto de se transformar num jogo de vítimas sem o menor sentido, e atualmente se esgotava na caçada mais descarada por novos recordes de latitude, no interesse de glórias nacionais. Mas agora seria o tempo de romper com tais tradições e adentrar outros caminhos científicos, mais justos com a natureza e com os homens. Pois os homens não deveriam mais servir à pesquisa e à ciência com novos sacrifícios de pessoas e materiais, ou com novas viagens aos polos, que levavam apenas ao naufrágio, mas sim com um sistema de estações de observação, de *observatórios polares*, que garantiriam constância à descrição dos fenômenos árticos e o mínimo de segurança aos homens. Enquanto o orgulho nacionalista de uma mera viagem de descoberta e a conquista torturante de desertos de gelo continuassem sendo os principais motivos da pesquisa, não haveria lugar para o conhecimento.

Eu vos peço, meus senhores, assim Weyprecht encerrara uma palestra muito conhecida diante da 48ª Assembleia de Naturalistas e Médicos alemães em Graz,

eu vos peço que estejais convencidos de que aquilo que eu disse não tem a intenção de desmerecer os méritos de meus predecessores árticos, pois poucos serão capazes de reconhecer como eu os sacrifícios que eles fizeram. À medida que expresso esses princípios, acuso a mim mesmo e desço o cajado sobre a maior parte dos resultados alcançados com meu próprio e duro trabalho.

Em Nuremberg, o comandante do Almirante Tegetthoff manda recolher todas as velas auxiliares e sussurra profundidades de mar. *Sessenta e duas braças, fundo lamacento... 80 braças... 109 braças, fundo lamacento.* Em seguida, a sonda pendula num mar cujo fundo não pode ser alcançado por nenhuma sonda. O comandante silencia. Respira. Ao entardecer do dia 27 de março de 1881, um domingo, o trem entra em Michelstadt. Weyprecht não reconhece os amigos que adentram o vagão-sala de seu navio. Carregam-no em uma padiola à casa de sua infância. Ele chegou. Esteve fora por muito tempo. *Céus, que reencontro foi aquele*, escreve a mãe septuagenária numa carta que ela envia a Viena no começo de abril...

seu olhar enevoado não viu minha própria palidez mortal, meus estremecimentos, meus vacilos. Apenas quando chamei seu nome ele me reconheceu, mas acreditou que eu o estivesse visitando em Viena, e me agradeceu de maneira comovente pelo meu amor. Duas noites e um dia nós ainda o tivemos vivo, em seguida ele descansou, amortalhado, coberto de flores; e no dia 31 de março, uma quinta-feira, foi sepultado em nosso jazigo familiar em König, ao lado de seu caríssimo pai, que ele não havia visto mais depois de seu retorno do Norte.

Weyprecht teria consumido todas as suas forças na realização de um sonho, escreveu Julius Payer em um necrológio que foi publicado no *Neue Freie Presse*, de Viena — o sonho de uma cadeia de observatórios espalhada pelo Círculo Polar, o sonho de uma pesquisa internacionalista, sim, o sonho de uma ciência pura.

O esforço com que batalhava por seu nobre objetivo era maior que as forças de um único homem. Era uma luta sem ajuda nem perspectiva.

Teria sido exatamente no mesmo dia, havia sete anos, prosseguiu Payer. Na época ele acabava de voltar com alguns companheiros ao Almirante Tegetthoff após a primeira viagem de trenó através da terra recém-descoberta, e mandara o foguista Pospischill, que estava com as mãos congeladas, antes dos outros, todos abatidos, ao navio ainda invisível nas milhas distantes da escuridão...

De repente vi Weyprecht entre os recifes de gelo vindo ao meu encontro: uma figura branca, barba, cabelos, sobrancelhas, roupas, tudo rígido devido ao gelo, o xale congelado enrolado em volta da boca e grudado a ela.

Weyprecht sozinho no gelo, sem seu casacão de pele, sem espingarda e muito preocupado com seus companheiros — essa lembrança ficaria para sempre em sua memória.

Tudo, quase tudo era apenas memória. Quando o comandante em terra escreveu seu *Necrológio ao amigo morto e outrora irmão no destino*, a nova terra já não tinha mais nenhum valor e a cidade, que em setembro de 1874 esperava em festa o trem especial enfeitado com galhos, bandeiras, faixas e flores que trazia de volta a Viena os *viajantes do Polo Norte, os descobridores, os subjugadores do gelo* e *conquistadores da Nova Áustria*, era apenas um quadro histórico bruxuleante. Ao lado de militares, políticos e aristocratas, só podem pisar a plataforma de desembarque aqueles que, no que diz respeito a condecorações, exibam pelo menos uma Grande Cruz; em seguida, as carruagens dos heróis levam horas para se locomover da Estação Norte ao centro da cidade.

Os carros eram constantemente envolvidos por novos gritos de salve e hurra. O carro no qual estavam os dois comandantes havia sido coberto com imensas coroas de louro que foram dadas aos viajantes do Polo Norte durante a viagem a Viena. Damas jogavam flores no carro, e tanto comandantes quanto tripulação pareciam igualmente surpresos com essa espontânea erupção de alegria e simpatia dos vienenses. Os carros partiram da Estação Ferroviária Norte, através da rua da Estação Norte, em direção à Linha dos Caçadores, e conseguiam seguir adiante apenas passo a passo. A multidão se jogava diante dos cavalos e não deixava os carros passarem, só vagarosamente a torrente das centenas de milhares que crescia sem parar e alcançava dali o coração da cidade se dividia ao meio permitindo a passagem. As ruas estavam semeadas de negro, tantas eram as pessoas; em todas as casas, as janelas estavam densamente ocupadas e de todos os lugares chegavam aclamações e acenar de lenços. Em alguns trechos, o empurra-empurra

tornava-se perigoso. Não seria exagerado estimar que 250 mil pessoas tomaram parte na recepção. O caminho começava na Praterstrasse, passava pela Ponte Aspern e ia até o portão de Stuben. Lá os carros dos marujos dobraram à esquerda pela Landstrasse, entraram na Hauptstrasse para alcançar a Cervejaria Dreher, cujo arrendatário, o senhor Ott, havia lhes oferecido moradia e alimentação de graça (...) Os oficiais seguiram do portão de Stuben através da Linha da Lã e da Rothenthurmstrasse, pela praça de Santo Estêvão, pelo fosso, pela Bognergasse e pelo pátio do castelo, ao hotel Zum Römischen Keiser, ornado festivamente, onde seus alojamentos já se encontravam prontos. Até o hotel, eles foram acompanhados pelos mesmos intermitentes e alegres sinais de simpatia por parte do público. Nas ruas estreitas do centro da cidade a recepção foi mais íntima. Comparada às massas imensas e colossais no Anel Viário e na Linha dos Caçadores, aqui a multidão comprimida parecia uma numerosa família querendo alcançar seus parentes. Os velhos muros das casas patrícias pareciam querer voltar à vida; de todas as janelas ouviam-se gritos de salve e de hurra, lenços brancos eram sacudidos, voavam cumprimentos de boas-vindas em voz alta; as sacadas se curvavam sob o peso de belas mulheres.
Neue Freie Presse, 26 de setembro de 1874.

No entanto, duzentas, trezentas mil pessoas entusiasmadas não são entusiasmo suficiente, e todos os discursos festivos, banquetes, entregas de condecorações e até mesmo a homenagem de Sua Majestade Apostólica não são *apoteose* suficiente para preservar por muito tempo o triunfo do descobrimento de um reino insular ártico diante das forças secretas de erosão da monarquia, diante das fofocas da aristocracia, dos mexericos dos militares, dos boatos na corte ou dos comentários vindos da Academia Científica do Imperador e dos círculos da Sociedade Geográfica. Os marujos e caçadores nem precisam se preocupar com essa degradação secreta de sua viagem polar — eles se perdem por aí no fausto minguante das recepções, vão para casa no Adriático e ocupam na Boêmia, Morávia, Steyermark e Tirol postos públicos que Weyprecht lhes providencia. E Weyprecht, esse nem dá ouvidos às fofocas de intrigantes, ele não quer ser mais nada, não quer ocupar mais nenhum cargo na Casa da Áustria; ele muitas vezes anseia voltar ao gelo para lá, distante das leis da ascensão, medir e tornar mensurável o imensurável. Apenas ele, sozinho, Julius Payer, o herói, que não quer apenas ser respeitado, mas também honrado e amado!, continua suscetível às agressões — e é agredido, e ferido...

A cartografia da assim chamada Terra de Francisco José encaminhada pelo senhor Payer seria assaz imprecisa, lamentavelmente, assaz imprecisa mesmo, diz algum Ninguém da sociedade fina e erudita; ora, as linhas costeiras levavam diretamente ao Nada... Tão imprecisas como o são quimeras, diz outro... *Pardon*, com certeza o soldado de infantaria boêmio, que agora já pode chamar a si mesmo de *cavaleiro* com a permissão dos mais altos setores, encontrou algumas rochas frescas... Rochas no mar, se me permitem, nada de terras... E o que o mui honrado conta acerca de seus sofrimentos e desgraças pelos salões é um tanto fabuloso, pura literatura...

Nenhuma maldade escapa a Payer. Ele se esfalfa com os mexericos, tenta seguir os boatos até sua origem a fim de refutá-los, golpeia a esmo sem acertar ninguém, mostra suas fraquezas, está profundamente humilhado. Em alguns círculos de oficiais, consideram a nova terra, sua terra, uma mentira. Um interpelador anônimo, inclusive, chegou a atrapalhar seu discurso diante da assembleia festiva da Sociedade Geográfica, sua descrição das dificuldades de uma viagem de trenó com a objeção: "Se pelo menos fosse verdade!" Sua terra, uma mentira!

De que lhe adianta agora se *chapéus e casacos de Payer* e *gravatas de Weyprecht* estão em moda nos salões da alta sociedade, se os fabricantes de aguardente do subúrbio batizam suas espeluncas de *Aurora boreal*, *Ao gelo eterno* ou *Terra de Francisco José*, de que lhe adianta sua fama vivaz e o entusiasmo das ruas, se o veredicto mais discreto da soberania não é unânime, se a aristocracia põe em dúvida, à força de fofocas, a existência de uma terra que ele mediu debaixo de torturas?

Decepcionado e decidido, Payer se despede do Exército imperial, antes mesmo de expirarem seus anos de triunfo, e deixa para trás Viena, depois a Áustria, mas sobretudo uma vida de conquistador. *No que diz respeito à descoberta de uma terra até então desconhecida*, ele acrescenta ao seu relatório da expedição em uma nota de rodapé, *eu pessoalmente não lhe dou mais nenhum valor hoje em dia...* Agora ele quer se tornar pintor. Com a velha obsessão que um dia valera para a procura de uma passagem escondida no Oceano Ártico e para a descoberta de novas terras, Payer agora se dedica à lição das cores, à anatomia e às leis da perspectiva — primeiro na condição de estudante de pintura no Instituto Städel, em Frankfurt, depois na Academia Real de Artes Plásticas, em Munique, e por fim em Paris. Naqueles anos ele volta mais uma vez a ser assunto das conversas: dizem nos salões de Viena que Fanny Kann, a mulher de um banqueiro de Frankfurt, sobrinho de Rothschild, teria deixado seu esposo por causa de Payer e casado com o explorador do Polo Norte depois de uma separação espetacular; um macho entre mil, o cavaleiro boêmio. O casal dá o sobrenome *de Payer* a Alice e Julius, seus dois filhos nascidos em Paris.

Eu me tornei pintor, escreve o emigrante a Gerhard Rohlfs, pesquisador alemão do Saara, pessoa que ele quer acompanhar através do deserto líbio até a divisão de águas entre o Nilo e o Congo. Mas Rohlfs parte sem Payer, e este fica com seus quadros em seu ateliê parisiense — são pinturas grandes, de 10 metros quadrados, e formidáveis, montanhas de gelo, tragédias árticas, cenas da expedição de

Franklin que naufragou sem sobreviventes no inverno de 1847, e ainda maiores são os murais, vitrinas para um mundo terrível: ali rastejam figuras esfarrapadas sobre a banquisa, ali estão espalhados os cadáveres cobertos de neve dos companheiros de John Franklin, comida para os ursos, enquanto o céu voa desvairado sobre tudo aquilo. Ali alguém pinta o pavor do gelo e das trevas com tanta maestria e tão friamente a ponto de sentirmos medo. A crítica aplaude. Prêmios e medalhas de ouro são concedidos a Payer em Londres, Berlim, Munique, Paris.

Em 1884, dez anos depois de seu retorno do gelo, o pintor fica cego do olho esquerdo. Passa muito tempo desesperado. Depois, segue seu trabalho. Aos poucos, os rostos de suas figuras em tamanho real assumem os traços de Weyprecht, os traços de Orel, de Carlsen, dos marujos. Julius Payer começa a pintar seu próprio drama, os anos no deserto de gelo. Os quadros são difíceis de serem vendidos, são muito grandes, precisam de salões, de palácios. Sua capacidade visual pela metade, lamenta-se o pintor, já não lhe permite mais nada que seja pequeno, que seja delicado.

Em 1890, é o que estará escrito mais tarde na carta de um amigo, Payer teria sido consumido pela saudade da pátria. Certo é que o pintor deixa sua família naqueles anos, deixa Paris para sempre, e volta a Viena. A alta sociedade o recebe amistosamente, ele é um convidado divertido, que ainda fala muito sobre o Ártico. Payer dá aulas de pintura às filhas da classe alta, viaja na condição de palestrante pela província e começa a trabalhar em um dos maiores quadros de sua vida: uma cena da retirada, de sua fuga do Norte, e tem 4 metros de largura e 3,5 metros de altura. *Jamais voltar*, ela se chamará, e verão nele sua *principal obra* — e mesmo assim ela é, mais do que qualquer coisa, um enaltecimento de Weyprecht: a Bíblia na mão direita, a esquerda levantada como se o defendesse na Terra de Francisco José, que jaz na luz apoteótica distante; assim o comandante sobre as águas e sobre o gelo está em pé diante dos homens encolhidos, ajoelhados e deitados na neve; um pregador, que consola os esgotados e desesperados e os conjura a deixar de acreditar no salvamento pelo retorno ao navio, pelo retorno ao passado. *Jamais voltar*. A única esperança é o caminho através do gelo.

Muita coisa se completa com esse quadro. Só agora, decidido e com a confiança de um sonhador, Julius Payer sai de suas recordações e faz novos planos. Ele quer voltar ao Ártico, à Groenlândia e, depois, ao Norte; pintores o acompanharão, será uma expedição de pintores, uma grande tentativa de reproduzir a magia indescritível das cores e da luz do deserto polar, e mais tarde talvez ele se una a uma expedição ao Polo Sul, claro, ele peregrinará também sobre o gelo que envolve a Antártida. No último verão do século XIX, Payer começa de novo a se equipar, faz-se forte para o caminho ao gelo, passeia através dos Alpes e da Lombardia, depois pelos Pireneus e por toda a Espanha até o golfo de Cádiz. Acerca da existência da Terra de Francisco José, há tempos já não se tem mais dúvidas. Fridtjof Nansen e a expedição inglesa Jackson já passaram o inverno por lá; o duque de Abruzzo e seus acompanhantes passaram a virada do século na escuridão daquela terra e encontraram sob um marco de pedra, em *cabo Fligely*, uma mensagem intacta da expedição austro-húngara ao Polo Norte. Não, o velho homem, que agora caminha pelos povoados e nas catacumbas de costas basálticas e conta maravilhas da luz não é um mentiroso, ele sabe do que está falando, ele também não precisa mais de uma comunidade que o venere segundo a situação do vento e dos boatos para depois voltar a esquecê-lo. Agora chegou o tempo em que Payer põe de lado sua filiação de honra na Sociedade Geográfica de Viena, o tempo em que escreve apreciações de pousadas e hotéis na montanha para o guia *Baedeker* e evita os salões.

O destino de Payer *me deixou profundamente irritado*, queixa-se Sven Hedin, um pesquisador sueco da Ásia, um dos novos heróis, em um discurso feito em Viena, *que um homem de ação como Julius*

Payer (...) seja esquecido por seu povo e negligenciado a ponto de ter de viver na pobreza e ser obrigado a viajar por aí como um negociante e fazer palestras por pouco dinheiro!

São 1.228 palestras ao final, 1.228 visões do Ártico. Payer anota tudo: lugar, data, número de ouvintes, aplausos, honorários. Mas ele está profundamente mergulhado no futuro. Ele irá alcançar, conforme diz, o Polo Norte em um submarino. Em Kiel, deixará o porto. Através do crepúsculo submarino irá flutuar, por muito tempo, até o ponto em que as escalas de seus aparelhos lhe mostrarem que ele chegou. Nos píncaros do mundo, e mesmo nas profundezas do mar, detonará cargas de dinamite. O gelo sobre ele irá se abrir. Então a água voltará a se acalmar e se alisar e espelhar o céu. E então ele emergirá, enfim emergirá saindo daquele espelho.

Em maio de 1912, um derrame cerebral transforma o explorador do Polo Norte em um caso de tratamento, em um ancião de setenta anos que tem dificuldades em caminhar e já não pode dizer uma única palavra. Aquilo que quer dizer, ele passa a anotar em pequenos bilhetes, que são colados uns aos outros; suas perguntas, suas recordações, suas queixas se transformam em tiras de papel que crescem farfalhando e que ele chama de *serpentes* e desenrola diante de suas visitas. Será que esse mudo ainda tem objetivos no gelo? Eu não sei. O que havia a ser destruído em termos de mito nos desertos polares, entrementes, já foi destruído: o barão de Nordenskjöld já atravessou a passagem Nordeste e Amundsen a passagem Noroeste, os inimigos Peary e Cook voltaram da região do Polo Norte como vencedores, e Amundsen, segundo dizem, também conquistara o Polo Sul... Mas, o que quer que tenha sido alcançado, foi alcançado sem Payer, sem o hóspede achacado em sanatórios, que vive seu último verão em Veldes, na Eslovênia, junto a um lago entre os Alpes Julianos e os Karawanken. É lá que ele recebe a notícia de que um certo *Jules de Payer*, que se denomina *Chef de la Mission Arctique Française*, prepara uma expedição à Terra de Francisco José.

Caríssimo Jules de Payer, senhor meu filho... assim o hóspede do sanatório começa uma carta que jamais escreveria até o fim e jamais enviaria. Pois agora o tempo desaba sobre tudo. Francisco José I, o patrono nomeador e senhor da última terra do mundo, manda gravar seu *Manifesto* nos muros de seu reino:

Aos Meus povos! (...) As maquinações de um adversário cheio de ódio me obrigam a tomar mão da espada para salvaguardar a honra de Minha Monarquia, a fim de proteger seu prestígio e sua ordem de poder e garantir sua situação de posse depois de longos anos de paz (...) As chamas do ódio contra Mim e contra Minha Casa ardem cada vez mais alto (...) Eu confio que o Todo-Poderoso concederá a vitória às Minhas armas (...) De consciência tranquila, Eu adentro o caminho que o dever Me assinala (...)

Naquele verão de 1914, como deve ser tranquilo, suave e tomado de luz o abandono em que se encontra a Terra de Francisco José; as paredes de rochas não trazem manifestos, as costas e montanhas não são tocadas pelo barulho da guerra, as rupturas nas geleiras são como jade ou lápis-lazúli, e os cabos escuros estão empenados de bandos de gaivotas e alcas. Eu afirmo: o mudo agora reconhece que ele de fato, e ao contrário do que muitos e inclusive ele haviam pensado, descobrira um paraíso.

No ano seguinte, os campos da Galícia e de Flandres já carregam as corcundas das valas comuns... Nos lagos Masúrios da Prússia, na Alsácia-Lorena, na Champanha, na Sérvia, no Cáucaso ou no Isonzo, por todos os lugares já tombam os mortos da guerra quando Julius Payer, envolvido pelo rebuliço da satisfação do dever comum, morre junto ao lago de Veldes. É 29 de agosto de 1915, um dia quente e sem vento. O corpo do hóspede do sanatório é lavado e enfeitado com belas roupas, transportado a Viena e lá sepultado em um jazigo de honra no dia 4 de setembro; o espólio é organizado, são jogadas fora roupas de penas, botas de lona, um casacão de pele esfrangalhado

— toda a proteção contra o frio que Payer preservara em um baú... Também suas serpentes de papel são desenroladas, anotação por anotação; são encontrados comentários e aforismos, também desenhos, e em algum lugar, mas não no final e nem sequer com destaque, o registro de que se deveria esperar por uma *revolução na Rússia...*

e também o assassinato do czar, a libertação da Polônia, a bancarrota de estados, milhões de mortos, a destruição das cidades, das frotas mercantes e do comércio, o surgimento de epidemias (...) e por fim o naufrágio do mundo pela queima de nosso planeta como uma mancha vergonhosa em nosso sistema solar.

Não concluirei nada e não eliminarei nada do mundo: será que temi tal desfecho para minhas investigações? Aos poucos, começo a me organizar na abundância e na banalidade de meu material, interpreto para mim mesmo os fatos que dizem respeito ao desaparecimento de Josef Mazzini, meus fatos acerca do gelo, sempre de outra maneira e de forma nova, e tento botar ordem em mim mesmo e nas versões de que disponho, como se tudo fosse peça de mobiliário.

Cobri minhas paredes de mapas de países, mapas de costas, mapas de oceanos, papel vincado em todos os tons de azul, salpicado de ilhas e cortado pelas ameias da fronteira de gelo. Naquelas paredes, os países se repetem, sempre as mesmas terras vazias e rasgadas, províncias norueguesas e soviéticas, Spitsbergen e a Terra de Francisco José, territórios nacionais remotos, pedras na rede de arrasto das gruas de latitude e longitude.

Zemlia Frantsa Josifa. Os velhos nomes ainda vigoram. *Ostrov Rudolfa,* a ilha de Rodolfo: lá, é o que ouço me dizerem, o marujo Antonio Zaninovich caiu com as parelhas de cães em uma geleira; lá o comandante em terra foi tomado pelo pânico.

Também o cabo Fligely ainda mantém o mesmo nome, e as ilhas, estreitos e enseadas continuam com o nome inicial — ilha de

Viena Neustadt, ilha Klagenfurt, cabo Grillparzer, ilha de Hohenlohe, cabo Catedral de Krems, cabo Tirol, e assim por diante. Essa é a minha terra, eu digo. Mas os sinais em meus mapas indicam *zona bloqueada*, indicam *não pode ser pisada, nem percorrida, nem sobrevoada*. Uma terra proibida. Ela continua erma e inacessível como sempre, inacessível mesmo em verões brandos nos quais o gelo jaz bem distribuído.

Ao norte da ilha de Rodolfo, o azul do mar escurece. São as profundezas da bacia Eurásia. Eu gosto desse azul, me detenho muitas vezes nele, lá acaricio as dobras do oceano, alisando-as, e sigo de volta até o sudeste profundo, até a costa alongada e familiar de Novaia Zemlia, a costa íngreme, a bela costa; lá cresce a tussilagem, o musgo púrpura e a azeda; lá também jaz o cabo Suchoi Nos e, atrás dele, uma baía extensa, na qual os antigos caçadores de óleo de fígado de bacalhau procuravam navios desaparecidos, barcos de pesca perdidos, tudo o que algum dia sumira no gelo — em Suchoi Nos, muitas coisas voltaram a emergir para servir de combustível, cascos de navio rasgados, pranchas, mastros estilhaçados, lixiviados e descoloridos. Talvez haja lá um resto pronto para mim, ouço me dizerem, talvez um regato de água derretida de alguma geleira de Spitsbergen tenha trazido para fora do gelo um sinal para mim, e a longa torrente o guardara para mim em Suchoi Nos.

Com a palma de minha mão protejo o cabo, cubro a enseada, sinto como o azul é seco e fresco, fico em pé em meio aos meus mares de papel, sozinho com todas as possibilidades de uma história. Um cronista ao qual falta o consolo do fim.

NOTA

Os personagens deste romance colaboraram na escritura de sua história. As passagens correspondentes (marcadas em *itálico*), eu retirei dos seguintes escritos e assinalei com o nome do respectivo autor:

JULIUS PAYER, cartas e anotações à mão, preservadas no Arquivo de Guerra austríaco / Seção da Marinha.

JULIUS PAYER, *Die österreichisch-ungariche Nordpol-Expedition in den Janren 1872-1874* [A expedição austro-húngara ao polo Norte nos anos de 1872-1874], Livreiro da Corte e da Universidade Alfred Hölder, Viena, 1876.

CARL WEYPRECHT, diário e cartas, anotações à mão, preservados no Arquivo de Guerra austríaco / Seção da Marinha.

CARL WEYPRECHT, *Die Nordpol-Expedition der Zukunft und deren sicheres Ergebniss* [As expedições do futuro ao Polo Norte e seu resultado garantido], Editora Hartleben, Viena. Peste. Leipzig, 1876.

OTTO KRISCH, *Tagebuch des Nordpolfahrers Otto Krisch*. [Diário do explorador do polo Norte Otto Krisch]. Do espólio do falecido, organizado por Anton Krisch, Casa Editora de Wallishausser, Viena, 1875.

OTTO KRISCH, *Das Tagebuch des Maschinisten Otto Krisch* [O diário do maquinista Otto Krisch.] Organizado por Egon Reichhardt, Editora Leykam, Graz/Viena, 1973.

JOHANN HALLER, *Erinnerungen eines Tiroler Teilnehmers an Julius v. Payer's Nordpol-Expedition 1872/1874* [Recordações de um participante tirolês da expedição de Julius von Payer ao Polo Norte,

1872-1874]. Preparada a partir do espólio por seu filho Ferdinand Haller e organizada por R. Klebelsberg, Editora Universitária Wagner, Innsbruck, 1959.

Agradeço ao senhor Peter Jung e ao doutor Peter Broucek do Arquivo de Guerra austríaco por sua ajuda valiosa, e aos meus amigos Brigitte, Jaro, Margot e Rudi pelas longas conversas sobre o gelo.

Viena, maio de 1984.

C. R.

A ilustração da página 32 mostra o Tegetthoff no porto de Bremerhaven; a das páginas 30-31, os membros da expedição austro-húngara ao Polo Norte; a da página 33, Carl Weyprecht; e a da página 35, Julius Payer. As outras ilustrações foram retiradas da obra *Die österreichisch-ungarische Nordpol-Expedition in den Janren 1872-1874* [A expedição austro-húngara ao Polo Norte nos anos de 1872-1874] (Viena, 1876).